Dernier parking avant la plage

Sophie Loubière

Dernier parking avant la plage

Roman noir

Phénix Noir

Éditions IFS

Éditions IFS - Collection Phénix Noir
Drève de la Charte 13
BE - 1083 Bruxelles
Belgique
Tél. : +32.493.220.888

Site internet : **www.editions-ifs.com**
Email : info@editions-ifs.com

Conception couverture : Marie Prokopski
Relecture : Nathalie Vander Biest

ISBN : 9782390460503
Publié et imprimé en Europe (Janvier 2023)
Dépôt légal : Bibliothèque Royale de Belgique - D/2023/13.387/1

Pour mon frère, Jean-Philippe,
parti trop loin, trop vite, blessure de ma vie.
Pour Catherine, Christine et les enfants.

Son devoir solennel était d'apparaître dans le couloir une fois par semaine et de pousser des cris inarticulés depuis la grande fenêtre à encorbellement le premier et troisième mercredi de chaque mois et il ne voyait pas comment il pourrait sans déchoir échapper à ses obligations.

Oscar Wilde

Dans cette mort qui galope à contresens
Un cheval se demande s'il doit se lever
Et redevenir sauvage

Pascal Didier

Quand se décidera-t-on à assécher l'Océan pour éliminer complètement les risques de marée noire ?

Pierre Dac

21 juillet 2002

Saint-Jean-de-Monts, Vendée
Esplanade de la mer
01 h 20

Le logo d'une marque de sport apparaît en relief sur son thorax. Les bras sont longs, les épaules basses, le dos voûté. Serré sous les hanches par une ceinture cloutée, un jean trop large accentue la maigreur du garçon et laisse deviner la couleur de son slip. Une paire de baskets à trois bandes latérales dépasse sous les bas non ourlés du pantalon. Une montre énorme s'accroche au poignet gauche. Sous la casquette, on devine des cheveux noirs bouclés, un nez court, des sourcils épais et larges, une mâchoire ovale et une bouche un peu triste. Appuyé sur son VTT, buvant une cannette de bière discount, Nadar fixe le véhicule stationné à 50 mètres devant lui, exactement sous un réverbère hors service.

Plage des Soixante Bornes
Discothèque la Maison Bleue
01 h 25

Soirée open DJ. La sono crache une assourdissante Tech'house. Derrière le bar, William fait voltiger les bouteilles de vodka sans quitter ses lunettes aux verres teintés. Emmitouflé dans un sweat rouge à capuche, Rémi quitte les toilettes hommes et traverse la piste de danse avec raideur. Son bras droit est comme un bâton contre la hanche.

01 h 43

Nadar marche à quelques mètres derrière Rémi. Il jette un regard en direction de la rue commerçante déserte. La calandre de la voiture qu'ils ont repérée reflète un croissant de lune. À travers les vitres teintées, Rémi aperçoit un siège enfant sur la banquette arrière. Il remonte la capuche du sweat sur sa tête, fait glisser d'une manche une fine barre de métal qu'il introduit entre la vitre et la portière avant gauche, là où est situé le mécanisme de la serrure.

L'alarme est neutralisée en quinze secondes. Il faut à présent mettre le contact. Nadar transpire. Il a pris place sur le siège passager. Un sourire crispé illumine sa figure. Contrairement à Rémi, il n'a encore jamais fait ça. Rémi a disparu sous le volant dont il a déboîté la partie inférieure à l'aide d'un tournevis à tête plate.

— Merde, Rémi ! Tu mets des plombes… Faut se tirer !

— Ta gueule !

Dans l'habitacle du véhicule, les premières mesures d'une chanson de Patrick Hernandez accompagnent le démarrage du moteur. Après leur avoir souhaité la bienvenue, une voix féminine générée par l'ordinateur de bord rappelle aux deux passagers que le port de la ceinture est obligatoire. Elle propose également de faire un choix parmi les différents itinéraires proposés depuis l'Esplanade de la mer. Un gloussement sort de la gorge de Nadar.

— Putain ! C'est quoi ce bordel ? La voiture de James bond ?

— Ta gueule !

— *Veuillez choisir votre itinéraire.*

Une Renault Mégane Farway de couleur rouge immatriculée 3110 JP 85 quitte le dernier parking avant la plage.

3 SEPTEMBRE

Une station de l'autoroute A11,
Direction Angers
09 h 12

La voiture freine progressivement jusqu'au parking. Moteur coupé. Étirement du dos, craquement de la nuque. Robert Laize, représentant de la société de produits Bio Liotard, ouvre la portière de sa Rover et pose un pied sur le revêtement goudronné. Le café qu'il n'a pas pris le temps d'avaler ce matin en quittant l'hôtel est maintenant indispensable à son organisme. Les orteils s'agitent au fond des mocassins en cuir. Un bon café pas trop serré avec un nuage de lait (Robert Laize a l'estomac fragile depuis que Jacqueline est enceinte). Et aussi peut-être un croissant pour tenir jusqu'à midi. La portière claque. Un soleil doux chatouille son front. Robert se dit qu'il a bien fait de prévoir une chemisette de rechange pour son rendez-vous de 18 heures chez Auchan.

La tasse de café et le pain au chocolat (ils étaient en rupture de croissants surgelés précuits) s'accompagnent d'une agréable fraîcheur matinale enrichie d'effluves d'herbe humide et de gaz d'échappement. Robert s'est installé à l'une des tables situées à l'extérieur de la cafétéria. Du banc où il a pris place, il peut voir un gamin assis sur le muret qui entoure la boutique de la station-service. Les genoux repliés contre lui, la tête enfouie dans ses bras nus, le gamin ne bouge pas.

Vers 10 h 30, Robert Laize se rend aux toilettes de la station-service et achète à la boutique un paquet de chewing-gums mentholés sans sucre. Dès sa sortie, il fait deux constatations : l'air se réchauffe et le gamin de tout à l'heure est toujours assis sur son muret. Robert se rapproche de lui. Il retire la Cellophane qui recouvre le paquet de chewing-gums. Deux dragées tombent dans une paume avant d'être gobées. Depuis le banc où était installé Robert Laize, le gamin paraissait immobile. Mais à moins d'un mètre, on voit très bien qu'il grelotte. Le représentant hésite un instant avant de lui demander si ça va. Le gamin lève à peine les yeux sur Robert qu'aussitôt le voilà debout, chancelant.

— Ça n'a pas l'air d'aller, gamin...

L'adolescent recule de quelques pas et s'immobilise. Un bandage teinté de sang recouvre son index droit. Il le glisse sous son aisselle.

— T'attends tes parents ? ... Y sont dans la cafétéria ? ... Non ? Tu sais pas où y sont ?

L'adolescent recule encore sans quitter le représentant des yeux.

— T'es quand même pas venu ici tout seul, dis-moi... Hé ! Mais où tu vas comme ça ?

L'adolescent s'est mis à courir en direction du parking des poids lourds. C'est le moment que choisit le chauffeur d'un camion pour sortir de son stationnement en marche arrière. Robert Laize épouvanté se précipite vers le garçon que la remorque vient de heurter. Projeté sur le sol, le gamin roule sur lui-même deux fois puis se relève en boitant. Il parviendra à rejoindre le petit bois au bout du parking avant de s'écrouler sous un arbre.

14 SEPTEMBRE

Le Mans
Domicile de la famille Sauvegrain
21 h 10

La chambre de Nadar mesure 8 m^2. On y trouve des posters de Eminem punaisés sur les murs, un lecteur de CD portable, quelques BD, des médailles de foot et une guitare. Elle est posée sur un pouf recouvert d'une peau de vache. Depuis son lit, allongé sur une couette à l'effigie de Spiderman, Nadar regarde fixement l'instrument.

— Tu es sûr que tu ne veux pas en parler ?

La voix de sa maman se fait douce, implorante. Elle n'ose plus caresser le front de son fils. Il refuse tout contact physique. Interrogé par la police au C.H.U. de Nantes où il était soigné, le garçon n'a pas été capable d'expliquer pour quelle raison il n'est pas rentré à l'appartement loué par sa mère pour leurs vacances la nuit du 21 juillet 2002. Impossible de savoir comment lui et son camarade ont vécu presque deux mois dans le secteur de Saint-Jean-de-Monts sans être vus malgré un signalement par affichage dans les nombreux commerces de la région et une diffusion de leurs photographies ordonnée par l'antenne du SRPJ de Nantes dans les différentes gendarmeries. Le garçon a seulement admis avoir fait de l'auto-stop depuis Saint-Jean-de-Monts jusqu'à la station-service sur l'autoroute A11. Il avait l'intention de rejoindre Le Mans et de rentrer au domicile familial.

— Tu as sûrement de bonnes raisons de ne rien confier à la police… Mais si quelqu'un t'a fait du mal, il faut me le dire… Il faut nous le dire, à ton père et à moi…

Nadar serre la mâchoire et regarde sa guitare. Dessus, il a joué tous les titres de son groupe préféré et aussi des morceaux de Bruce Springsteen, des Beatles et des trucs composés la nuit sous les couvertures. De la paume, sa mère effleure sa jambe gauche, laquelle est plâtrée de la cheville jusqu'à la hanche. Sa voix s'éteint presque dans la gorge.

— Le docteur a dit qu'après un peu de rééducation, tu pourras reprendre le foot…

Elle a fermé les yeux pour inspirer profondément. Puis, après avoir demandé à son fils s'il désirait quelque chose de particulier, elle s'est levée et s'est dirigée vers la porte.

— Tu peux la balancer.

La voix de Nadar est un peu flétrie mais nette. Juste assez audible pour que refleurisse l'espoir chez une mère qui entend son fils parler pour la première fois depuis son retour à la maison.

— Comment, mon chéri ?

— Tu peux la balancer.

Le regard toujours fixé sur sa guitare, Nadar lève sa main droite en pliant le bras, son coude enfoncé dans la couette. Débarrassé de son bandage, l'index du garçon se révèle plus court d'une phalange.

5 OCTOBRE

TER n° 35962, compartiment fumeurs,
deuxième classe
09 h 00

La silhouette est longue, large. Le costume officiel gris acier s'accorde avec la peau blafarde et grasse du faciès. Le képi paraît bien petit perché sur cette hauteur. La main du contrôleur s'abat sur l'épaule du jeune voyageur endormi.

— Monsieur… Monsieur !

Contrôle de billets entre Lunéville et Saint-Clément - Laronxe. Recroquevillé sur un siège en skaï, le gamin frotte sa figure avant de sortir un billet plié de sa poche de pantalon.

— C'est la réservation ça, jeune homme. Vous avez composté la réservation.

Le garçon frissonne, réveille ses paupières des deux poings, bredouille quelques mots, sort un autre billet de sa poche. Un billet plié en deux, non composté. Il s'est trompé sur le quai, gare de l'Est. Il a composté la réservation parce que le mot billet figure en majuscules sur la réservation. Il a voyagé toute la nuit. Nantes. Paris. Nancy. Ses traits sont creusés, les yeux gonflés, son estomac vide. Le contrôleur exhibe un carnet à feuilles roses de sa besace.

— Je suis dans l'obligation de verbaliser.

Il annonce le montant de l'amende. Le gamin n'a pas d'argent sur lui. Il ne peut payer les 18 euros. Il explique une seconde fois qu'il s'est trompé, il n'a pas fait exprès, il ne voulait pas truander la SNCF. Le regard maussade, le contrôleur lui demande une pièce d'identité. Approchant de Saint-Clément - Laronxe, le train ralentit. Le jeune voyageur fouille une à une toutes ses poches, le visage tendu vers la vitre. Ses mains tremblent. Son index droit est emmailloté dans une bande de gaze un peu sale que maintient un sparadrap couleur chair. Il ne trouve pas sa carte d'identité. Le contrôleur relève la visière du képi et passe deux doigts sur son front.

— Alors ? Ça vient ?

— C'est... C'est sûrement dans mon sac de sport que je l'ai mise... Il est là-bas, dans le couloir...

Le contrôleur recule pour laisser le voyageur quitter son siège. Il remarque alors que le gamin est pieds nus dans ses baskets et que le sweat rouge à capuche qu'il porte est noir de crasse.

6 OCTOBRE

Saint-Dié, domicile de Madame Gélaucour
10 h 30

Anne-Laure fait bien attention de ne pas écraser le col du chemisier avec le fer à repasser lorsqu'elle relève machinalement les yeux vers la fenêtre de sa chambre. Vue sur le rond-point à l'entrée du lotissement dont le panneau de signalisation « cédez le passage » brille sous la pluie. Une voiture de police vient de tourner dans sa rue. Anne-Laure s'est immobilisée, la pointe du fer brûlant sur la popeline à rayures, nuque en extension. Le véhicule ralentit et s'arrête devant chez elle. Cela n'a duré que quelques secondes. Juste le temps pour elle de comprendre ce qui se passe avant de relever brusquement le fer.

Ils ont poussé la grille du jardin. Anne-Laure les attend déjà sur le pas de la porte, serrant un gilet de laine sur sa poitrine. Deux gendarmes, un lieutenant. Le lieutenant marche tête baissée, les mains dans les poches de son blouson zippé, comme s'il avait quelque chose de honteux à avouer. Anne-Laure le connaît bien. Elle est venue souvent au commissariat prendre des nouvelles avec son ex-mari depuis la fugue de Rémi, il y a trois mois. D'abord, elle n'avait pas voulu le croire. Il filait peut-être un mauvais coton depuis leur séparation, il était sans doute en froid avec son père — une vilaine histoire de vol d'autoradios sur le parking d'un supermarché à laquelle Anne-Laure ne comprenait pas que l'on puisse mêler son fils — mais de là à disparaître comme ça, alors qu'ils avaient passé un après-midi formidable à la piscine du VVF ce fameux 21 juillet... Elle avait repris espoir lorsqu'on avait retrouvé sur une aire d'autoroute le camarade avec lequel Rémi s'était éclipsé. Interrogé par des officiers du SRPJ de Nantes, le gamin n'a jamais avoué ce qu'ils avaient bien pu faire avec son fils, ni ce qu'il était advenu de lui.

Elle a proposé quelque chose à boire et ils ont refusé. Debout dans le living, le lieutenant parle à voix basse. Anne-Laure s'est assise pour l'écouter. Il tousse plusieurs fois. Précise qu'un autre collègue se charge de contacter monsieur Gélaucourt sur son lieu de travail. Il se pince le nez, tapote ses moustaches, redresse la tête et rencontre le regard d'Anne-Laure.

— Alors, voilà... Y a un gamin qu'a sauté de la Micheline en marche hier matin, après Lunéville... Il n'avait pas de papiers d'identité sur lui... Mais d'après les premières constatations, on pense... enfin... on est sûrs...

Anne-Laure n'a rien dit. Seulement gémi lorsqu'ils ont expliqué pourquoi son fils a sauté du train et comment il s'est malencontreusement jeté contre un poteau électrique en ciment situé le long de la voie, se tuant sur le coup.

3 JUILLET 2003

Paris
00 h 30

— « *Ah ! Mon ami* »… Humm… « *Qu'est-ce que le cœur de l'homme ?* »

Les avant-bras de Philippe sont secs et musclés, légèrement courbes. Les poings enfoncés dans le matelas, ils plient sous le poids du corps dont la saveur tiède caresse les narines de Catherine. Elle ouvre les yeux, voit au-dessus d'elle le sourire extatique de son amant, ses belles épaules, son torse ferme.

— « *Et pourtant* »… Oh oui ! … « *Suis-je bien innocent ?… N'ai-je pas nourri moi-même ses sentiments ?* »

La chambre s'est figée dans une obscurité suave. Des habits sont éparpillés sur le plancher laqué blanc. Vaillamment, une petite bougie parfumée à la cannelle se consume sur une table de nuit en fer forgé. Depuis la porte-fenêtre, des rideaux se tortillent en tous sens et viennent chatouiller les pieds des amants. Sur le lit, le mouvement de va-et-vient s'intensifie. Philippe se redresse, saisit fermement Catherine par la taille sur le drap-housse couleur fraise écrasée.

— Oh ! ... Ah ! ... « *Qu'est-ce que... qu'est-ce que le cœur de l'homme pour* »... Oh ! Oui ! ... Ah ! ... « *Pour qu'il ose se plaindre de... de... lui-même !* »

Catherine se cambre. Entrecoupée de gémissements, la voix de Philippe devient plus rauque. L'homme serre les dents. Catherine croise les chevilles dans le dos de son amant, emprisonnant ses hanches entre ses cuisses.

— « *Je jouirai du présent... et le passé* »... Ah ! ... « *Et le passé sera* »... Oh ! Ah ! ... « *Et le passé sera* »... Cat' ! ... Oh ! Cat' !

Catherine garde les yeux grands ouverts sur le plaisir de celui qui récite ses classiques avec un irrésistible talent.

8 JUILLET

Saint-Jean-de-Monts
01 h 20

Les cheveux châtains de Linda glissent sur son chemisier en satin dont elle a déboutonné l'encolure plus que nécessaire. Pourtant, Tidji n'a d'yeux que pour ses hanches que le pantalon moulant met à nu sous la ceinture élastique. Elle a quelques difficultés à danser avec les espadrilles à talons compensés, mais ça lui permet de gagner 8 centimètres. Elle n'entend pas ce que le barman, penché par-dessus le zinc, dit à son frère Thomas puisque la musique est déjà très forte dans la boîte de nuit. Mais Tidji a un piercing au sourcil gauche, des bracelets indiens qu'il fait tourner autour de ses poignets au rythme de la musique, bras levés au-dessus de sa tête, et ça l'hypnotise. Tidji habite à Nantes ; il fait de la planche à voile en semi-professionnel. De quoi fasciner une fille de quinze ans à peine, débarquée au VVF Saint-Jean-de-Monts.

Un instant plus tard, ils se rabattent sur une banquette de la discothèque où ils fêtent les dix-sept ans de Thomas en buvant cul sec de la Vodka glacée. Quelques amis de Tidji se sont joints à la fiesta. Le frère de Linda est aux toilettes depuis dix minutes. Tidji tient la sœur par le cou et allume une cigarette avant de la lui glisser entre les lèvres. Ils se sont rencontrés en début de semaine au centre nautique — Tidji y travaille tout l'été.

— Linda, c'est pas banal comme prénom… Ça fait un peu Claudette.

Tidji rangeait des planches à voile torse nu en mâchouillant un bouchon de stylo.

— Et alors, qu'est-ce que tu fous au VVF ? C'est mortel !

Elle lui a expliqué que ses parents choisissaient chaque année un séjour minable dans le catalogue du comité d'entreprise de leur boîte. Quand elle lui a demandé l'adresse d'un endroit sympa pour s'éclater, Tidji lui a parlé de la Maison Bleue, une discothèque sur la plage, à l'extrémité du boulevard de la mer. Depuis, Linda y vient tous les soirs avec Thomas. Elle connaît le prénom de chaque barman.

Tidji repose son verre en claquant sa langue contre le palais.

— Ton frangin, y va se payer un putain de cadeau ce soir !

Parking de l'Estacade
02 h 20

Assise du bout des fesses sur le dossier d'un banc municipal, Linda regarde les garçons s'approcher d'une voiture. Ils se donnent des coups de poing dans les épaules en plaisantant, vacillent un peu à cause de la Vodka. Ils ont choisi le véhicule stationné sur la partie non éclairée du parking. Au départ, Linda n'était pas d'accord. Elle trouvait ça trop dangereux. Au quatrième verre, elle a éclaté de rire, avec les autres. La jeune fille oscille doucement, caressée par le vent de la mer, les lèvres séchées sous le soleil des vacances. Loin derrière elle se dresse le bâtiment principal du VVF. Ses huit étages dominent les dunes blanches et la mer. La tête lui tourne. Linda voit danser les lampadaires. La plaque d'immatriculation du véhicule stationné à une dizaine de mètres devant elle est floue. À un moment, son frère s'est tourné vers elle en souriant. Elle a vu un objet métallique sortir de son pantalon, et puis l'alarme de la voiture, le claquement des portières et assez vite, le ronronnement d'un moteur. Ça y est. Il l'a fait. Il l'a, son cadeau. Linda descend du banc. Elle se tord un peu les chevilles et rit en entendant les premières mesures d'un tube ringard des années 80 résonner dans la nuit. En découvrant le siège bébé à l'arrière de la voiture, elle a une hésitation. Elle pense à sa petite sœur et à ses parents — déjà couchés depuis longtemps, harassés par une journée de plage bien débile — quand une voix féminine signale que la portière arrière droite n'est pas fermée.

— Hé ! Trop cool la bagnole qui parle...

— Linda, magne-toi !

Elle pénètre dans le véhicule en râlant après les garçons qui bouclent en chœur leurs ceintures de sécurité.

10 JUILLET

Saint-Jean-de-Monts
Trajet de l'autobus municipal,
boulevard des Maraîchins
19 h 30

Debout dans l'autobus, François parcourt le journal de son voisin. Juliette Binoche précise au journaliste que dans la fameuse scène de la vinaigrette[1], elle ressemble à un gros pot gluant. Suivent d'autres propos de l'actrice ayant trait à l'humour et à la distanciation.

Depuis qu'il fait ce trajet, François a pris l'habitude de lire par-dessus les épaules des gens qui voyagent assis puisque l'autobus conduit essentiellement des personnes âgées et des curistes aux thermes marins. En conséquence, aucun passager de moins de soixante ans ayant le sens des convenances ne peut espérer faire son trajet autrement que debout. Ce détail n'a guère d'incidence sur l'humeur de François. Sa soirée, il va la passer assis. Se tenir debout signifie qu'il ne travaille pas encore. Il devine aussi l'effervescence qui doit

1 En référence au film *Décalage horaire* de Danièle Thompson.

régner sur son lieu de travail depuis que les nouveaux vacanciers ont débarqué dans le hall d'accueil vers 15 heures. Irritables, épuisés par leur voyage, impatients de connaître mille détails : dans quel appartement sont-ils logés durant leur séjour ? L'équipement (vaisselle, draps, couvertures) est-il complet ? Y a-t-il un égouttoir à légumes et un presse-purée ? Existe-t-il un local où entreposer la poussette ? La terrasse donne-t-elle sur la mer ? Peut-on y faire sécher le linge ? Où se trouve la boulangerie la plus proche ? ... Ils patienteront en file indienne, poussant du pied d'énormes valises. Leur progéniture se cassera déjà la figure depuis les balançoires tandis que l'aîné promènera le chien rendu presque fou par 500 kilomètres de trajet en voiture — avec un seul arrêt pipi. Tôt ou tard, ils remarqueront les affichettes apposées par l'équipe d'encadrement du VVF concernant les soirées à thèmes, les activités prévues pour les adultes et les enfants, et l'avis de disparition sur lequel figurent les photos de Linda et Thomas Laclos.

Boulevard des Maraîchins, un soleil cramoisi traverse les vitres, badigeonnant le journal déplié d'un bel orangé. Cette fois, c'est un article en page 6 concernant l'assassinat à Paris d'un pédophile d'une cinquantaine d'années, grand collectionneur de clichés d'enfants nus photographiés dans des positions suggestives, que parcourt le lecteur du journal. François plisse les paupières derrière ses lunettes à monture métallique. Il voudrait chasser cette suprême envie d'évasion que la couleur orange fait naître en lui depuis qu'il a visité les Indes en 1995. Partir dans un pays vierge aux saveurs exotiques, une île déserte où le vent souffle les arbres et les pierres pour inventer une autre musique des mots. Il se gratte le cou et reprend sa lecture de la page 6. Un encart illustré par les photos de Linda et Thomas lui apparaît, juste en bas de la page 7 mais François ne s'y attarde pas. Il se rapproche des portes automatiques alors que l'autobus ralentit devant le VVF.

Comme prévu, le parking de la résidence est complet. Des retardataires patientent à l'intérieur de leur véhicule en arrêt devant la barrière automatique. Les familles de vacanciers arrivés la semaine précédente les narguent avec leurs peaux bronzées et leurs vélos de location agrémentés de jolis paniers. François contourne la barrière et rejoint le hall d'accueil. La climatisation combat l'air chaud du soir qui s'engouffre par les portes laissées grandes ouvertes pour faciliter le passage des chariots à bagages. Vêtu d'un jean à pinces et d'une chemisette bleu marine à petits carreaux, François salue d'un geste amical les hôtesses d'accueil. Après avoir échangé quelques mots avec le directeur de l'établissement, il se dirige vers le bar, un sac à dos en toile jeté sur l'épaule.

Dans un saladier en verre transparent, Véronique prépare cinq litres de cocktail à base de citron vert, de tequila et de curaçao. Ce soir, la barmaid porte un petit débardeur à fines bretelles en maille légère — un imprimé panthère avec empiècement de dentelle rose. Des mèches tire-bouchonnées encadrent son visage dont l'ovale est accentué par le port d'un chignon. Elle tend la joue au veilleur de nuit.

— Bonsoir, François… Tu es en avance, non ?

— Je ne crois pas.

— Il est déjà 20 heures ?

— Pas loin.

— Encore une journée qui a filé à toute vitesse... Je te sers comme d'habitude ?

François hoche la tête, faisant pivoter vers lui un journal posé sur le comptoir, l'ouvre à la page six et reprend sa lecture. Les adolescents disparus depuis jeudi soir auraient été vus pour la dernière fois dans une discothèque de Saint-Jean-de-Monts en compagnie d'un jeune saisonnier, lequel ne se serait pas présenté à son travail hier. Le SRPJ de Nantes est sur l'affaire.

— C'est pas bon pour nous, cette histoire-là, soupire Véronique. Les clients ne parlent que de ça.

Une tasse de café vient contre le journal.

— Le saisonnier qui était avec eux travaille au centre nautique... Tu le connais ?

François secoue la tête.

— Moi non plus, jamais vu par ici... C'est nouveau ta chemise ? T'es mignon, avec des carreaux.

Le veilleur de nuit se fend d'un sourire et laisse tomber un sucre dans son café.

Route départementale 753 à la sortie de Challans
23 h 01

La Citroën ZX roule un peu trop vite. À l'arrière du véhicule, Pauline s'est endormie contre Poussinet son chien doudou, lasse de répéter à sa maman « quand est-ce qu'on arrive ? » depuis le périphérique. Romain, quatorze ans, a incliné son siège et retiré ses baskets.

Il regarde devant lui, hypnotisé par le gracieux défilé des arbres penchés sur la route. Cat fait de la gymnastique routière. Sous son pantalon treillis kaki serré aux chevilles, elle contracte ses muscles fessiers l'un après l'autre. Elle se mordille aussi les lèvres pour rester éveillée. Régulièrement, Cat modifie le volume sonore de l'autoradio et vérifie dans le miroir de courtoisie que le rimmel ne laisse pas de trace noire autour des yeux. Depuis lundi, elle est très Schubert.

— M'an, on peut pas mettre autre chose que ta zic' de merde ?

— Romain, je t'ai déjà dit de ne pas parler comme ça.

— C'est à chialer, ton piano.

— Tu pourrais montrer un peu plus de respect pour mes goûts musicaux.

— T'écoutes ça exprès pour penser à lui.

— Bon, mettons les choses au clair : si Philippe s'est mal comporté, c'est mon problème. Et si j'ai envie d'écouter Schubert, ce sera Schubert !

Cat reprend un ton plus bas :

— ... Et ça aide Pauline à dormir.

— Ouais, ben moi, j'suis pas Pauline. J'dors pas. On peut mettre le CD de Moby ?

— Non.

— Nulles, les vacances.

— Si tu n'es pas content, tu n'as qu'à aller vivre chez ton père.

— Habiter dans une ville de vieux, non merci.

— C'est très bien, Cannes. Il y a la mer.

— C'est une ville de cons et les plages sont pourries. Moi, c'est à Paris que je veux rester… Il était pas grand mais il était bien, l'appart' de Philippe. Dommage qu'on puisse plus y aller.

— Oui. Et sa moto aussi, je sais… Tu me passes les Mentos ?

Romain se penche sur le vide-poche et attrape le tube de bonbons. Il en glisse un dans sa bouche et tend le tube à sa mère en soupirant.

— Quand est-ce qu'on arrive ?

— OK. Mets le CD de Moby et ne me pose plus jamais cette question.

VVF, bureau d'accueil
23 h 25

Horizontalement. Dinde ou bécasse (7 lettres).

Muni d'un crayon de bois bien taillé, François remplit sa deuxième grille. Il s'est installé dans l'unique fauteuil possédant des accoudoirs, les pieds croisés sur le bureau, une pochette zippée contenant vingt disques compacts posée à côté de son baladeur. La porte de la pièce est grande ouverte. D'où il se trouve, il a une vision dégagée du hall dont les baies vitrées offrent un ravissant panorama extérieur. L'éclairage olivâtre des lampadaires municipaux s'accorde avec la plage douze du CD de la bande originale de K-Pax. Un film ovni dans lequel Kevin Spacey se prend pour un extra-terrestre. Sa partition signée Edward Shearmur est dans la mouvance des compositions d'un autre compositeur que François apprécie, Thomas Newman. Elle est riche, fort bien construite, avec un séduisant croisement de sons futuristes et d'instruments ethniques. Le genre qui vide la tête et détend jusqu'aux arpions. François peut également surveiller les différents écrans témoins des deux caméras installées sur le parking.

Horizontalement. A du foin dans ses bottes (6 lettres).

Hier à la même heure, le veilleur de nuit avait déjà fini sa deuxième grille, mais ce soir, il a dû répondre à une trentaine de coups de fil, servir le topo des hôtesses aux vacanciers arrivés après 22 heures, fournir les dossiers d'informations, tickets-repas, draps, plan du VVF, clés, lits et chaises bébés indispensables à leur séjour.

**Horizontalement.
Comme une cotte ou comme une cocotte (8 lettres).**

Fin de la dernière plage musicale. Le veilleur de nuit éjecte le CD qui tournait dans le baladeur et le remplace par la musique du film de Wim Wenders *The End of Violence*, partition en partie improvisée par Ry Cooder sur les images du film en fonction des émotions qu'elles lui inspiraient. Du pur velours.

Horizontalement. Corps gras (6 lettres).
Verticalement. Elle peut en avoir plein le dos de sa progéniture (7 lettres).

Un signal sonore interrompt le veilleur de nuit au milieu de ses mots croisés. Son regard se porte sur l'écran témoin de la caméra n° 1. C'est une ZX blanche avec trois vélos fixés sur le hayon. La conductrice attend que François ouvre la barrière, fixant l'objectif de la caméra. L'image est médiocre, les traits du visage surexposé sont imprécis, mais c'est elle, la dernière famille pour ce soir. L'ouverture automatique de la barrière est enclenchée.

Un instant plus tard, Mme Berthelet pénètre dans le hall d'accueil avec une queue-de-cheval, une frange et un sac à main assez large pour contenir une boule de bowling et un jeu de quilles. Elle a laissé ses deux enfants dans la voiture et marché vite depuis le parking. Son petit débardeur noir adhère à son dos. Le décolleté arrondi met en valeur le galbe des épaules. François n'a pas le temps de trouver cela ravissant — ou alors à peine. Il s'empresse de remettre à la vacancière le trousseau de clés de l'appartement 325, le dossier d'informations et les draps pour trois personnes. Il y a aussi des plateaux-repas mis de côté en cuisine pour la famille Berthelet.

— Vous m'appelez quand vous voudrez que je vous les monte. Faut faire le 9.

Cat mettra cinq bonnes minutes pour décider ses enfants à sortir de la voiture. Il lui en faudra dix autres pour monter à deux reprises le chemin en dénivelé qui mène jusqu'à l'entrée du bâtiment principal et fourrer dans l'ascenseur les trois valises sans l'aide de Romain - il porte sa petite sœur qui fait semblant de dormir. Les repas froids sont déjà sur le comptoir d'accueil lorsque Cat réapparaît dans le hall, la queue-de-cheval de travers.

— Fallait pas vous déranger, je vous les aurais montés.

— Pardon ?

— Les repas froids.

Cat retire l'élastique de ses cheveux et se recoiffe d'un geste machinal.

— Ah ! Oui ! Les repas... Il faut d'abord que je m'occupe des vélos. Je suppose qu'il y a un local quelque part pour les entreposer ?

— Oui. Au sous-sol.

— Et on y accède ? ...

— Par l'escalier au fond du hall ou par l'ascenseur.

Cat grimace.

— Ah... Il faut monter les vélos jusqu'à l'accueil pour les mettre dans l'ascenseur ?

François lui sourit.

— Il y a un passage secret. Par le chemin qui contourne le bâtiment. Vous voyez les balançoires ?

Un peu plus tard, devant le local à vélos, genoux pliés et tête baissée, Cat essaie d'attacher le VTT de Romain à celui de sa sœur. Le veilleur de nuit sort de l'ascenseur juste au moment où elle lâche un juron.

— Ça va comme vous voulez ?

VVF, appartement n° 325
01 h 30

Pauline s'est endormie dans le lit de sa maman après avoir avalé une tartine de Vache qui rit et une demi pêche. Romain s'est enroulé dans les draps de son lit depuis un bon quart d'heure. Cat est sous la douche, le dos appuyé contre le carrelage bleu. De l'eau tiède ruisselle sur son front, martèle ses pommettes. Terminé. Plus jamais ça. Une semaine à découper au cutter dans le calendrier. Cat a tenu bon. Un miracle. Il fallait faire vite. Rompre avec Philippe. Regretter immédiatement cette décision. Annuler la réservation du séjour prévu en Grèce avec lui et les enfants. Trouver une autre destination pas chère à la dernière minute. Faire les bagages, pliée en deux — Cat souffre de douleurs abdominales psychosomatiques. Emporter les produits alimentaires de base. Fourguer les tortues Flore et Mathilde avec leur bocal rempli de cailloux à la concierge de l'école. Rouler depuis Bastille, de midi à presque minuit. Voyager seule avec les enfants. S'apercevoir qu'on a oublié de prendre les maillots de bain à 300 kilomètres de la capitale. Décharger les bagages. Démonter les vélos du hayon sans s'écorcher la peau des bras. Défaire les valises pour en sortir les pyjamas. Obliger Pauline à se laver les dents. Lire une histoire à Pauline. Coucher Pauline. Supporter les remarques négatives de Romain (*C'est nul ici, y a même pas de télé*).

Cat fait couler du gel parfumé dans la paume de sa main. Le rideau de douche en tissu vient coller à ses mollets. Senteur apaisante de la fleur d'oranger. Elle pense au veilleur de nuit. Ce type a eu la bonne idée de monter les repas froids aux enfants pendant qu'elle s'occupait des vélos. Et puis, c'était gentil de venir l'aider à les fixer, ces saloperies d'antivols de merde. Cat sourit. Elle chuchote sous la douche.

— Un jean Denim à pinces... Non mais quelle horreur ! ... Ce mec est habillé 3 Suisses.

Puis, se souvenant que Philippe a un goût vestimentaire très sûr et qu'il lui fait divinement l'amour en lui récitant Werther, elle recommence à pleurer.

VVF, bureau d'accueil
05 h 10

La nuit a été calme. Pas de noctambules rentrés tardivement à la résidence. Pas même l'aboiement d'un chien pour crever le silence. Le travail de François s'achève bientôt. À 6 heures, Patrick Sumion viendra prendre la relève et mettre un peu d'ambiance en saupoudrant la discussion de blagues salaces.

— C'est quoi une blonde les jambes en l'air dans le coin d'une pièce ?

François déteste les histoires sur les blondes.

— ... Un humidificateur !

Et aussi les blagues sur les alcooliques.

Verticalement. Filet d'anchois (7 lettres).

Il a remis de l'eau dans la bouilloire électrique avant d'attaquer une autre grille de mots croisés.

Empoisonne plus d'une existence (4 lettres).
Verticalement. Veuf qui a perdu sa moitié (2 lettres).

Quelque chose le perturbe. La dernière vacancière débarquée dans le hall, Catherine Berthelet (il est allé voir son prénom dans le dossier). Cette façon qu'elle a de remettre l'élastique dans ses cheveux.

Horizontalement. Illusion d'optique (6 lettres).

Ça lui a rappelé son ex-femme. Elle a des cheveux blonds mi-longs, comme Catherine Berthelet. Dehors, l'obscurité profite de ses derniers instants pour escamoter la mer derrière les dunes. La bouilloire fait bientôt entendre son crépitement désagréable.

Verticalement. Sec et liquide (4 lettres).

François baisse le volume du baladeur CD dans lequel tourne la bande originale du film *Ice Storm*. Parfaite transcription sonore du crépitement de la neige et de la glace. La partition de Mychael Danna est crépusculaire. Une flûte amérindienne la traverse, invitation à méditer sur les croyances futiles, mélodie fil rouge du passage de l'enfance à la vie adulte et son lot de tentations, d'addictions, de désillusions.

Presque son autobiographie.

Le veilleur de nuit quitte son fauteuil et va remplir un mug à l'effigie de la mascotte du VVF dans lequel somnole un sachet de verveine menthe.

Verticalement. Apaisante (10 lettres).

11 JUILLET

Cellule n° 2
07 h 30

La lumière jaillit du plafonnier. Bien que la lampe soit protégée par un grillage vissé dans le mur, sa clarté blesse les yeux de Linda. La pièce où elle est recluse mesure six pas en longueur et sept en largeur. Si Linda se dresse sur la pointe des pieds et tend les bras, il manque 50 centimètres pour qu'elle puisse toucher le plafond. Les chaînes qui entravent ses chevilles ne lui permettent pas d'atteindre la porte en bois sur laquelle une épaisse couche de laine de verre est clouée. Fixée au-dessus de la porte, hors d'atteinte, une caméra. Au fond de la pièce, à côté du lit en fer dont le cadre est fixé au sol par des rivets, il y a une petite table sur laquelle est posé un livre qu'elle n'a pas encore ouvert. Un lavabo minuscule occupe l'espace entre la table et les W.-C. chimiques. Aucun fil électrique apparent. Pas d'anfractuosités dans les murs en pierre de taille. Linda se frotte les paupières, allongée sur le lit. Elle a perdu la notion du temps. Ses petits bijoux, sa montre ainsi que ses barrettes lui ont été retirés.

Au début, elle criait, hurlait. Ensuite, elle a compris que personne ne pouvait l'entendre mis à part ceux qui l'ont enfermée ici. Alors, elle se tait. Elle attend. Parfois, la lumière s'allume puis s'éteint sans raison, sans que rien ne se passe.

Linda pense qu'ils font ça pour observer ses réactions avec leur caméra.

Comme un cobaye dans une cage.

VVF, hall d'accueil
11 h

Romain tire sa sœur par la main jusqu'au panneau d'affichage situé à côté des toilettes, entre le bar et la salle de spectacles.

— Alors...

— Y a quoi, pour les enfants ?

— Toi, Pauline, tu vas chez *les Pirates*, les six-dix ans.

— C'est où, *les Pirates* ? C'est sur la plage ?

Cat rejoint ses enfants, un goût de café au lait trop sucré sur les lèvres. Elle a peu dormi, cette nuit. Allongée sur le dos, bras et jambes écartés, Pauline occupait toute la place dans le canapé-lit. En revanche, prendre le petit-déjeuner au soleil sur la terrasse avec vue sur le centre nautique et la mer était délicieux. Vêtue du même pantalon kaki que la veille, Catherine a troqué son débardeur noir contre un dos nu rouge vif. Un peu de fond de teint lui donne bonne mine. De quoi faire illusion dans la foule des vacanciers encore blancs de peau.

— Vous venez, les enfants ? C'est l'heure de la réunion.

— Le forum de bienvenue ! corrige Romain avec un air savant.

— J'veux pas y aller.

— Pauline, tu nous casses les pieds. Donne la main à ton frère.

Une centaine de chaises en plastique sont disposées devant une scène habillée de tissu noir. À cause du soleil, on a tiré les rideaux des baies vitrées qui donnent sur les dunes. Les retardataires arrivent en short et en tongs. La réunion débute enfin. Le générique d'une célèbre émission de Michel Drucker jaillit des haut-parleurs. Surgi de nulle part, un animateur traverse la salle en sautillant avant de grimper sur la scène. Il présente chacun des membres de l'équipe d'encadrement du village, fait passer le micro HF de main en main. Les présentations sont personnalisées, précédées du générique d'un feuilleton télévisé que l'on a pris soin d'associer au profil de l'intervenant, histoire de détendre l'atmosphère. Certains se fendent d'une modeste chorégraphie. L'animateur prénommé Jacky invite ensuite le directeur de l'établissement. Rondouillard et chauve, ce dernier est accueilli sur scène par le générique de la série *Kojac*. Impassible, Cat écoute le discours de bienvenue du directeur. Celui-ci balaie rapidement l'organisation des journées d'excursion à l'île d'Yeu, ôtant et remettant à plusieurs reprises ses lunettes pour vérifier sur une fiche bristol tarifs et modalités d'inscription aux différentes activités.

Il s'arrête un instant sur le fonctionnement du porte-clés magnétique qui donne accès au parking surveillé, et sur la localisation des grosses poubelles. Et avant de rendre le micro au fameux Jacky, il se décide enfin à dire quelques mots des deux adolescents en vacances au VVF dont on est sans nouvelles depuis quarante-huit heures.

— Par mesure de prudence et tant que l'enquête est en cours, je pense qu'il vaudrait mieux ne pas laisser vos enfants se promener seuls le soir dans le village lorsque les animations sont terminées.

Un petit vent de crispation se répand dans le public. Puis, le générique de *La croisière s'amuse* tonne dans les haut-parleurs et l'équipe d'accueil, coiffée de casquettes, fait son entrée en scène. Chaque animateur présent revient ensuite évoquer sa spécialité (initiation danse, concours de pétanque, balades pédestres, tournoi de volley, planche à voile, aérobic, encadrement des loustics). Pour parachever cette réunion de présentation, la mascotte du VVF Léonard le Renard fait son apparition dans la salle, se dandinant au rythme d'une chanson de Patrick Sébastien sous son costume de fourrure délavé. Les bambins sont au bord de l'extase. Ce type transformé en peluche Bibendum orange et bleu qui se tortille à un mètre de sa chaise impressionne beaucoup Pauline. Elle se colle à sa mère, genoux croisés, comme elle fait lorsqu'elle est dans les gradins du Cirque d'Hiver et que débarquent les clowns.

— Et bon séjour à tous au village !

Encore le générique de Michel Drucker. Mouvement de foule, crissement de pieds de chaises. Cat sort de l'épreuve un brin ankylosée. Elle a hâte de passer à la case farniente ; il faut d'abord qu'elle passe à l'accueil remettre la fiche de l'état des lieux (manque une spatule et un tire-bouchon) sans omettre de signaler que l'ampoule du réfrigérateur a grillé. Mais Romain la tire déjà par le bras.

— Dépêche-toi, m'an, on y va !

Alignés derrière des tables sur la terrasse du bar, les animateurs des clubs enfants enregistrent les inscriptions. Il y a aussi un kir de bienvenue servi sur une grande nappe de papier crépon. Bien qu'elle ne raffole guère de kir, Cat se faufile jusqu'aux gobelets en plastique. Au même instant, animée par une intention similaire, une mère de famille tend la main et renverse le contenu d'un gobelet qui éclabousse les sandales de Cat.

— Oh ! Crotte ! Désolée pour vos nu-pieds.

— Ce n'est pas grave, ça va sécher.

La maladroite grimace en découvrant sa jupe : l'imprimé de violettes a pris la douche.

— Purée ! J'en ai mis partout... Bon... Ça y est, j'suis baptisée !

Cat lui sourit et lui tend une serviette en papier. Brune, les cheveux épais coupés au carré, un visage expressif et un regard noisette, la vacancière lui rend aussitôt son sourire. Pas de mari à l'horizon mais le même genre de petite fille accrochée à son gilet.

— Wendy, tu me lâches, s'il te plaît...

Comme Pauline, la fillette doit avoir dans les six ans et reluque le bar où, à l'aide d'une louche en plastique, une barmaid quadra vêtue d'un top asymétrique en dentelle vert olive remplit quantité de gobelets avec de la grenadine. Une petite main secoue le bras de Cat.

— Maman, j'ai soif.

Pauline n'ose pas aller demander elle-même un verre à la dame. Ce n'est pas son truc à Pauline, de faire quelque chose sans sa maman.

— Demande à ton frère.

— Il est pas là.

— Ah bon ? Où il est passé ?

— Il est aux balançoires.

Romuald, le fils de la vacancière maladroite, a lui aussi pris la même direction. Les deux mamans se regardent, soupirent, puis elles accompagnent leurs filles jusqu'au bar.

Plage des Demoiselles
15 h 30

Leurs pieds nus s'enfoncent dans le sable. Ils marchent d'un pas décidé, une sacoche glissée sous le bras, indifférents à la chaleur. Ils marchent, à deux ou trois mètres l'un de l'autre, coiffés de bobs, les jambes et les bras rougis par le soleil. Ils s'approchent des vacanciers allongés sur leurs serviettes de bain, luisants de crème solaire, et sortent des tracts de leurs sacoches pour les distribuer. Parfois, ils sont obligés d'expliquer pourquoi ils font ça. Mais personne ne refuse jamais de saisir la petite feuille photocopiée. Après la plage, ils reprendront la voiture et iront tracter à l'entrée des deux hypermarchés. Vers 20 heures, s'ils ont faim, ils retourneront dîner à leur logement au VVF, et ils se coucheront à l'aube, après avoir repris la distribution des tracts à la sortie des boîtes de nuit des environs.

— Merci !

Christine saisit le petit papier. Alanguie sur sa serviette orange, la peau laiteuse et généreusement crémée, elle fronce les sourcils sous ses lunettes de soleil, parcourant le tract de ses ongles vernis.

— Pas croyable, ça.

— Qu'est-ce que c'est ?

Cat interrompt ses exercices abdominaux pour se rapprocher de Christine. Elles se sont retrouvées par hasard sur le sable et ont achevé de sympathiser.

— Ce sont les photos des gamins disparus dont a parlé le directeur ce matin...

Les deux mamans regardent les parents de Linda et Thomas s'éloigner sur la plage tandis que leurs fillettes s'éclaboussent en poussant de petits cris ravissants.

— Pauline, Wendy ! Vous restez près du bord !

Romuald et Romain sont un peu plus loin, agenouillés sur leurs serviettes. Ils jouent aux cartes et à la *Game Boy*. Cat s'assied en tailleur et soupire.

— Qu'est-ce qu'on fait ? On va dans l'eau ?

— Jamais de la vie, elle est glacée. Mais vas-y, si tu veux.

— Bon. Je me trempe juste les pieds. Il ne fait pas si chaud que ça, aujourd'hui...

— Y a un petit peu de vent, oui.

— Au moins, ça chasse les nuages.

— Tu crois qu'ils vont les retrouver ?

— Quoi ?

— Les gamins.

— Je n'en sais rien.

— Tu pourrais supporter ça, toi, de perdre tes gosses ?

Cat rajuste les élastiques de son bikini kaki sur le haut de ses cuisses tout en rejoignant les petites filles.

— Tu as de ces questions !

Elle lui plaît bien, sa copine Christine. Un peu sur la même longueur d'onde, toutes les deux. Inespéré de tomber sur quelqu'un comme elle dès le premier jour de vacances. En général, Cat ne se lie pas facilement. Et ça ne s'arrange guère avec la crise de la quarantaine. Comme les vergetures. Elle a bien fait de choisir ce séjour de secours dans le catalogue VVF printemps-été. L'ambiance famille mémère et soirées Karaoké, rien de tel pour oublier Philippe.

Cellule n° 3
18 h 30

Tidji est sale. Les cheveux en friche. Méconnaissable. Il pourrait se laver, utiliser le petit lavabo et le savon de Marseille mis à sa disposition. Mais sa crasse et l'odeur de transpiration le rassurent. Il s'est aussi écorché les mains en essayant de retirer les chaînes. Comble de l'hypocrisie, l'intérieur des anneaux qui enserrent ses chevilles est doublé de mousse confortable. Sa cellule est jonchée de pages arrachées au livre de poche qui se trouvait sur la petite table. Il a aussi déchiré les deux autres exemplaires qui lui ont été fournis depuis. La lumière revient dans sa cellule. La bouche pâteuse, Tidji se frotte la figure, froisse des cernes noirs sous ses yeux. Le crissement qui précède l'ouverture du panneau aménagé dans la porte le fait sursauter. L'heure du repas. On a disposé sur un plateau en plastique un bol de soupe, une portion de camembert, un ramequin rempli de compote de pommes, un morceau de pain, une demi-bouteille d'eau minérale et encore ce même roman avec la photo d'un adolescent blondinet en couverture. Assommé par les tranquillisants mélangés à la nourriture qui lui est servie deux fois par jour, Tidji met un certain temps avant de parvenir à se lever. Puis, d'un pas lourd, il avance vers la porte jusqu'à ce que les chaînes accrochées à ses chevilles soient tendues.

VVF, salle de spectacle
21 h 00

Soirée cabaret. Sketches, humour et parodies, interprétés par la joyeuse et dynamique équipe d'animation du village. Romain s'est installé au premier rang, à côté d'un groupe de quatre garçons et de deux filles dont le hâle prononcé indique qu'elles sont ici depuis une semaine. Christine est montée coucher les enfants et soigner ses coups de soleil. À la demande expresse de Pauline, et parce qu'elle n'a aucune envie d'assister au spectacle, Cat joue une partie de Yam's avec sa petite fille ravie de cette première journée de vacances. Installées à la terrasse du bar, toutes les deux ont enfilé une jupe et relevé leurs cheveux à l'aide d'épingles et de chouchous. Et si Pauline se plaint de maux de gorge, c'est surtout parce que la barmaid du VVF vend des glaces *101 Dalmatiens* à un euro.

— Bon, allez. Va pour une glace.

Elles rejoignent le comptoir de Véronique, laquelle a troqué son top asymétrique vert olive contre un tee-shirt blanc à col roulé et mancherons en dentelle.

— Bonsoir. Qu'est-ce que je vous sers ?

— Une glace Dalmatien et...

Cat avise un saladier transparent rempli de glace pilée et d'un liquide vert citron.

— Euh, votre cocktail, il est à base de quoi ?

Avant de répondre, la barmaid se décale sur le côté pour embrasser quelqu'un. Cat reconnaît immédiatement le veilleur de nuit. Un terrifiant polo jaune remplace la chemise de la veille. Et toujours ce jean à pinces hors du temps. La monture métallique de ses lunettes est trop étroite pour son visage. Grand front, sourcils droits, sillons marqués de chaque côté du nez, menton carré, raie à l'avenant pour discipliner sa tignasse et barbe de trois jours, il ressemble à Harrison Ford, mais un modèle fâché avec son coiffeur depuis six mois. Comme le veilleur de nuit se tourne vers elle, Cat lui sourit poliment.

— Bonsoir. Alors, tout va bien ? Vous êtes bien installée ?

— Oui, merci.

— Bonne soirée.

— À vous aussi.

Oui. C'est ça. Harrison Ford en plus enrobé, avec des yeux bleu clair un brin trop brillants. Ce type a sûrement un problème avec l'alcool. D'ailleurs, veilleur de nuit, c'est un boulot d'alcoolique.

— Tiens, François. Ton café...

Véronique s'active derrière le bar.

— Et alors madame, avec la glace Dalmatien, je vous mets une petite Margarita, c'est ça ?

Pauline lèche sa glace avec un plaisir non dissimulé. D'une main, elle tient le bâtonnet et de l'autre, elle lance les dés.

— J'ai fait quatre six du premier coup !

Cat sirote son cocktail, l'air absent.

— Maman, c'est à toi de jouer.

Lançant les dés sur la table, Cat fait le compte du nombre de fois où elle aura pensé à Philippe aujourd'hui. Le chiffre — inférieur à dix — est encourageant. Mais elle sait qu'il va tripler avant que le sommeil ne la gagne.

Plage des Soixante Bornes
Discothèque la Maison Bleue
00 h 20

Un tatouage triangulaire au motif complexe dépasse sous la chemise dont William a retroussé les manches. Il a laissé Yan seul au bar, le temps pour lui de rejoindre Marco au chill-out VIP. Dans la petite pièce agrémentée de banquettes en velours et de lanternes tunisiennes, la lumière tamisée donne un aspect presque christique à la scène : au milieu d'un petit groupe, Marco, quarante ans, genoux écartés et chemise noire à manches courtes déboutonnée sur le bide, trône entre deux filles beaucoup plus jeunes dont il entoure les épaules. Il fume un cigare dont la bague tourne autour de l'index de la fille de droite.

— Hé ! Willy ! Viens par ici !

Le barman se rapproche de son associé en râlant.

— C'est full, ce soir. J'peux pas laisser Yan tout seul. Qu'est-ce que tu veux ?

Marco tire une longue bouffée de son cigare. Après avoir gardé la fumée quelques secondes dans la bouche, il la recrache avec un sourire satisfait.

— Ahhhh ! *I love Cuba* ! Viens, Willy... Assieds-toi une minute.

Les deux compères aux crânes rasés ont monté un certain nombre d'affaires dans la région, en commençant par un concept original de bar électro itinérant à la fin des années 90, d'abord à Saint-Nazaire, et ensuite aux Sables-d'Olonne. La qualité des sets des DJ's qu'ils font régulièrement venir de Londres et de Paris en période estivale ont fait de la Maison Bleue — après le passage sur le terrain de golf de Saint-Jean-de-Monts — le lieu branché incontournable de la région.

— J'ai quelqu'un à te présenter...

William a pris place sur un pouf berbère en cuir. Marco lève le menton pour désigner un type maigre d'une cinquantaine d'années. Crinière blanche sur bronzage U.V., costume Armani, il est installé sur la banquette, les coudes enfoncés dans des coussins ronds en tissu doré.

— Je te présente Victor... Victor travaille dans le cinéma... Il produit des films pour une firme canadienne... Il est venu à Saint-Jean-de-Monts avec des amis à lui... Des golfeurs de premier choix !

William adresse un salut cordial de la tête au quinqua. L'autre y répond de la même façon. Visiblement, la boîte de cigares posée sur la table est à lui.

— Victor est envoyé par quelqu'un que tu connais bien…

Marco se penche vers le barman et place une main sur sa nuque avant de lui chuchoter quelque chose à l'oreille. William acquiesce en regardant les jambes des filles.

— OK, mais j'ai besoin d'un peu de temps.

Victor précise qu'il fête son anniversaire le quinze et qu'il serait très déçu si le petit extra qu'on lui a promis ne pouvait avoir lieu ce jour-là.

— Mais Willy va vous arranger ça. Pas de problème. Dacodac' ?

Le barman hoche la tête et gratte la touffe de poils taillés en pointe qui allonge son visage.

— Ça roule. On va préparer les bougies.

Marco a replacé le cigare dans sa bouche, l'air satisfait. William quitte son pouf et disparaît au milieu d'une foule de joyeux clubbeurs, tirant déjà un téléphone portable d'une poche de sa chemise.

VVF, bureau d'accueil
02 h 20

La grille de mots croisés en forme de rectangle compte huit cases en largeur et vingt-six en longueur. On la trouve à la page 27 du numéro 30 d'un bimestriel pour cruciverbistes de bon niveau.

Horizontalement. Manque d'aire (8 lettres).

De son pouce droit, François appuie sur l'extrémité d'un porte-mine rouge. Les écouteurs de son baladeur CD diffusent la musique du film américain *The Bone Collector*, une partition anxiogène de Craig Armstrong dont le thème répétitif joué au piano devient vite rasoir. En revanche, les effets sonores numériques mêlant voix et synthé sont plutôt réussis. Le veilleur de nuit choisit ce type de musique lorsqu'il ne parvient pas à se concentrer sur ses mots-croisés — ou quand il a trop chaud. Ça transforme illico le climat du hall d'entrée du VVF en un plan sonore de film à suspense et procure d'agréables frissons associés à une sensation de fraîcheur sur la peau. François inscrit les lettres D, E, G, O, N, F, L, E dans les huit cases de la première ligne et saisit la tasse de café encore chaud posée sur le bureau, à côté du petit bimestriel. Tout va bien. Cette troisième semaine de travail au VVF s'annonce aussi tranquille que les précédentes. Boulot idéal pour se remettre les idées en place, reprendre contact avec la civilisation, se refaire une santé, connaître une forme d'apaisement. L'image d'un coucher de soleil souillant la mer de son or, le claquement d'une voile sur un mat et l'odeur âcre de bile chatouillent encore sa mémoire. François repose la tasse et saisit le porte-mine. Ses doigts tremblent un peu.

Verticalement. Fiction sanglante (4 lettres). L'amer à boire (5 lettres). En décomposition (7 lettres).

G, O, R, E. Un bateau solitaire au milieu de l'océan... A, L, O, È, S. L'impression de devenir fou... P, U, T, R, I, D, E. Déclenchement d'une balise de détresse...

Le clignotement d'un voyant lumineux sur le standard téléphonique attire l'attention du gardien. L'écran de l'appareil indique le numéro de l'appartement d'où provient l'appel. François décroche le combiné plus promptement que d'habitude. Un empressement qui n'est pas sans rapport avec la famille qui occupe l'appartement.

— Bonsoir, je suis Mme Berthelet, l'appartement 325...

Elle parle vite, prend de brèves inspirations entre chaque phrase.

— Je ne sais pas ce qu'elle a... On dirait qu'elle étouffe... Je n'ai jamais vu Pauline comme ça...

François entend tousser la petite fille. Une toux rauque suivie aussitôt de pleurs étranglés. Il se crispe.

— Vous avez essayé d'appeler le médecin de garde ? Le numéro figure sur la feuille de l'inventaire.

— Sur la feuille de... Attends une seconde ma puce, ne bouge pas...

Au bout du fil, Cat essaie sans doute de mettre la main sur le document en question. François entend des frottements contre le combiné, puis la respiration sifflante de l'enfant.

— Sur la feuille de l'inventaire, c'est ça ?

Il gratte le haut de son front.

— Oui, mais si vous voulez, je peux vous donner le numéro, ce sera plus simple.

— Oui, je... Ça ira plus vite... Si je mets la main sur quelque chose qui écrit... Oui, maman est là, Pauline... On va appeler le docteur...

La petite gémit à chaque inspiration. François passe une main dans ses cheveux.

— Mme Berthelet ?

— Oui, une seconde, je cherche un stylo...

— Laissez tomber le stylo. J'appelle le médecin. Si vous pouviez me rejoindre à l'accueil avec votre fille...

— Oui ? Ah oui, d'accord, je descends... Merci !

Plage des Soixante Bornes
Discothèque la Maison Bleue
02 h 25

William jette un coup d'œil à sa montre, avale trois gorgées de soda light, éponge son cou avec un torchon, donne une tape amicale à son collègue en lui criant quelques mots à l'oreille puis, après avoir pris une liasse de billets de 50 euros dans le tiroir-caisse, il quitte le bar. Longeant la piste de danse, William slalome entre les clients, claque la bise aux habitués du club qui ondulent entre les tables basses translucides à l'intérieur desquelles clignotent des diodes colorées.

La porte battante des toilettes hommes claque sur son passage : elle s'ouvre sur les urinoirs en inox et le dos de deux types qui, tête baissée, sont occupés à pisser. Leurs mâchoires avancent et reculent insensiblement au rythme de *One More Time* des Daft Punk. William bifurque vers la droite, passe trois portes, appuie sur la barre transversale qui actionne l'ouverture de la quatrième porte et descend une dizaine de marches.

Les réserves de la Maison Bleue ont une odeur de moisi et de tabac froid. Le plafond vibre, encaissant les secousses régulières de la sonorisation. William se dirige vers le fond de la pièce d'où lui parviennent les gémissements d'une femme. Derrière un empilement de palettes de bouteilles d'alcool emmaillotées de film plastique, un vieux canapé-lit aux coussins défoncés, flanqué contre un mur. Un lampadaire halogène ainsi qu'une table basse constellée de cannettes de bière vides complètent le mobilier. Il y a aussi un vieux poste de télévision dans lequel apparaît l'image en gros plan d'un sexe d'homme secoué avec vigueur par une actrice de film porno. Face au téléviseur, avachi dans le canapé, un type écarlate boit une bière tandis qu'il agite une main glissée à l'intérieur de son jean. Ses cheveux, longs et ténébreux, sont nattés par un ruban de cuir assorti au gilet noir qu'il porte à même la peau. William saisit la télécommande posée sur la table et fait disparaître l'image de l'écran. Une brassée d'injures monte immédiatement du canapé.

— Ta gueule, Gros Brice. J't'ai pas demandé de rappliquer pour astiquer ton matériel. On a un anniv' à préparer.

— Quand ça ?

— Jeudi.

Le type du canapé hausse les épaules.

— Jeudi ? Tu nous la joues *Matrix*, là, ou quoi ?

— Tu te fous de ma gueule ?

— Eh ! J'ai pas l'effectif, si tu veux savoir ! Y'en a un qu'est pas encore mûr et deux autres qui viennent de me filer entre les pattes. Y pètent de trouille ! Y pètent tous de trouille depuis que les bleus se sont fait détroncher.

William tourne le dos à Gros Brice, sort un cutter de sa poche et fait une large entaille dans le plastique qui entoure la palette de bouteilles J & B.

— Faut embaucher des nouveaux. Des tas de gamins ont débarqué samedi. Chasser de la berline, ils demandent que ça. Le carton là-bas… Passe-le-moi.

Gros Brice renverse le contenu de la cannette dans sa bouche, froisse la boîte entre ses doigts, la jette sur la table et soulève sa carcasse.

— Ça va prendre trop de temps… Faut les accrocher, leur montrer comment ça se danse… On sera jamais prêts ! … Et puis, les *Chicken Run* commencent à être nerveux.

— Les flics, je m'en occupe.

Brice fait craquer ses doigts avant de saisir le carton et de l'apporter à William.

— Combien de bagnoles ?

— Quatre.

— Quatre ? ! Mais Willy, bordel…

— Y a du gros pognon à se faire sur ce coup-là. Le client est du genre à régaler ses copains. Alors, bouge ton cul et ramène-moi de la bagnole.

Brice lève un sourcil.

— J'aurais bien une petite idée mais…

William tient contre lui quatre bouteilles qu'il fait glisser dans le carton que lui tend Gros Brice. Puis il sort de la poche de sa chemise la liasse de billets qu'il secoue devant les yeux de son interlocuteur.

— Ton quatre heures.

La liasse fait un vol plané avant d'atterrir sur la table contre un cendrier rempli de mégots.

— Tu fais chier, Willy !

Le barman débarrasse Gros Brice du carton avant de lui conseiller de se tirer avec discrétion en empruntant la porte de derrière.

VVF, hall d'accueil
02 h 35

Elle a enfilé en vitesse son pantalon treillis sous sa mini-combinaison en lycra bleu qui lui sert de chemise de nuit. Démaquillé, son visage paraît plus fragile, doux et sensuel. Le vert de ses yeux brunit sous l'éclairage des spots halogènes encastrés dans le plafond du hall. Cat porte Pauline contre elle. Les jambes de la petite fille sont enroulées autour de sa taille. Elle respire toujours avec difficulté, pleurant par intermittence. Cat est désemparée, mais rien dans son attitude ne traduit un stress. Elle se tient droite devant le comptoir d'accueil, écoute les explications embarrassées du veilleur de nuit. Il vient de parler à l'épouse du docteur Talmont. Ce dernier est à l'autre bout de la ville.

— Sa femme l'a bipé. Il devrait être là dans trente minutes.

Le type ne sait que faire de ses mains. Il les met dans ses poches pour les retirer aussitôt, pose ses coudes sur le comptoir, se gratte la nuque, propose à Cat une tasse de café, essuie un refus, frémit en entendant les gémissements de Pauline.

— Elle a de la fièvre ?

— Oui.

— Elle s'est plainte de maux de gorge, aujourd'hui ?

— Oui. Ça a commencé avant le dîner, mais rien d'important. Je ne pensais pas que les choses allaient empirer aussi vite.

— C'est sûrement une inflammation des amygdales.

François ajoute, un ton plus bas :

— Ma fille faisait des laryngites à répétition quand elle était petite.

Cat tourne vers lui ses beaux yeux verts.

— Ah oui ?

— Elle... Elle avait de grosses amygdales. L'infection, ça les fait doubler de volume... Vous ne voulez pas qu'on l'allonge sur une banquette dans le hall ? Ce sera moins fatigant pour vous que de la porter comme ça...

— Je ne préfère pas. Quand Pauline est couchée, elle s'étouffe carrément.

— Ah ! Effectivement. Alors mieux vaut la tenir dans vos bras.

02 h 35

La petite laisse s'échapper une plainte. Sa mère lui caresse la tête pour la réconforter. Mme Berthelet ne quitte pas des yeux les portes vitrées. Avec sa mine chiffon et ses cheveux en bataille, François la trouve particulièrement attirante. Et c'est bien emmerdant. En temps normal, il ne serait pas là au bord de la panique, à se faire du mauvais sang pour une gamine qu'il ne connaît pas. Il poursuivrait sa veille, attendant le toubib, avec une bonne tasse de café et des spéculoos que son collègue du matin stocke au fond d'un tiroir du bureau, à côté d'une flasque d'Aberlour.

— Vous vous souvenez de ce que le médecin prescrivait à votre fille ?

François réfléchit.

— Des corticoïdes.

— Quel médicament ?

— Je ne sais plus... Vous voulez que je regarde dans l'armoire à pharmacie du bureau au cas où je trouve quelque chose ?

— Il y a des anti-inflammatoires ?

— Je vais jeter un œil.

François disparaît dans les bureaux situés derrière le comptoir.

02 h 36

Cat demeure seule avec Pauline. Au bout d'un temps qui lui paraît infini, François revient. Il pose plusieurs produits sur le comptoir.

— Bon, j'ai trouvé de l'aspirine, du Doliprane... Mais j'ai aussi trouvé ça : ma femme en donnait à Inès.

Il tend à Cat un flacon neuf de Célestène. Cat acquiesce.

— Le pédiatre en a déjà prescrit à Pauline.

— Il faut mettre les gouttes dans du jus de fruit, je crois.

— Oui, ou de la compote... C'est moins mauvais à avaler.

— Je reviens.

S'emparant d'un trousseau de clés suspendu au tableau derrière lui, le veilleur de nuit soulève le battant du comptoir et s'éloigne en direction du bar. Il revient quelques instants plus tard avec un verre et une bouteille de jus d'abricot.

— J'espère qu'elle aime le jus d'abricot... On va se mettre par là.

Assise sur une banquette du hall d'entrée, Pauline gémissant contre elle, Cat observe l'homme verser du jus de fruits dans le verre. Sa main tremble légèrement lorsqu'il dévisse le flacon de corticoïdes.

— Elle a quel âge, votre fille ? demande Cat avec douceur.

— Inès est décédée ça fait sept ans.

— Oh ! Je suis désolée.

Le veilleur de nuit serre les lèvres, concentré sur sa tâche. Cat incline la tête contre celle de sa fille. Son échange avec Christine lui revient alors à l'esprit.

— Il n'y a rien de plus terrible que de perdre un enfant, murmure-t-elle.

La pipette plonge une première fois dans le flacon.

— C'est... comme une présence invisible.

L'homme replonge la pipette à l'intérieur du flacon pour aspirer une autre dose.

— ... Et la plus violente des douleurs, ajoute-t-il.

Le liquide est mélangé au jus de fruits.

— Voilà. Je crois que le compte y est... Tenez.

Cat saisit le gobelet.

03 h 00

Dès son arrivée dans le hall, en bermuda, le docteur Talmont a constaté que le Célestène avait rempli son office. À présent, Pauline somnole contre sa maman, les amygdales dégonflées. Après avoir rédigé une ordonnance et promis qu'il passerait le lendemain pour voir comment se portait la fillette, le toubib est reparti en bâillant. François et Cat sont assis sur la banquette du hall d'entrée, un brin plus détendus.

— Merci beaucoup pour votre aide. Vous êtes un veilleur de nuit top niveau. Je suis vraiment désolée de vous avoir dérangé.

— Non non pas du tout, vous ne m'avez pas dérangé, aucun problème, je suis là pour ça... Et puis, je déteste voir un enfant souffrir.

Le sourire de François s'est figé. Cette langueur et cette souplesse, ces flexions de la taille et du corps qui appelle l'enlacement... Avec prudence, il détourne son regard de la vacancière.

— Partir en oubliant la trousse de médicaments, c'est tout moi !

— C'est toujours quand on en a le plus besoin qu'on s'aperçoit qu'il nous manque quelque chose.

— Oui.

François croise les jambes et fixe ses mocassins à lacets. Cat toussote, puis se lève.

— Bon... Eh bien... Bonne nuit.

— J'appelle l'ascenseur.

En traversant le hall, Cat ploie tellement sous le poids de sa fille qu'elle rapetisse à vue d'œil.

— Laissez-moi vous aider.

François portera Pauline jusqu'à l'appartement avant de quitter sa maman sur le pas de la porte, fuyant les lieux le plus vite possible.

12 JUILLET

Cellule n° 1
07 h 30

Voilà à peine une minute que la lumière a jailli du plafond. Thomas est encore tout ébloui. Un grincement précède l'ouverture de la paroi coulissante dans la porte. Depuis le lit en fer où il s'est recroquevillé, le garçon voit le panneau de bois coulisser. Apparaît une main énorme aux doigts rugueux et orange. Toujours ce même gant de jardinage. Thomas en a déjà vu des comme ça, au rayon bricolage des hypermarchés. Son père utilise presque les mêmes pour tailler les haies dans le jardin du pavillon, à Villejuif. Chaque fois que Thomas voit le gant orange, il pense à son père, au pavillon, à sa mère, à sa sœur. Alors, sa tête recommence à lui faire mal. Il a une grosse bosse sur le front. Il est tombé de son lit et son crâne a cogné sur la dalle de ciment, il ne sait plus quand. C'est arrivé à cause des médicaments qu'on lui donne pour le faire dormir. Il a voulu se lever et paf ! Par terre. Il se souvient vaguement qu'un guerrier Ninja portant des lunettes de soleil a déboulé dans sa cellule juste avant qu'il ne perde connaissance. L'odeur familière du Synthol a fini par le réveiller. Depuis, une bande médicale entoure son front et on ne mélange plus de tranquillisants à sa nourriture.

L'ouverture dans la porte est juste assez haute pour y faire passer un bol ou un verre. Mais ce n'est pas le petit-déjeuner qu'on apporte à Thomas. Le gant orange tient une feuille blanche. Thomas se redresse, s'assied sur la couverture, puis, calmement, marche jusqu'à la porte. Il tend son bras vers la petite feuille et la saisit. Aussitôt, la main disparaît et le panneau de bois se referme. Thomas retourne s'asseoir sur le lit. La feuille de papier est encore tiède. Elle sort d'une imprimante. Le propriétaire du gant a poussé le raffinement jusqu'à choisir une police de caractère imitant celle d'une machine à écrire :

Moi, Thomas Laclos, 17 ans,
Demeurant à Villejuif,
J'affirme que ma sœur n'était pas d'accord pour le vol de la voiture.

Je reconnais l'avoir poussée à nous rejoindre dans le véhicule.

J'aime ma sœur et je ne veux pas qu'elle paie pour mes fautes.

Je reconnais avoir mal agi en toute conscience et ne pas avoir pris en considération la folie de mon acte.

Cet aveu me vaudra une réduction de ma peine.

Lieu

Signature

Thomas a relevé les yeux vers le panneau de bois que quelqu'un fait coulisser de l'extérieur. La main gantée tient à présent un stylo publicitaire pour les hypermarchés Super U.

VVF, salle de fitness
11 h 00

Le plus grand est assis sur un appareil de musculation. Très concentré, il choisit une nouvelle sonnerie pour son téléphone portable rikiki, un bonnet enfoncé sur son front. Le plus petit, à un mètre du plus grand, fait du vélo d'appartement. Au fond de la salle, deux autres garçons fument des cigarettes, appuyés contre des espaliers en bois. Ils portent tous des joggings et lorgnent deux filles qui se sont installées sur des tapis de sol. Moulées dans des tee-shirts sans manches, en pantalons corsaires, elles choisissent des CD dans une pochette avant de les glisser dans un gros appareil dont l'allure générale évoque celle d'un petit astronef.

— Y veut quoi ? Y veut quoi le fils de pute, là ? !

La porte était grande ouverte, Romain a passé la tête par curiosité, histoire de voir à quoi ressemble la salle de fitness. Il aurait mieux fait de rester au lit. Il recule aussitôt.

— Rien. Je regardais, c'est tout.

— Ouais ? Bah tu regardais quoi, pauv'bâtard ? Tu dégages, ou j'te pète le cul !

Un instant plus tard, Romain donnait des coups de pied dans des cailloux, devant les balançoires. Parce que sa sœur a été malade cette nuit, sa mère ne s'est pas réveillée à 8 heures pour lui préparer son petit-déjeuner. Alors Romain n'a pas pu aller au club ado avec Romuald, le fils de la nouvelle copine de sa mère. Dommage. Parce que même s'il n'est pas très causant, avec sa coupe de cheveux super naze, Romuald connaît un max de blagues cochonnes et aussi la plupart des astuces de Super Mario 5 sur Game Boy Advance. Et ce sont bien les seuls sujets de conversation qu'il supporte en ce moment, Romain. De quoi oublier les peines de cœur de sa mère avec son ex. C'était déjà pas facile d'accepter qu'elle roucoule entre les bras d'un mec plus jeune qu'elle après cinq ans vécus dans le célibat, ni vraiment très drôle de fraterniser avec un végétarien qui ne s'est pas marré une seule fois devant *Astérix et Obélix contre César* et qui ne prête jamais sa moto, même pas pour faire le tour du pâté de maisons. Mais voir sa mère retenir ses larmes pour faire bonne figure matin et soir, c'était l'horreur.

Romain profite qu'une balançoire se libère pour venir s'y installer. Ses talons frottent le sable, tracent des sillons bien droits.

Il voudrait bien qu'on le respecte un peu, Romain. Qu'on ait des égards. Ce n'est pas parce qu'il va redoubler sa quatrième alors que sa mère est dans l'enseignement qu'il faut le regarder comme un attardé mental. Il a des circonstances atténuantes : des parents divorcés et une petite sœur dont il doit s'occuper toutes les cinq minutes quand maman n'est pas là, ce n'est pas top comme bagages, dans la vie d'un ado.

Plage des Demoiselles
15 h 30

Pauline n'ira pas se baigner aujourd'hui avec Wendy, mais le médecin a dit qu'elle pourrait se rendre au mini-club dès demain avec sa copine si elle prend bien son sirop.

— « Ma semaine chez les pirates... »

Assise sur un drap de bain saumon, Pauline est penchée contre sa maman, laquelle étale la double page du programme d'animation du VVF devant elle. Le vent est tombé. Une petite brise venue de la mer soulève un peu les cheveux de Cat. Enduite d'une double dose de crème protectrice, Christine s'est allongée sous le parasol, protégeant ses premiers coups de soleil sous un tee-shirt blanc. À ses côtés, Wendy suce la paille qu'elle vient de plonger dans une brique d'eau minérale additionnée de sirop de citron. Les fillettes sont tranquilles lorsque leurs frères aînés font de l'initiation au char à voile avec le club ado du village.

— Alors « mardi, 10 h 00 : à la recherche des trésors de la nature ».

— Ça veut dire quoi ? demande Pauline. On va chercher un trésor ?

Cat lui répond qu'il s'agit plutôt de ramasser des coquillages sur la plage.

— Oh ! Trop nul !

— Mais non, pourquoi tu dis ça, Pauline ?

Christine rit de bon cœur.

— Ça, les animations VVF, c'est pas Disneyland !

Cat proteste : chercher des coquillages n'est pas plus crétin que de demander un autographe à Mickey.

— Et puis à 11 heures, vous fabriquez un village en pâte à sel.

— Ouais ! Génial.

Wendy retire la paille de sa bouche pour demander si elles vont devoir construire chacune un village entier parce que si c'est le cas, elle s'en sent bien incapable.

— La pâte à sel, c'est long à cuire et ensuite il faut mettre les décorations, peindre tout ça...

— Mais non ma bichette, chacune fabrique sa petite maison !

Il est arrivé par-derrière, soulevant le sable avec ses babouches. Un appareil photo à l'objectif imposant est plaqué sur son torse bronzé agrémenté de poils blonds et blancs. Il porte un short marron clair et plusieurs colliers de fabrication artisanale autour du cou, assortis aux bracelets en lanières de cuir tressées qu'il porte à ses poignets.

— Salut !

Sous la paire de Ray-Ban, un sourire *Colgate*. Le front est haut, étroit. Une fine couche de cheveux est bien peignée sur le crâne. Ce type semble sortir tout droit d'un épisode de la série *Côte Ouest*.

— Je m'appelle Michel. Michel Moinet. Et vous ?

Christine lui jette un regard amusé.

— Nous ? On est en vacances.

— Ah ! Les bienheureuses !

Michel se laisse tomber à genoux dans le sable, face aux deux mamans et leurs petites.

— Tout va bien pour vous ?

Cat soupire. Elle déteste ce genre de dragueur des plages ayant dépassé la quarantaine et découvert que ses rides rassuraient les femmes.

— C'est la première fois que je vous vois dans le coin... Vous êtes arrivées samedi ? Une petite semaine de rêve en prévision pour les petites demoiselles ?

Impeccable. Il connaît son boulot, cordial, montre qu'il est régulier et tapine toujours sur le même périmètre. Il maîtrise, Michel Moinet le photographe. Dans un instant, il va proposer aux fillettes de prendre la pose.

— Et les jeunes starlettes, elles s'appellent comment ?

Évidemment, Pauline et Wendy ne résistent pas à l'émail lustré. Les voilà illico allongées sur le ventre, dans le sable, côte à côte, malgré les protestations de Cat.

— Non merci. Pas de photo.

Mister Colgate insiste. Il s'incruste. Sort des petits liens de cuir de sa poche et en donne aux filles, leur montrant comment se fabriquer toute seule un bracelet. Elles sont ravies. Les filles rêvent déjà à leur portrait en 35x40 cm encadré au-dessus du téléviseur dans le salon. Et puis, soudain, le type se fige devant Christine alors qu'elle sort un paquet de cigarettes de son sac de plage.

— Ah ! Non ! Pas ça !

Le voilà qui passe en revue tous les cancers potentiels de Christine sans oublier les dégâts que le tabac cause à la peau.

— Ma mère est morte d'un cancer du poumon alors je sais de quoi je parle, ajoute-t-il.

— Faut bien mourir d'une façon ou d'une autre, commente Christine.

Depuis sa serviette, Cat croise les chevilles en regardant la mer, faisant semblant de s'intéresser à l'horizon. Le type se met à fouiller le sable et en sort un vieux mégot qu'il promène bientôt devant ses yeux.

— Le plus étonnant, précise-t-il, c'est qu'elle ne fumait pas. Ce sont les Gitanes de mon père qui l'ont tuée.

Le mégot tombe à l'intérieur d'un petit sac en plastique que le photographe tire d'une de ses poches.

— C'est dégueulasse de foutre ses mégots dans le sable, hein ! C'est surtout les jeunes qui font ça. Ils auraient plus vite fait de brûler leurs poumons au chalumeau, ces abrutis.

Le photographe a braqué ses Ray Ban sur Cat.

— Et vous ? Vous ne fumez pas ?

Cat fait non de la tête.

— C'est bien... Ça vous va bien.

Cat imagine le regard derrière les lunettes et cela lui est désagréable. Discrètement, Christine a remis sa cigarette dans le paquet. Michel sourit toujours, mais il s'est tu. Soudain, il ôte ses lunettes.

— Bon. Je vous ai gâché votre soleil, là.

— Mais non.

— Mais si. Je le vois bien.

Ses yeux sont d'un bleu presque transparent. Sans ses lunettes démodées, il paraît plus sympathique.

— Allez ! Je vous épargne le couplet sur le respect de la nature. Mais si vous pouviez au moins ne pas mettre vos mégots dans le sable, je serais plus heureux, voilà.

Le petit sac de mégots est rangé dans la poche avant gauche du short. Une carte de visite imprimée sur papier recyclé est tirée de l'autre poche. Michel la tend à Cat.

— Même si vous ne voulez pas une photo de votre petite princesse, passez quand même au magasin… Je vous offre un verre de jus d'orange Bio pour me faire pardonner le dérangement.

Les genoux dans le sable, il s'incline devant Cat et Christine avant de se redresser puis il s'éloigne en marchant à reculons, la tête légèrement penchée, avec ce même sourire coincé entre le pli des rides. Christine attendra qu'il ait parcouru au moins 100 mètres avant d'oser sortir son paquet de cigarettes. S'ensuivra un commentaire de Cat concernant sa propension à attirer les illuminés partout où elle passe avant de reprendre la lecture du planning des animations spéciales mini-club.

Cellule n° 2
18 h 30

Linda a rempli le petit lavabo. Ses mains plongent dans l'eau tiède et frottent le fond de la culotte avec le savon. Debout, la couverture serrée autour de la taille, la jeune fille cache ses fesses à la caméra. Les occasions de profiter de la lumière sont moins rares qu'au premier jour, mais elles sont toujours aussi brèves. Linda compte les secondes à voix basse. Déjà trois minutes se sont écoulées depuis que l'ampoule du plafonnier s'est allumée. Elle voudrait avoir fini son petit nettoyage avant que la trappe ne s'ouvre dans la porte. Car elle va s'ouvrir, comme c'est le cas une fois sur deux lorsque la pièce est éclairée. Et si elle ne va pas immédiatement chercher son repas, la trappe se referme. Linda doit alors patienter jusqu'au prochain repas le ventre vide, au risque de perdre son principal repère temporel : son estomac. Grâce à l'intensité de ses gargouillis, elle évalue grosso modo le nombre d'heures qui séparent les repas. D'après ses calculs, le déjeuner est servi quatre heures après son bol de chocolat. Il faut ensuite compter cinq heures avant le plateau du dîner. Les romans qu'on lui fait parvenir une fois par jour sont aussi de précieux chronomètres. Ainsi, Linda a calculé qu'elle lisait une page des « Mémoires d'une jeune fille rangée » de Simone de Beauvoir en 3 ou 4 minutes. Puisqu'il lui est impossible de lire et de compter les secondes simultanément, elle se sert des franges de la couverture. Elle a noué la soixante et unième frange et égraine les soixante précédentes comme un chapelet.

Linda tord la culotte entre ses doigts, la repose sur le rebord du lavabo pour la faire sécher. Elle entend alors le panneau de bois coulisser dans la porte. Ce n'est pas un plateau-repas mais une feuille de papier que lui tend la main gantée. Serrant la couverture contre elle, avec le bruit désagréable de ses chaînes raclant le sol, Linda avance jusqu'à la porte et saisit la feuille. Le grammage du papier est identique à celui de la feuille qu'on lui a fait parvenir quelques heures plus tôt avec son plateau-repas — elle était pliée en deux sous l'assiette de hachis parmentier. Une question y était imprimée en lettres capitales :

`POURQUOI ES-TU MONTÉE DANS LA VOITURE ?`

La jeune fille a répondu à l'aide du stylo publicitaire qui était posé à côté de la fourchette et qu'elle a conservé. Linda se souvient parfaitement des trois petites phrases qu'elle a écrites.

Pour suivre mon frère. Tidji nous a entraînés. J'avais trop bu.

Tandis que la trappe se referme, Linda recule jusqu'à son lit, déconcertée par ce qu'elle découvre sur la feuille. Elle s'est assise devant la table, le cœur battant. Depuis le rebord du lavabo, la petite culotte s'égoutte sur le sol. La voix chuchotée de Linda couvre le bruit des gouttelettes s'écrasant sur le béton.

Moi, Linda Laclos, 15 ans,
Domiciliée à Villejuif,
Je reconnais avoir mal agi en montant dans une voiture volée le jeudi 8 juillet. Je reconnais avoir bu trop d'alcool ce soir-là et ne pas avoir été capable de dissuader mon frère ainsi que son ami de voler la voiture.
Je promets de ne plus jamais me conduire de cette façon.
Jamais je ne dirai ce que j'ai fait durant ces trois jours écoulés et n'évoquerai les raisons qui m'ont valu d'être enfermée ici.
Si je parle de la voiture à la police, mon frère mourra.

Lieu

Signature

À présent, Linda fait glisser la pointe du stylo à toute vitesse sur la feuille. Sa main frémit lorsqu'elle montre la feuille signée à la caméra. Aussitôt, le panneau de la porte coulisse. Apparaît le plateau-repas. En plus du bol de soupe, d'un œuf dur, d'une petite bouteille d'eau minérale, d'un flan à l'ananas, d'une cuillère et d'une serviette en papier, deux gélules attendent au fond d'un petit gobelet en plastique.

Trajet de l'autobus municipal,
Boulevard des Maraîchins
19 h 30

Le voyageur tient le journal déplié devant lui. François a la tête penchée au-dessus de son épaule. Il attend la page vingt-quatre — celle des cartes météo. Mais depuis que le veilleur de nuit est monté dans l'autobus, le lecteur s'obstine à lire les faits divers, en page six et sept. Debout, jambes écartées, serrant une poignée suspendue à la barre transversale, François est en transpiration. Il voudrait bien aller marcher au bord de la mer, observer les oiseaux faire des ronds au-dessus des voiliers, accompagner le déclin du jour sur l'océan, s'asseoir au pied des dunes, enfoncer ses poings dans le sable refroidi ou bien s'installer dans un char à voile et remonter la plage en mordant l'écume.

Boulevard des Maraîchins, il se promet de ne pas chercher à revoir Catherine Berthelet, de ne demander en aucun cas des nouvelles de Pauline. Il est ici pour se soigner, éviter tout ce qui peut ressembler de près ou de loin à une quelconque promesse. Voir ces couples de vacanciers cramoisis de soleil s'entasser dans l'espace bar pour y avaler les cocktails d'alcool bon marché préparés par Véronique en jouant à La Bonne Paye avec leur progéniture braillarde, ça lui convient parfaitement. Cette femme qui éveille en lui le spectre du désir ne fait pas partie du programme. François a déjà bien assez de fantômes.

Le parking devant la résidence est presque complet. La plupart des familles dînent sur place, aux terrasses de leurs logements. La sortie restaurant est toujours peu pratiquée par les vacanciers du VVF. Ils préfèrent perdre du temps à faire des courses dans l'hypermarché du coin et cuisiner tous les jours plutôt que d'aller manger une crêpe andouillette-pommes-moutarde sur l'esplanade de la mer. Et lorsque François traverse le parking pour prendre son service, les différents effluves de cuisine provenant des pavillons attenants rivalisent avec celles des barbecues. Le veilleur de nuit presse le pas en direction des balançoires avant de bifurquer à droite pour rejoindre le hall d'accueil. Sur les portes battantes, deux appels à témoin concernant la disparition de Thomas et Linda sont scotchés. Absence de climatisation dans le hall, premier désagrément de la soirée. Après avoir salué les hôtesses d'accueil accablées de chaleur, François se dirige vers le bar, son sac à dos sur l'épaule. Il remarque aussitôt la présence de Pauline dans la salle : occupée à jouer aux petits chevaux avec une copine, elle suçote une glace, à genoux sur sa chaise. Soulagé de constater qu'elle s'est bien remise, François amorce un sourire lorsqu'il aperçoit devant la baie vitrée une longue robe noire qui dévoile des épaules et un dos splendides — Cat. Il file aussitôt vers le comptoir tête baissée.

— Salut, François !

Véronique l'accueille d'un sourire que soulignent ses lèvres enduites de gloss pailleté.

— Alors, docteur Ross[2] ! Qu'est-ce que je vous sers ?

François a un sourire gêné.

— C'est bon, Véronique... J'ai juste fait mon boulot.

— Et modeste avec ça. Allez !

La barmaid se penche sur François pour l'embrasser.

— T'as vu ? Elle va beaucoup mieux, ta petite protégée. Je lui ai offert sa glace Dalmatien... Bon pour la gorge. Un café, toubib ?

— S'il te plaît.

— Tu ne veux pas goûter mon cocktail du jour ? Il est raccord avec ton polo.

François tourne la tête sur la droite, l'air inquiet. Une mixture rouge cerise remplit le saladier transparent.

— Qu'est-ce que t'as encore mélangé ?

— Jus de pamplemousse, Téquilla, Grenadine.

— Trop de grenadine.

— Tu crois ?

— Tu veux pas changer de métier ?

— Non.

Véronique s'est tournée vers les percolateurs. Elle fait glisser une tasse sur l'appareil tandis que François inspecte ses ongles.

2 Douglas Ross est un personnage de fiction de la série télévisée *Urgences* interprété par George Clooney.

— Force cinq ou sept ?

— Bien serré.

La barmaid s'affaire, échangeant quelques propos avec François au sujet des gamins disparus.

— À mon avis, la sœur, elle a suivi son frère. C'est tout bête, mais c'est souvent comme ça que ça se passe. L'aîné fait une connerie, et c'est le plus jeune qui trinque... Tu veux toujours pas de sucre, dans ton café ?

— Non merci.

— Quant à l'autre gamin qui bosse au club nautique, alors là, celui-là, je peux te dire que ça lui pendait au nez ! Il les cherchait, les ennuis.

— Ah ouais ? Je croyais que tu ne le connaissais pas.

— Il est venu une fois ou deux au bar draguer des gamines du VVF. Le genre qui se la joue maître-nageur dans *Alerte à Malibu* et roule du biceps.

Véronique dépose la tasse remplie de café fumant devant François. Il la fait tourner une fois sur la soucoupe avant de poser sa petite question.

— Et... Euh... à propos, comment tu as su, pour hier soir ?

— Tu veux parler de ta B.A. ?

François hoche la tête. Véronique saisit un agitateur en plastique transparent sous son comptoir et le glisse dans une mèche de cheveux qu'elle entortille autour.

— À ton avis, trésor ?

— Sa mère t'en a parlé ?

Véronique délaisse la mèche au profit de son cocktail. Elle plonge une louche dans le saladier et remue la mixture, tenant le manche du bout des ongles.

— Elle m'a tout raconté en détail. Même le jus de fruits que tu m'as piqué... Merde ! Tu as raison, j'ai trop forcé sur la grenadine... Je suis au courant de tout, moi, ici. C'est radio shaker ! Même qu'elle est divorcée depuis cinq ans... Ah ! Tiens ! Je crois qu'on t'observe.

François pivote légèrement sur le côté. Du fond de la salle, Cat lui adresse un signe discret. Véronique prépare deux autres cafés pour des clients. Il n'a plus le choix. Il prend sa tasse et traverse la salle.

VVF, salle de spectacle
21 h 30

Le DJ fait bien son boulot. La chanson de Gilbert Montagné est coupée quelques secondes et son refrain aussitôt repris par les danseurs qui se bousculent sur la piste improvisée devant l'estrade en hurlant « On va s'aimer ». Bras levés, ventre à l'air, juchées sur des chaussures à talons compensés, les filles ont les joues écarlates et le cœur en ébullition. Romain se dandine nonchalamment au rythme de la musique, pliant la nuque et les genoux, reluquant les paires de fesses qui l'entourent. Son tee-shirt trop large descend sur ses cuisses et le pantalon tombe sur les baskets. Comme Romuald, il est en sueur depuis que la soirée disco a commencé. Toutes les trente minutes, il rejoint sa mère et sa sœur au bar pour s'enfiler un Orangina. Christine et Wendy sont avec elles. Les filles jouent à des trucs débiles avec des dés et les mamans se racontent des histoires de nanas sans intérêt. Romuald s'est assis sur le muret qui entoure la résidence, face aux balançoires. Les coudes relevés, il se rafraîchit les dessous de bras, essuie son front avec ses manches, se marre dès que Romain vient vers lui en lâchant « ça chlingue le prout » ou « la tête de bite à cul ». Enfin un copain bon public et qui ne bronche pas. Avec sa bonne tête, Romu s'est fait un pote au club ado : Abdel, treize ans. Ils ont le même âge, tous les deux. Un rondouillard frisé habillé Adidas. Il connaît le village vacances comme sa poche. Assis sur le muret à côté de Romuald, une cannette de soda entre les mains, Abdel bat des chevilles.

— Mon frère y dit que c'est naze les soirées disco du VVF... C'est vrai qu'c'est naze, pas vrai ?

Abdel, frère de Yacine. Yacine, Romain le connaît. C'est le caïd de la salle de fitness. Le grand balaise chef de gang. Un presque adulte de dix-sept ans.

— Mon frère, y reste pas là, t'es ouf ! Y va ailleurs.

— Et où y va, alors, ton frère ?

— Bah ! Y va... Y va en boîte !

Romain glousse.

— Y va en boîte à Saint-Jean-de-Monts ?! Je le crois pas !

Abdel devient soudain mystérieux.

— Là où y va, c'est spécial.

Romain et Romuald sont intrigués. Ils demandent des précisions à leur copain, mais le frère de Yacine fait celui qui en a déjà trop dit. Étant donné qu'avec ses quatorze ans il est beaucoup plus costaud qu'Abdel, Romain a tôt fait de lui piquer sa veste de jogging et d'obtenir de supers informations contre restitution du vêtement à son propriétaire.

— Accouche, Abdel.

— Bon, bah, j'sais juste un truc ! Juste un truc !... C'est en boîte que mon frère, il a rencontré Tidji.

— Qui ça ?

— Le gars qu'a disparu la semaine dernière avec le frère et la fille... Y travaillait aux planches à voiles, là-bas.

En quelques mots, Abdel met ses acolytes au parfum. Romain hausse les épaules.

— Ouais, on est au courant, y a des affiches partout avec leurs photos, alors...

— Peut-être, mais moi je sais c'qu'est arrivé à Tidji.

Abdel regarde à droite et à gauche.

— Il est mort !

Romuald enroule machinalement une main dans son tee-shirt, la bouche entrouverte. Les chevilles d'Abdel battent plus fort contre le muret.

— Il est mort, et le frère et la sœur aussi. Mais elle, c'est pire parce qu'elle a été violée par un pédophile ! ... Même que mon frère y le connaît, le pédophile.

Romain croise les bras en bâillant.

— Ben t'as plus qu'à nous le présenter pour qu'on lui fasse sa fête, alors, tête de bite à cul !

VVF, appartement n° 325
22 h 30

Cat retire sa robe en la faisant glisser par-dessus la tête. Ce soir, elle a évité le cocktail du jour et commandé une Vodka orange trop fortement dosée en alcool.

Cuisses rondes, hanches dodues, seins fermes, ventre paresseux, triceps ramollos... Elle soupire en contemplant son corps presque nu dans le miroir du salon. À partir de maintenant, plus question de flemmarder sur la plage sans aller nager ni de laisser passer une soirée disco sans danser — même si la musique est consternante. D'accord. Le bonhomme est peu loquace et son style d'une autre époque. Mais derrière son pantalon à pinces et son polo de vendeur de machines à laver se cache un type émouvant. La douceur de sa voix presque chuchotée, sa façon de converser, son sourire toujours contrarié par un froncement de sourcils, la clarté de ses yeux derrière les verres de lunettes, la chaleur de ses mains (des mains de bricoleur qui sait visiblement se servir d'une brosse à ongles), la note discrète de son parfum aux arômes de cèdre et de lavande, sa silhouette d'homme mûr, tout cela met Cat dans l'embarras.

Assise sur le canapé-lit déplié, elle enduit ses jambes et ses bras de crème après soleil, une grimace au bord des lèvres. Elle voulait simplement le remercier pour hier soir, l'inviter à boire quelque chose, par politesse. Il est arrivé avec sa tasse de café, plutôt pressé, un peu gêné. Alors Pauline a proposé une partie de petits chevaux avec Wendy. Et il a accepté.

Une partie, tous les quatre.

Dix minutes pour faire des six, sauter le cheval de celui qui court devant, grimper tout en haut de la colonne.

Dix minutes de petits chevaux en robe longue avec le veilleur de nuit du VVF de Saint-Jean-de-Monts.

Cat soupire en reposant le tube de crème sur la table de nuit. François a fait sauter ses deux chevaux et évité soigneusement de toucher à ceux de Pauline et de Wendy. Et Cat a fait la même chose.

— Touchante scène de famille…

Le commentaire de Christine était ironique mais juste. François est parti travailler à 20 h 30. Christine est venue prendre sa place dans une robe à fleurs boutonnée devant, le regard plein de malice.

— Dis donc, Cat, tu trouves pas qu'il ressemble à l'acteur américain qui joue dans Indiana Jones ?

— Harrison Ford ? Ah ! Pas du tout, non.

— Mais si, avec des cheveux plus longs et des lunettes…

Cat a prié son amie de ne surtout pas ajouter un mot et c'est à ce moment-là qu'elle a eu besoin de commander sa Vodka orange.

Cat enfile un débardeur puis se glisse sous les draps. Dans la chambre voisine, Pauline dort en ronflant. Romain a promis de rentrer dès que l'animation serait terminée dans la salle de spectacle. Tout est calme. Personne pour masser le dos de Cat. Pas une main d'homme pour lui caresser les seins. Elle voudrait que Philippe l'appelle pour lui dire n'importe quoi. Elle voudrait qu'il soit vite là, contre elle, avec des excuses, avec les 1000 euros qu'il a retirés de son compte sans l'avertir, avec son corps ferme et gracieux, et aussi un projet de vie commune et un vrai métier. Pas comédien intermittent du spectacle fauché ni veilleur de nuit dans un VVF.

Bar le Blonde Flight
Avenue de la mer
00 h 10

Gros Brice hoche la tête au rythme d'un titre d'Alan Braxe & Fred Falke en sirotant sa troisième bière. Juché sur un tabouret, il savoure l'instant, les coudes appuyés contre le bar. L'endroit est peu éclairé. Des photophores présents sur les tables basses émane une couleur mauve assortie aux cocktails criards et crèmes glacées bardées de décorations en papier plié. On retrouve les mêmes bougies colorées sur la terrasse qui borde l'avenue et ses magasins de gadgets artisanaux.

Le Blonde Flight est l'endroit idéal pour picoler avant d'aller s'éclater à la Maison Bleue. La bière est moins chère qu'ailleurs et les cocktails à 6 euros. Le lundi, c'est le seul endroit qui reste ouvert tard le soir, à Saint-Jean-de-Monts. En période estivale, on y trouve de la jeunesse *France d'en bas* en mal de sensations. Des gosses de province élevés en pavillon, du rejeton tout rose, cultivé en banlieue parisienne, collé dans une école privée dispendieuse par des parents que les histoires de racket traumatisent ; de l'ado mal dégrossi. Gros Brice a le chic pour les repérer. Depuis la semaine dernière, il est sur le coup. Une petite bande. Quatre garçons et deux filles avec des vélos. Tous Maghrébins. Le chef de la bande est venu trois fois à la Maison Bleue. Gros Brice l'a mis dans la confidence. En le poussant un peu, il sera au point pour la petite sauterie.

Gros Brice est en veine aujourd'hui : depuis qu'il a fini sa pizza chausson au restaurant la Piazza, il a croisé deux bandes de jeunes sur l'esplanade et noué des contacts qui pourraient se révéler intéressants, plus tard. La première bande, à majorité féminine, est facile à appâter : suffit de distribuer des tickets donnant droit à une boisson gratuite à la Maison Bleue. Mais les filles ne l'intéressent pas. Elles sont trop frileuses et ne marchent pas dans son genre de combine. En revanche, la deuxième bande est composée de quatre garçons, dont un originaire du Cameroun. Et ça, pour gros Brice, c'est du premier choix.

— Et pourquoi ?

Gros Brice avale une gorgée de bière au goulot avant de répondre aux un mètre quatre-vingt-dix de Fred, le barman filiforme du Blonde Flight.

— Parce qu'on les voit moins bien dans le noir.

Fred pose les mains de chaque côté du comptoir, ses longs bras en équerre.

— Dis-moi, gros Brice, ça fait combien de temps que tu viens boire tes bières ici en reluquant des gamins ?

Gros Brice essaie de retenir l'air qui monte de son estomac jusqu'à son gosier, mais il finit par renoncer.

— ... Trois ans. Oups ! C'est le cri du cœur, hein !

— Tu peux bien me dire ce que tu trafiques avec ma clientèle ?

Le rire de Gros Brice ressemble au cri du paon appelant sa femelle.

— Bah ! Qu'est-ce que tu crois ? J'suis pas pédé comme toi ! Y risquent rien !

Fred se gratte la nuque.

— Alors c'est quoi, au juste ?

Le goulot de la bouteille revient contre les lèvres humides du consommateur.

— J'peux rien dire... Mais t'inquiète, c'est pas malhonnête.

— OK. Alors, dis-moi pourquoi tu voulais me voir.

Gros Brice repose la bouteille sur le comptoir, puis s'essuie les doigts sur son pantalon de cuir.

— Mon Fred, j'ai un service à te demander.

— Je t'écoute.

— Ton beau-frère...

— Lequel ?

— Celui à qui j'ai rendu un petit service l'année dernière, tu te souviens ? J'ai cassé le bras de sa secrétaire...

— Ah ! Benoît ? C'est pas mon beauf', c'est mon demi-beauf'. Il a fait trois gosses à Nadège, ma demi-sœur. Un crétin en modèle réduit vendu sans la colle.

— Ouais ! Bah ! Y bosse toujours chez Mercedes ?

Fred visse l'auriculaire gauche dans le pavillon de son oreille en regardant ses pieds.

— « J'peux rien dire ».

— Des jobs d'été.

— Quoi ?

— Les gamins ; je leur propose des jobs d'été.

— Quel genre ?

— Le genre où y faut être habile de ses mains et courir vite.

Fred hoche la tête.

— Vol à la tire ?

Gros Brice glousse en secouant ses épaules.

— On peut dire ça comme ça !

— Tant que tu ne leur fourgues pas des saletés d'Ecta'... Bon, t'as de quoi noter son numéro ?

Gros Brice sort un téléphone portable d'une des poches de son gilet. Une grimace de satisfaction remplit sa figure.

— Mon Fred, t'es un vrai pote !

VVF, bureau d'accueil
03 h 00

Horizontalement. Piège immergé (4 lettres).
Verticalement. Débit de boisson (8 lettres).
Horizontalement. Point à régler (6 lettres).
Verticalement. N'épargne pas (6 lettres).
Horizontalement. Scène d'amour (8 lettres).

La nuit a rabattu son ombre autour du bâtiment principal. Une petite lampe de bureau éclaire le magazine de mots croisés que François a apporté avec l'étui de CD. Mais il n'a pas le cœur à remplir la grille n° 28.

Le veilleur de nuit délaisse son passe-temps favori. Un seul CD tourne dans le lecteur depuis que les derniers vacanciers sont rentrés se coucher. Debout, fixant l'obscurité derrière la baie vitrée qui donne sur le parking, François écoute en boucle *Body Heat*. L'évocation sensuelle et dramatique de la femme fatale, par John Barry. Une B.O. maîtrisée, écrite pour le premier film du scénariste Lawrence Kasdan. Un sommet du genre. L'introduction du générique par quelques notes au synthé, la langueur d'un dialogue piano et guitare (une basse bluesy), le thème principal au saxo alto où viennent s'engouffrer les cordes, le tempo sensuel, *Body Heat* colle au poil avec la moiteur du bureau.

La tasse dans laquelle boit François est remplie de café froid. La boîte de Spéculoos de Patrick Sumion, à peine entamée, répand des miettes contre son clavier d'ordinateur et la bouteille d'eau minérale agonise au fond de la corbeille à papier, à moitié broyée. François reprend place derrière le bureau qu'il partage avec son collègue, ouvre puis referme immédiatement le troisième tiroir — celui du bas — dans lequel se trouve la flasque d'Aberlour. Le veilleur de nuit est nerveux, salement réveillé. Faire le vide. Penser à Kathleen Turner dans sa robe blanche. Ne pas laisser se superposer l'image d'une cliente de VVF.

Veilleur de nuit, c'est un drôle de métier, non ?

... Kathleen... Catherine...

Moi ? Institutrice. J'ai des petits. Dernière année de maternelle.

Depuis qu'il s'est enfermé dans ce bureau vers une heure, Catherine Berthelet, enseignante à Paris, dans le 13e arrondissement, se balade derrière la baie vitrée, tel un fantôme : le vent soulève doucement sa chevelure blonde et sa longue robe, elle incline la tête, passe une main sur sa nuque pour mieux se plaindre de la chaleur. François serre les poings ; là, sous les violons et le saxophone, il a perçu le rire de Cat suivi de ses tendres protestations lorsqu'il s'apprêtait à sauter son second petit cheval, tout à l'heure au bar.

Et vous faites ce métier toute l'année ?

Cat et ses questions indiscrètes.

Cat et son joli menton que François voudrait saisir pour goûter la saveur des lèvres.

Moi, je ne pourrais pas vivre la nuit comme ça trop longtemps. J'aurais l'impression d'être coupée du monde... Pas vous ?

À cet instant, François devine les petits seins fermes sous la robe, la courbe du dos.

Fermer les yeux. Tenir bon jusqu'au lever du jour.

Quand Patrick Sumion sera là, il racontera sa blague du jour.

— À ton avis, c'est quoi un squelette dans un placard ?

Ne pas ouvrir ce satané tiroir.

— ... Une blonde qui a joué à cache-cache.

Ne pas dévisser le bouchon.

Boire juste deux ou trois gorgées pour faire baisser la pression.

Mardi 13 juillet

Nouveau quartier de Saint-Jean-de-Monts
« Les maisons du Lac »
10 h 00

La paire de lunettes noires est repoussée sur la tête. Trente-cinq ans, bronzée, maquillée et décorée de bijoux Agatha, Clotilde Legay glisse la clé dans la serrure. Déjà haut dans le ciel, le soleil blanchit les murs de la villa aux volets bleus.

— Pour l'ensoleillement, je ne vous avais pas menti. Après vous, monsieur Berger…

L'agente immobilière s'efface pour laisser passer le couple et leurs deux enfants. Sol carrelé, cuisine aménagée, bar américain, large living avec portes-fenêtres, moquette dans l'escalier, deux chambres et une salle de bains mansardée à l'étage.

— Vous avez donc une vue sur le lac depuis les chambres… Pas de vis-à-vis… C'est très cosy.

Le couple s'intéresse aux finitions. Un œil sur la serrure vissée un poil de travers dans la porte des toilettes,

Clotilde précise que le choix de matériaux typiques de la région est une priorité pour sa société. Les deux fillettes passent d'une pièce à l'autre en gazouillant.

— Est-ce que cela correspond à votre recherche, monsieur et madame Berger ?

Le mari demande s'il est possible de voir le garage. Clotilde plonge la main dans l'enveloppe matelassée portant le numéro onze qu'elle tient contre sa poitrine et en sort un minuscule boîtier gris.

— C'est par ici.

La petite troupe sort de la villa par la porte principale. Un muret agrémenté d'un portail en bois, de la même couleur que les volets, délimite un terrain rikiki.

— Ce sera joli quand monsieur Berger aura jardiné un peu... Ou alors, c'est peut-être vous, madame Berger, qui avez la main verte !

Le couple reconnaît qu'ils sont plutôt « gazon » tandis que les petites filles courent en rond autour d'eux, butant sur les cailloux et enjambant les mauvaises herbes.

La commerciale se tient debout dans son tailleur en lin grenat, une main sur la hanche, le bras tendu en direction de la porte du garage, le pouce appuyé sur le boîtier.

— Système à infrarouge. Vous pouvez l'actionner depuis votre voiture.

La famille s'est groupée autour de Clotilde Legay.

— Je ne comprends pas...

Elle replace la paire de lunettes noires sur son nez.

— Ça devrait fonctionner... Je l'ai fait visiter la semaine dernière et ça marchait...

Le mari se rapproche de la porte du garage. Constatant que celle-ci laisse passer un jour de 10 centimètres au niveau du sol, il pense qu'elle a été forcée. Immédiatement, les petites filles se rapprochent de la porte et s'accroupissent pour regarder à l'intérieur en faisant « Bouh ! » La plus grande dit qu'on n'y voit pas grand-chose. Mais la petite sœur de trois ans et demi est sûre d'avoir entendu le loup gémir. Clotilde pose son oreille contre la porte.

— Elle a raison... On dirait qu'il y a quelqu'un à l'intérieur...

La commerciale recule d'un pas.

— Monsieur Berger, vous me donnez un coup de main ?

L'agente immobilière et monsieur Berger glissent leurs mains sous la porte. Celle-ci se soulève aisément, le mécanisme ayant effectivement été forcé. Recroquevillée contre le mur de béton, Linda protège son visage de la lumière.

VVF, hall d'accueil
11 h 30

Le short cycliste est mauve. Le logo d'un opérateur téléphonique est imprimé sur le tee-shirt. Pieds nus dans ses tennis en toile, Christine rejoint Cat dans le hall avec un sourire tonique. L'institutrice porte un pantalon en toile de parachute kaki et son débardeur noir. Christine l'embrasse quatre fois, puis commente :

— Tu fais la guerre, toi !

— Pourquoi ? ... Ah ! Parce que je suis souvent habillée en kaki ?

— C'est marrant ! T'as aussi la minijupe camouflage avec le masque à gaz ?

— Oui, et le string, aussi... Je le mets seulement pour faire de la gym. Sinon, j'ai l'impression de me promener les fesses à l'air ! Bon, alors, prête pour l'entraînement ?

— Quand faut y aller...

Les deux femmes se présentent à l'accueil du village pour réclamer la clé de la salle de fitness. Elles profitent d'une journée sans enfants. Ils sont dans leurs clubs respectifs. Au programme : un pique-nique dans les dunes pour tout le monde et un grand jeu « Douaniers contre bandits » pour les fillettes. Les mamans ont donc réservé la salle une demi-heure pour muscler leurs abdominaux. Ensuite, repas fugace pris sur la petite terrasse chez Christine, puis digestion au bord de la piscine du VVF vers 13 heures — le seul horaire où l'on trouve des chaises longues disponibles au bord du grand bassin.

L'hôtesse d'accueil fait la moue en fouillant son tiroir.

— Désolée, madame Berthelet mais je ne trouve pas la clé. La dernière personne ne l'a pas rapportée. Mais la salle est sûrement ouverte...

Quelques marches d'escalier plus tard, Cat et Christine se retrouvent devant la salle de fitness avec leurs belles résolutions. Mais l'odeur de cigarette qu'elles perçoivent en y entrant les prend à la gorge.

— Celle-là, c'est la meilleure !

La pièce est occupée par une bande de jeunes qui écoutent du rap en clopant. Christine pose les mains sur ses hanches.

— Mais où vous vous croyez ? C'est pas *Le loft*, ici !

Les gamins jettent aussitôt leurs mégots par les fenêtres sans pour autant quitter les lieux. Leurs regards vont vers le plus âgé d'entre eux. Installé sur l'appareil à dorsaux, un téléphone portable dans la main, il répond à Christine que la salle a été réservée au nom de sa mère mais que là, elle est partie.

— Quel nom ?

— Ben... Celui de ma mère, comme j'vous disais...

Cat échange un regard de connivence avec Christine et demande au garçon d'avoir la gentillesse de bien vouloir vider les lieux avec toute sa fratrie.

— On fait rien de mal, m'dame !

— Revenez dans une demi-heure si ça vous chante, mais jusqu'à midi, la salle est à nous.

Coude replié et pouce en l'air, Christine indique les escaliers par-dessus son épaule.

— Allez ! Ouste ! Vous connaissez le chemin.

Sans se presser, les six adolescents sortent de la salle, lâchant derrière eux quelques insultes à mi-voix. Mais Christine a l'oreille fine.

— Ouais, bah ! vous allez voir du combien elle chausse « la pouffiasse ».

Leur entraînement terminé, une serviette-éponge autour du cou, les deux amies vont narrer leur mésaventure à la barmaid du VVF, laquelle prépare à leur demande deux jus de carottes glacés avec une rondelle de citron assorti à son caraco.

— C'est la bande à Yacine. Je les ai repérés, ceux-là !

Des parents qu'on ne voit jamais, logés dans le hameau du parc du village vacances chaque été depuis trois ans, des gamins livrés à eux-mêmes, le tableau décrit par Véronique est banal.

— Avec les bons-vacances de la CAF, on hérite d'une clientèle de base franchement limite.

Les bras pliés sur le comptoir du bar, Cat a posé le menton sur ses mains.

— Faut rien exagérer non plus : fumer des cigarettes en écoutant de la musique, c'est un truc d'ados.

Véronique fait glisser les deux verres devant elle en haussant les épaules.

— Le problème avec ces jeunes, c'est qu'ils ne respectent rien ni personne. Alors, si on ne réagit pas tout de suite en leur montrant les limites à ne pas dépasser, qui sait ce qu'ils nous feront un jour… Voilà ! Les jus sont offerts par la maison en guise de dédommagement pour le petit souci de tout à l'heure.

Alors que Christine et Cat remercient Véronique pour la délicatesse du geste, un brouhaha provenant du hall d'accueil attire leur attention. Ils sont là, serrés l'un contre l'autre, le visage tordu par l'émotion, détresse et soulagement mêlés. À leur côté, Cat reconnaît le directeur du VVF. Il est accompagné par deux autres personnes de l'équipe d'encadrement. Depuis le bar, Cat voit le couple chanceler au milieu du hall. Il y a deux jours encore, ils distribuaient des tracts avec la photo de leurs enfants imprimée au recto.

Restaurant El Ranchito
Avenue de la forêt
13 h 20

Gros Brice pique un morceau de bœuf saignant avec sa fourchette avant de le badigeonner de moutarde forte. Il a troqué son gilet de cuir contre un tee-shirt sans manches à l'effigie de Bart Simpson. Il porte les cheveux en catogan, réunis par une barrette en bronze partiellement recouverte de daim et bordée de perles turquoise. Un téléphone portable coincé entre l'épaule et l'oreille, il est installé à la terrasse d'un restaurant Tex Mex, protégé du soleil par un parasol publicitaire Gervais.

— Mercr... di !

Le morceau de viande est dans la bouche. Gros Brice articule avec effort.

— Ber-cre-di ! ... Ouais ! ... Ché cha ! ... Demain soir !

Son interlocuteur manifeste sans doute un certain énervement car Gros Brice éloigne le téléphone de son oreille.

— Attends ! Attends avant de monter sur tes grands cheveux... Hein ? ... Chevaux, c'est pareil !

La fourchette pique dans le tas de frites aspergées de ketchup.

— Bon ! Écoute... Attends ! Écoute... Écoute, bordel ! Je t'explique...

Gros Brice fait glisser un paquet de frites dans son gosier avant de reprendre, un ton plus bas :

— On t'a rendu service quand t'en avais besoin, d'accord ? D'accord ? Bon ! ... Alors, tu vois, mes amis et moi, on veut juste que tu t'en souviennes demain soir.

Tu comprends ça ou y faut qu'on vienne l'expliquer à ta femme et tes gosses ? ... Allô ?... Allô ?

Gros Brice jette un œil au signal indiquant le niveau de réception sur son téléphone avant de le remettre contre l'oreille.

— Allô ? ... Ouais, ça capte mal... Bon. Bien. Tu réfléchis... OK... Dans une heure ? ... Ça roule... À propos, en occase, t'as quoi en ce moment ? ... Hum... Hum... Pas récent... OK. Bye.

Fin de la conversation. Notre homme peut finir de couper sa viande et commander un autre pichet. Assis face de lui, torse nu, jambes et bras croisés, un garçon sportif à peine majeur boit un café en fumant une cigarette, bouche crispée. Gros Brice lui sourit.

— Alors, Ibrahim, t'as toujours pas faim ?

Le jeune homme fait non de la tête.

— T'es bien, toi, comme gars, t'es bien. Tu ne coûtes pas cher.

Gros Brice plonge un morceau de viande dans sa bouche et le mastique comme du chewing-gum.

— On va bien s'entendre, tous les deux.

Plage des Demoiselles
15 h 00

Entre ses doigts secs, le photographe tient une espèce de barrette transparente de la taille d'un briquet. Aujourd'hui, il porte un short blanc et des chaussures de randonnée en cuir épais. Les poils blancs sur son torse frisottent sous les colliers de perles. Il s'est accroupi dans le sable à côté de Christine. Allongée sur le flanc, un exemplaire de *Harry Potter et la Chambre des secrets* emprunté à Romuald sur la serviette de plage, elle relève sa paire de lunettes pour voir l'objet de plus près.

— C'est quoi, ça ?

— Un sachet en plastique ignifugé compacté. Pour pas mettre tes mégots dans le sable. Tiens. Cadeau.

Christine tend la main mollement. Michel précise à la baigneuse qu'elle peut le glisser dans son paquet de cigarettes et que ça permet de garder le sable propre.

— T'es toute seule ? Les jolies sirènes ne sont pas là ?

— Mini-club.

— Et ton amie, elle n'est pas avec toi, aujourd'hui ?

Christine fait mine de poursuivre la lecture de son roman.

— On vous voit venir de loin, vous.

— Pourquoi ? Je me renseigne, c'est tout.

Le photographe pince ses narines.

— Vous n'êtes pas passées hier soir pour voir les photos des gamines et goûter mon jus de fruits... Dommage pour vous. Les portraits sont très réussis, tu sais...

Christine promet qu'elles iraient avant la fin de l'été. Le photographe s'agenouille dans le sable, les deux mains à plat sur les cuisses.

— J'imagine que vous avez appris la grande nouvelle, au VVF.

— Quelle nouvelle ?

— La fille qui a disparu avec son frère, on l'a retrouvée.

Christine glisse à regret une lime à ongles dans le roman en guise de marque-page.

— On est au courant. Dans le garage d'un pavillon, tout près du VVF... Elle est en bonne santé, je crois.

Michel prend soudain un air sérieux.

— Comment elle est arrivée là, ça, personne ne le sait.

Christine se redresse et rajuste la culotte de son maillot de bain.

— Mais vous, vous avez l'air de le savoir.

Il a ramassé un morceau d'algue séchée dans le sable et dessine une sorte de spirale devant lui.

— Elle n'a pas pu se cacher toute seule dans le garage.

— Qu'est-ce qui vous fait dire ça ?

— Il faut être au moins deux pour forcer le mécanisme et soulever la porte.

— Ah ! Bon... Vous êtes vachement au courant.

— L'agence immobilière qui commercialise le pavillon est située au 3 rue Auguste Lepère. Ma boutique est au numéro 5.

Christine cherche la brosse à cheveux dans son sac de plage.

— Un emplacement de choix pour connaître les détails de l'affaire.

Michel fronce les sourcils, concentré sur son dessin.

— C'est pas la première fois que des gamins disparaissent dans le coin... Et c'est pas la dernière... Tu es Capricorne ?

— Non. Gémeaux.

Michel jette brusquement son morceau d'algue et se redresse, frottant le sable incrusté sur les genoux.

— Gémeaux. C'est ça. C'était ma deuxième option. Et ton prénom, c'est... ?

Christine soupire en regardant sa montre. À la longue, ce type devient vraiment pénible. Autant lui donner tout de suite ce qu'il veut.

— Ma copine avait des courses à faire au Super U. Elle ne viendra pas à la plage aujourd'hui.

Michel joint les mains devant son front et s'incline.

— Tu devines mes pensées. Merci à toi pour ta réponse.

Christine ne peut retenir un fou rire. Les trucs bouddhistes, ça lui chatouille la rate. Dommage que Cat ait raté ça.

— Ma boutique est ouverte demain jusqu'à 18 heures… Passez donc me voir toutes les deux.

Michel s'éloigne d'un pas chaloupé. Il n'a pas effacé le dessin dans le sable. Signe cabalistique ? Ésotérique ? Christine retire ses lunettes de soleil et se penche pour regarder de plus près.

— Le salopard !

Ce qu'elle avait pris pour une spirale inspirée représente une énorme paire de seins.

Le lac
17 h 00

Ils plongent. Ratissent le fond. Revêtus de combinaisons sombres, ils progressent lentement, d'une rive à l'autre, séparés en trois groupes sous le regard des collègues de la gendarmerie nationale. Ils remontent divers objets, dégagent quelques racines que l'on pourrait confondre avec les restes d'un corps humain. L'eau du lac se trouble, devient boueuse, inhospitalière. Les deux officiers du SRPJ de Nantes sont arrivés tout à l'heure, une femme et un homme, avec des lunettes de soleil et des petites bouteilles d'eau minérale. Accroupis au bord de l'eau, ils ne disent mot, observant les collègues de la gendarmerie mener leur enquête. L'un comme l'autre n'y croit pas trop. Ce serait si simple. Cependant, ils ne peuvent s'empêcher de souhaiter le plus horrible plutôt que son contraire. Parce qu'on a retrouvé Linda dans une des maisons qui donnent sur le lac, là, à moins de 30 mètres. Parce qu'il se pourrait bien que son frère se trouve au fond, avec des algues dans la bouche. Parce que le capitaine Turmel et le lieutenant Philibert font tous les deux un métier formidable qui raconte l'humanité dans toute son horreur.

Cellule n° 3
18 h 30

Une barbe commence à prendre forme à son menton et la petite moustache qu'il entretenait avec soin s'épaissit. La pièce étant dépourvue de miroir, Tidji en est réduit à palper son visage ou à essayer d'en deviner le reflet au dos de la cuillère à soupe. Son tee-shirt Nike sent fort la transpiration et son caleçon l'urine. La peau tout autour des ongles est en sang. Ses bracelets indiens lui ont été retirés. Ses cheveux sont si gras qu'ils se dressent tout seuls sur la tête. Pour ne pas s'ankyloser, Tidji travaille ses abdos sur le sol en béton et muscle ses bras en faisant le poirier contre le mur.

Sous la ligne des sourcils droits, seulement contrarié par son piercing, le regard de Tidji demeure impénétrable. Deux plis aux coins des lèvres traduisent une tension nerveuse. Assis au bord du lit, accoudé à la petite table, Tidji relit les premières phrases soulignées dans le livre à la page 22.

« *Chaque homme par le fait seul qu'il vit et accomplit la volonté de la nature est remarquable et digne d'attention. En chacun de nous, l'esprit est devenu chair ; en chacun de nous souffre la créature ; en chacun de nous un rédempteur est crucifié.* »

Il a beau essayer, il ne comprend rien à ce qu'il lit. Pourtant, depuis qu'il a cessé de déchirer les pages des bouquins qu'on lui fait passer, la dose de somnifère dans sa nourriture a été réduite et la lumière reste plus longtemps allumée. Alors, Tidji est presque capable de réfléchir. Et ses premières réflexions l'amènent à la conclusion suivante : il est le dernier des cons. Le vol de la voiture était beaucoup trop facile. Il aurait dû se méfier. Ne pas monter dans le véhicule avec le frère et la sœur. À présent, il est prisonnier d'un fou furieux adepte de la rédemption. Un fada visiblement très organisé et qui l'observe derrière sa petite caméra.

« *... En chacun de nous souffre la créature...* »

Le bruit du panneau coulissant dans la porte le fait sursauter. Le plateau-repas passe par l'ouverture. Tidji referme le livre et tire ses chaînes jusqu'à la porte. Bras tendus, il saisit le plateau, essayant d'apercevoir quelque chose à travers la trappe. Mais il fait trop sombre de l'autre côté de la porte et le panneau ne reste pas assez longtemps relevé pour que le regard de Tidji accroche quelque chose. Il porte le plateau jusqu'à la table, s'assied et s'apprête à prendre son repas, lorsqu'il remarque la présence insolite de deux objets sur la serviette en papier : un crayon de bois avec une gomme rose au bout et un vulgaire slip blanc en coton.

VVF, salle de spectacle
21 h 00

L'animation va commencer. Un grand Quizz par équipe auquel tout le monde est invité à participer. Wendy et Pauline n'ont pas très envie que leurs mamans aillent tester leur culture générale pour gagner un panier garni. Elles ont déjà prévu une sélection de jeux de société pour la soirée. Installée à une table de la terrasse qui donne sur l'espace bar, Cat ne peut s'empêcher de tourner la tête en direction du comptoir. Si les petites filles sont trop occupées à tricher au jeu des 7 familles pour remarquer la nervosité de leurs mamans, ce détail n'a pas échappé à Christine.

— On dirait qu'il est en retard, ton Indiana Jones.

Inspiration de Cat.

— Je ne vois pas ce qui peut évoquer chez toi l'idée d'une telle comparaison.

— Tu vas te dévisser le kiki toute la soirée où tu es avec nous, là ?

— C'est à qui de jouer ?

— Devine.

— À moi ?... Alors Pauline, dans la famille Ours, je demande le père.

— Pioche.

Cat meurt de soif. Elle voudrait bien que les garçons cessent de dépenser leur argent de poche en parties de baby-foot. Elle se demande pourquoi l'absence du veilleur de nuit la perturbe et pour quelles obscures raisons, cet après-midi dans l'hypermarché, elle a fait provision de crème dépilatoire, masque désincrustant, correcteur anticerne, baume capillaire, barres diététiques et pack d'eau minérale.

— À propos, Christine, tu sais qui j'ai rencontré au Super U ?

— Kevin Kostner ?

— La fille qui sert au bar.

— Sympa, cette nana. Vous avez discuté ?

— On s'est juste croisées. J'ai une de ces soifs... À qui le tour ? Wendy ?

Véronique remplissait son caddie de victuailles bon marché sans doute destinées à la fabrication des sandwichs et salades variées que l'on peut acheter au bar lorsque le restaurant du VVF est fermé.

— Pioche, Cat.

— Bon. Christine, tu bois quelque chose ? Les filles ? Glace Dalmatien ?

La barmaid porte un tee-shirt asymétrique rose avec un lien noué sur l'épaule. Elle a tiré et lissé ses cheveux bouclés. Cela accentue l'intensité de son regard.

— Bonsoir, Catherine. Vous avez passé une bonne journée ? Les enfants aussi ?

Cat trouve cela parfaitement idiot, mais le fait que cette femme lui accorde son attention lui plaît. Il est possible que cela ait un rapport avec le fait qu'elle connaît bien François. Mais non. Cat aime sympathiser, voilà.

— Bon, qu'est-ce qui vous ferait plaisir ?

Elles passent tous les alcools en revue. Finalement, Cat s'arrête sur un verre de Bailey's.

— Glaçons ou glace pilée ?

— Glace pilée.

— Ça marche.

Cat a répondu sans regarder Véronique. Sa tête est tournée en direction de l'accueil où un grand type maigre à lunettes vient d'arriver.

— François ne travaille pas ce soir. Journée de repos.

La barmaid sourit derrière le comptoir. Cat lui rend son sourire.

— Dommage. On voulait lui proposer une partie de 7 familles.

Les glaçons vont dans un bol mixer. Véronique se penche vers Cat et lève un sourcil complice.

— À votre place, c'est pas ce genre de jeu que je lui proposerais, si vous voyez ce que je veux dire... Des hommes dans son genre, ça ne court pas les rues... Sexy, votre robe. Le kaki, ça va bien avec la couleur de votre peau.

Le vacarme que font les glaçons dans le mixer est épouvantable. Cat regarde ses tongs, confuse. Sa robe dos-nu lui paraît un brin too much. Demain, plutôt que de faire des abdos sur la plage, elle se consacrera au tourisme intelligent. Visiter l'île d'Yeu, fleuron de la côte Vendéenne. Mais le tourisme intelligent, Cat, ça la déprime. Surtout quand il s'agit de se lever à 7 heures du matin pour aller prendre un bateau.

Rue des Capelines
22 h 00

Mme Moreau sert le café sur la terrasse. La température extérieure est de vingt-quatre degrés. Un petit vent agite le feuillage des arbustes. La surface de l'eau de la piscine, creusée au milieu du jardin, frémit sous sa caresse. Mme Moreau repart vers la cuisine chercher le dessert, un petit chien guilleret sur les talons. Depuis la chaîne-stéréo du salon, par les portes-fenêtres grandes ouvertes, les notes de *My Foolish Heart* baignent la terrasse d'un jazz velouté. Installé dans un fauteuil en osier, François accepte le cigare que son hôte lui tend avec un petit rire. Le veilleur de nuit s'en étonne.

— Je ris parce que ça m'amuse de voir combien tu prends ton rôle au sérieux.

François humidifie son cigare en le faisant glisser contre ses lèvres.

— Veilleur de nuit, ce n'est pas un métier de fainéant, qu'est-ce que tu crois.

Alexandre Moreau saisit le briquet posé sur la table basse, à côté de lui.

— Ce qui m'amuse, c'est la façon dont tu t'habilles pour venir au VVF. Ce soir, par exemple, tu viens dîner chez moi fringué en Lacoste.

— C'est juste un short et un polo.

— Oui, mais c'est du Lacoste.

Mme Moreau revient avec une coupe de fruits, un ballotin de chocolats et un commentaire assorti à la conversation.

— Ne nous dis pas que tes pantalons à pinces et tes mocassins trois couleurs, c'est du Armani.

François observe son cigare d'un œil attentif avant de répondre que, n'en déplaise à la femme du directeur du VVF, le veilleur de nuit de son établissement s'habille chez Gémo, le magasin de vêtements discount de la zone d'activité commerciale, parce que « c'est dans ses moyens ». Alex tire une première bouffée de son cigare, genoux écartés.

— D'où ça te vient, ce souci du détail ? Tu as fait du théâtre ?

— Pas depuis le collège.

Les voici partis dans les souvenirs d'enfance. Comment ils se sont retrouvés assis l'un à côté de l'autre en classe de 6e à Roubaix.

— Tu te souviens de madame Desnoyer, la prof de français ?

— Elle nous faisait faire des dessins à la place des dictées. Une perle.

Comment ils ont réussi à échapper au service militaire en se présentant à l'examen médical sans avoir dormi depuis trois jours, comment ils se sont perdus de vue pendant presque dix ans avant de tomber l'un sur l'autre dans la foule du salon nautique à Paris.

L'odeur des cigares s'élève en volutes au-dessus des deux hommes avant de se dissiper. Mme Moreau a disparu encore une fois dans la cuisine avec le chien. Bill

Evans a laissé place aux bruissements de la nuit. Les vieux amis sont passés à un autre sujet de conversation : la réapparition de la petite Linda. Alex pioche un abricot dans la coupe de fruits, le partage en deux.

— Elle prétend avoir fugué avec son frère mais à la brigade des mineurs, ils sont plutôt dubitatifs.

— Pourquoi ?

— Pas le profil.

Alex croque dans la chair du fruit.

— Des jeunes qui disparaissent en plein été à Saint-Jean-de-Monts, ce n'est pas la première fois que ça arrive. L'année dernière, on a perdu trace de deux gamins à peu près à la même période. L'un d'eux était en vacances au VVF avec ses parents.

François tire une bouffée de son cigare en plissant les paupières.

— Tu ne m'en avais jamais parlé.

— Un jeune qui fugue, ça n'a rien d'exceptionnel. Enfin, c'est ce que je pensais jusqu'à présent.

Son ami passe une main sur son crâne lisse.

— Mais prends donc un chocolat. Ils sont fabriqués par un artisan du coin. Régine les achète au marché.

— Non merci. Juste un peu de café.

François remplit lui-même sa tasse, évitant de tacher le chemin de table en satin dont la maîtresse de maison a couvert la desserte avant d'y poser tasses et sucrier.

— Et les ados, on les a retrouvés ?

— Quelques mois plus tard. L'un des deux s'est tué en sautant d'un train en marche.

— Merde. Et l'autre gamin ?

— Il va bien... Si on met à part une mutilation à la main, comme son copain.

— Un rituel d'appartenance à une bande ?

Alex pioche dans le ballotin de chocolats, enfourne un mini-rocher dans sa bouche.

— Je sais qu'à l'époque, la brigade des mineurs était sur la piste d'une secte qui aurait élu domicile dans une abbaye de la région. Tu en as peut-être entendu parler ? Comment c'est, déjà, son nom... Régine ? Comment elle s'appelle, la secte de l'abbaye ?

Mme Moreau répond depuis la cuisine.

— La secte d'Is !

— C'est ça. Merci, chérie !

François hoche le menton. À l'époque où il était encore étudiant à Roubaix et fréquentait le club d'ufologie, il avait assisté à une conférence animée par leur guide religieux lequel prétendait avoir été enlevé par des extra-terrestres. Ces hurluberlus basaient déjà leurs croyances sur l'amour, la quête du plaisir et une totale liberté sexuelle. Depuis, plusieurs de leurs membres ont été condamnés pour agressions sexuelles et corruptions de mineurs. Le mouvement revendique 50 000 membres répartis sur 70 pays, principalement en France et en Australie.

— Les gendarmes sont encore venus m'interroger aujourd'hui. Ils ont évoqué l'idée qu'un employé du VVF pourrait avoir un lien avec cette secte de frappadingues.

Alex secoue la tête.

— ... Je suis sûr de mon équipe, François. Tout le monde est à cent pour cent à son job, sept jours sur sept. Et je ne vois pas qui aurait matériellement le temps de kidnapper des gosses.

François repose son cigare dans le cendrier.

— Tu sais Alex, les gamins vont et viennent partout dans le village. Les parents sont en confiance. Le parc est vaste. N'importe quel cinglé pourrait mettre la main sur un gosse sans que personne ne le voie... Et puis, les gens qui se baladent dans le village, est-ce qu'on est certain que ce sont tous des clients VVF ?

Alex lève sur son ami un regard interrogateur en croisant les bras.

— Mais toi, depuis que tu es là, tu n'as rien remarqué de spécial ?

François réfléchit, se gratte la nuque.

— J'ai bien remarqué quelque chose, mais je doute que cela ait un quelconque rapport avec la disparition des enfants.

— Dis toujours.

— Un mètre soixante, les yeux verts, des épaules de déesse.

Un sourire illumine le visage d'Alex.

— Brune ou blonde ?

— Blonde.

Régine apparaît sur la terrasse, le petit chien dans ses bras. Elle n'a visiblement rien perdu de la conversation.

— Enfin ! On commençait à perdre espoir.

— À propos de quoi ?

— De ton célibat.

Alex fait un rapide calcul.

— Sept ans. C'était avant que tu deviennes millionnaire avec ta comédie musicale... Il y a sept ans, vous étiez encore ensemble, Dominique et toi, non ?

Régine tapote l'épaule de son époux.

— C'était en 1996.

Alex hoche lentement la tête.

— Ah ! Oui. 1996. C'est l'année où Inès...

— C'est ça, chéri.

Un silence gribouillé de noir envahit la terrasse. Il ne faut pas grand-chose à François pour le dissiper : la volonté de ne pas embarrasser ses amis et un soupçon de nostalgie qui remonte à l'enfance.

— Finalement, je crois que je vais me laisser tenter par un de vos chocolats.

VVF, salle de spectacle
23 h 00

Cat est ravie. En répondant « la limande » à la question « quel est l'animal qui pond des œufs carrés ? », elle a offert cinq points à son équipe. Quant à Christine, elle est la seule vacancière du VVF à avoir trouvé l'interprète de la chanson Copacabana. Grâce à Barry Manilow, le groupe de la table n° 7 se place donc en première position — *ex æquo* avec la table n° 2. Pourtant, ce n'était pas gagné. En sortant du bar, poussée par Christine, Cat s'était fait enrôler dans l'équipe la plus faible du Quizz — celle qui comptait le moins d'adultes. Ce retournement de situation a mis une ambiance torride dans la salle de spectacle. Jacky l'animateur se déchaîne derrière son micro HF. Il bondit d'une table à l'autre, tenant contre lui ses petites fiches Bristol.

— À présent, pour être départagées, les deux équipes gagnantes vont devoir subir une ultime épreuve !

Cat s'attend au pire : concours de tango ou Karaoké collectif. Mais l'épreuve en question est d'une tout autre nature. Il s'agit pour chaque équipe de rédiger un poème en utilisant une liste de mots : village, vacances, famille, moules, frites, mer, bleu, Léonard, renard, Vendée, brioche, Muscadet, bateau, bronzé.

Les figures déconfites des membres des deux équipes donnent une idée de leur intérêt pour les exercices littéraires en général et les alexandrins en particulier. Les mots ont été recopiés sans entrain par un des membres de l'équipe n° 7. À présent, les participants poussent des soupirs et se voient déjà renoncer au panier garni dans lequel un magnum de champagne ferait pourtant bien leur affaire. Devant ce tableau affligeant de mines défaites, Cat s'empare du stylo-bille et du petit bloc-notes fournis par l'animateur.

— Allez. Je m'y colle.

Quatre minutes et cinquante-cinq secondes plus tard, la maîtresse d'école remet sa composition à l'animateur : le poème de l'équipe n° 7. Jacky lui tend aussitôt le micro. Cat va devoir lire son poème devant tout le monde. Mais les deux Baileys que lui a servis Véronique l'ont parfaitement décontractée. Un instant plus tard, sous les applaudissements nourris de toute la salle et les regards épatés de quatre enfants, c'est le triomphe. Radieuse dans sa robe kaki, Cat brandit le magnum. Les joues rouges de bonheur, Christine porte à son bras le panier garni de bons d'achat, lesquels seront distribués équitablement aux membres de l'équipe. Demain, tous prendront l'apéritif à la santé du VVF et du caviste situé

Place de l'Église à Saint-Jean-de-Monts — sponsor de la soirée.

Les dunes
00 h 20

Abdel prétend ne pas être fatigué, mais ses yeux gonflés trahissent une journée bien remplie. Cet après-midi, il était de tous les tournois sportifs organisés par le club des ados sur la plage. Néanmoins, c'est d'un pas gaillard qu'il conduit Romain et Romuald au repère secret de la bande à Yacine, son vénéré grand frère.

— C'est par là, juste derrière la dune.

Leurs pieds s'enfoncent dans le sable froid. Un quart de lune éclaire la mer à peine troublée par ces déplacements nocturnes. Romain qui a promis à sa mère de rentrer se coucher avant minuit a totalement oublié sa promesse, envoûté par les odeurs de clopes, les échos de musique R&B et les éclats de rire qui lui parviennent déjà. Romuald, ayant l'avantage d'être logé dans un appartement de plain-pied situé au milieu du parc du village vacances, s'est donc contenté de faire le mur.

— Surtout, hein, surtout, vous dites rien aux autres, c'est un secret !

Yacine se tient debout, mains dans les poches et jambes écartées, un bonnet enfoncé sur la tête jusqu'aux sourcils. Une chaîne en or tombe sur son sweat-shirt et son pantalon denim finit en tire-bouchon sur ses joggers. Il accueille son petit frère avec les paroles d'usage.

— Abdel putain qu'est-ce que tu fous ici, bordel ? T'as rien à foutre là, gros nain !

Un quart d'heure plus tard, grâce aux paquets de fraises Haribo et de frites acidulées qu'ils ont apportés (et sur lesquels les filles se sont jetées), Romain fume son premier pétard et Romuald sa première cigarette, accompagnés par les gloussements de Tania et Dalila. Ça les amuse de voir Romulus et Remus avaler la fumée comme des bleus.

— Hé ! Le pauv'naze, lui ! Y se crame les poils du nez avec le pét' !

Romulus et Remus, une trouvaille de Yacine — il a pas fait latin en troisième techno mais l'histoire de la louve à l'origine de la fondation de Rome, il connaît, à cause d'un jeu piraté sur Internet qui se joue sur Xbox.

— Alors, si t'es fort comme tu dis, toi, Remus...

Il a pris Romain par le cou, l'éloignant du groupe.

— Si t'as pas peur comme tu dis de t'faire chopper, d'faire de la taule... Si t'es un homme, si t'as des couilles, quoi... alors, j'ai du taf pour toi.

Romain est aux anges. Il les voit presque danser autour de lui pareils à des feux follets rougeoyants. Mais ce sont seulement les cigarettes qui font des petits points lumineux sur les dunes. Enfin un peu d'aventure. Des frissons dans le dos. De la vraie vie qui vaut le coup.

— Ton poteau, là, il est trop jeune... Mais toi, demain soir, tu viens ici vers 21 heures... Tu viens avec moi, tu prends ton vélo, tout ça... On fait un gros coup ! ... Mais je sens que tu balises, là... Dis-moi pas que t'as peur ! T'as les foies ? T'as les foies, là où quoi ?

Bien sûr qu'il a peur, Romain. Il a horriblement mal au ventre tellement ça lui fiche la trouille d'aller en boîte avec le grand frère d'un môme qu'il connaît depuis deux jours à peine. Mais c'est ça qui lui manquait, à Romain. Des sensations qui font claquer les dents et trembler tout le corps quand on transpire de trouille.

Discothèque la Maison Bleue
02 h 10

Un seau à glace en forme de bouchon de champagne est posé sur la table basse à côté d'une bouteille de J&B et de deux Pepsis. La musique électronique fait vibrer le sol. Genoux croisés, adossé à la banquette, l'homme regarde le dos nu d'une fille qui danse sur la piste. Un sourire alcoolisé remplit sa figure. Victor porte un jean et une chemisette blanche sur laquelle il a jeté un pull torsadé vert amande. Bien qu'il sue déjà derrière ses lunettes, sur un signe de la fille, l'homme rejoint la piste tout en recoiffant sa tignasse d'un geste assuré. La lumière noire bleuit ses cheveux et jaunit ses dents. Il se défoule sur une version remix d'un titre de Madonna ; la longue chevelure blonde de la fille fouette son visage par intermittence.

Depuis le bar, chaussé de bottes mexicaines à franges, Gros Brice boit sa bière sans quitter des yeux le quinquagénaire.

— J'parie que c'est lui, le client… Hein, Willy ! C'est celui-là, là ? La momie bronzée avec le pull catho ?

William remplit deux verres simultanément à l'aide d'un pistolet relié au distributeur de Pepsi par un tuyau, la figure joviale de Monsieur Propre moulée sur sa poitrine.

— Pas tes oignons, Gros Brice.

— Alors, y sort d'où, lui : de chez Castel ?

William ajoute deux rasades de Whisky dans les verres qu'il pose sur le comptoir, devant un garçon d'une vingtaine d'années qui brandit sa carte bleue, et se penche à l'oreille de Gros Brice.

— Dis-moi, t'as une équipe pour jeudi soir ?

Gros Brice allume une cigarette.

— Pas exactement.

Glissant la carte bleue dans le TPE[3], William lance un regard stupéfait à son ami.

— Quoi ?! T'as pas l'équipe ?!

— J'ai pas dit ça. J'ai dit : « pas exactement ».

William retire la carte bleue, déchire la facturette et tend le tout au jeune propriétaire sans lui jeter un regard.

— Bordel ! Tu nous fais quoi, là ?!

Gros Brice articule exagérément tant la musique est assourdissante.

— J'ai l'équipe ! Nickel ! Du beurre frais ! ... C'est juste qu'on va pas opérer jeudi mais demain soir !

— Quoi ?!

— DEMAIN SOIR !

William soupire. Il donne une tape sur l'épaule de Yann, son collègue, puis fait signe à Gros Brice de le suivre. Les deux hommes se rejoignent dans les réserves. William croise les bras sur Monsieur Propre. Il bouillonne.

— C'est quoi cette histoire ? On a toujours opéré le jour même !

---

3 Terminal de paiement électronique.

Gros Brice tient d'une main sa bière et de l'autre sa cigarette. Sur le front, la peau commence à peler. Le tee-shirt Bart Simpson qu'il porte sous son gilet de cuir est taché.

— Bah ! C'est à cause du 14 juillet.

— Le 14 juillet ?

Gros Brice tire une bouffée sur sa cigarette et recrache la fumée en s'appliquant à former des ronds.

— Oh ! La belle bleue !... Pif ! Paf ! Bang !

Il jubile.

— Tirer des bagnoles pendant qu'ils seront à regarder le feu d'artifice, c'est pas une idée géniale, ça ?

William acquiesce, grattant sa barbichette.

— OK, mais qu'est-ce qu'on fait des bagnoles pendant vingt-quatre heures ?

Gros Brice sourit de toutes ses dents.

— C'est prévu. J'ai un pote à Challans. Il fait du poulet en batterie. Y nous les garde au frais dans son hangar jusqu'à jeudi soir.

— Challans ? Hum... Compliqué.

William n'est pas chaud. Ils n'ont jamais procédé de cette manière et il n'aime pas changer les règles.

— Qu'est-ce qui nous garantit que ton pote est réglo ?

Gros Brice avale le reste de sa bière et lâche un rot.

— C'est mon frangin. Pardon !

William hoche la tête, et fait quelques pas dans la pièce.

— J'imagine qu'il ne fait pas ça pour tes beaux yeux.

Gros Brice annonce le chiffre. William siffle entre ses dents avant d'opiner du chef.

— OK. On la joue à ta façon pour la moitié.

— Nickel.

— Mais je te préviens, sur ce coup-là, t'es solo. Pigé ?

Du pouce et de l'index, Gros Brice fait gicler son mégot sur le sol en béton.

— J'ai capté, ouais.

— Ramasse-le.

— Quoi ?

— Ton mégot. Tu ramasses.

Mercredi 14 juillet

Cellule n° 1
07 h 30

Au début, Thomas touchait à peine la nourriture qu'on lui donnait. À présent, il dévore tout ce qui est posé sur le plateau-repas, jusqu'à la dernière miette. Le café au lait descend lentement dans son estomac, par petites gorgées. Pas question de se précipiter sur la nourriture. Les gestes de Thomas sont lents et mesurés, les bouchées de pain beurré scrupuleusement mastiquées. Ainsi profitera-t-il plus longtemps de la lumière. Parfois, il entend du bruit derrière la porte de sa cellule. Comme un grincement étouffé de métal rouillé. Parfois, c'est une résonance lointaine de sonnerie. Mais jamais le son d'une voix, même chuchotée, n'est parvenu à ses oreilles.

Cette nuit, le guerrier Ninja est entré dans sa cellule. Il a braqué une lampe torche sur sa figure et retiré le bandage à son front pour inspecter la bosse. À cet instant, le garçon a perçu une vague odeur de cigarette et la respiration de son infirmier lui a paru très douce.

Avant que le panneau ne coulisse dans la porte et qu'apparaisse son petit-déjeuner, Thomas a refait son calcul. Depuis son arrivée dans cet endroit, quatre bols de café au lait lui ont été apportés. Étant donné qu'une soupe est le premier repas qu'on lui a servi, il aurait donc dormi presque entièrement la première journée. Aujourd'hui serait donc le début de son sixième jour en captivité. Cela veut dire qu'aujourd'hui, c'est le quatorze juillet et que ce soir, un feu d'artifice sera tiré à Saint-Jean-de-Monts. Et s'il est retenu prisonnier non loin de l'endroit où la voiture l'a kidnappé, il se peut que le fracas des pétards vienne jusqu'à lui. Mais Thomas n'y croit guère. Ce matin, il a remarqué combien le mur en pierre au fond de sa cellule est humide. Comme il se trouve probablement dans une cave, l'humidité remonte par le sol. Il en a conclu qu'il devait pleuvoir.

Repas terminé. Thomas adresse un geste à l'intention de la caméra. Moins d'une minute plus tard, le panneau coulisse. Thomas traîne ses chaînes sur le sol en portant le plateau, lequel disparaît par l'ouverture, comme avalé. Mais le panneau ne se referme pas immédiatement. Le gant de bricolage tend quelque chose au garçon : une petite couverture en laine rouge. Thomas saisit la couverture en disant « merci ». Puis, il retourne s'asseoir sur son lit. C'est en dépliant la couverture sur ses jambes qu'il remarque le journal. Il était glissé à l'intérieur. C'est un exemplaire d'Ouest France daté du quatorze juillet. Thomas ne s'était pas trompé. Son rythme cardiaque s'accélère lorsqu'il découvre la photo de sa sœur en première page.

VVF, appartement n° 48
09 h 30

La pluie tombe sur la terrasse de l'appartement. Christine relâche le rideau de la fenêtre du coin cuisine en soupirant. Pas de plage cet après-midi. Il va falloir improviser. Et qui sait si le feu d'artifice va pouvoir être tiré. En attendant, pourquoi ne pas aller visiter un moulin ? Christine lit le programme des animations pour la journée, assise à la table de la cuisine. Son peignoir bâille sur un tee-shirt mauve extra large faisant office de pyjama.

— « Visitez le seul moulin de France à n'avoir jamais cessé de moudre par la seule force du vent… Inscription à l'accueil… Avec participation… départ voiture individuelle… Durée de la visite : deux heures… » Et si on y allait avec Cat, Romain et Pauline ? … Qu'est-ce que vous en dites ?

Wendy avale une cuillerée de céréales chocolatées en haussant les épaules. Romuald repousse son bol et laisse retomber sa tête sur ses avant-bras. Il est tout pâlichon.

— Bah ! Qu'est-ce que t'as, Romu ?

— J'sais pas…

— T'as pas faim ?

Le fiston est malade. Hier, dans les dunes, il a bu trop de bière, mais ça, il ne peut pas le dire à sa mère. Christine soupire.

— Manquait plus que ça ! Allez, c'est bon. Retourne te coucher… Tu mangeras mieux à midi.

Plus tard, tandis que devant le miroir de la salle de bains, Christine se brosse les cheveux en songeant à la tenue la plus appropriée à cette journée maussade, Wendy se penche sur le lit de son frère qui s'apprête à se rendormir.

— Je dirai rien à maman...

Elle lui chuchote au creux de l'oreille qu'il a sa parole, elle ne dira pas qu'il est sorti pendant la nuit en passant par la fenêtre et qu'il est rentré à 2 heures du matin. Elle ajoute qu'un secret pareil, ça vaut bien le prêt de la *Game Boy* et deux semaines d'argent de poche.

VVF, hall d'accueil
11 h 30

Vent doré de Vendée,
Village en coquillage,
Famille sitôt bronzée,
Les vacances ont goût de brioche.
Voici du sable dans ma poche,
Et un renard sur mon bateau.
Léonard crie : « Hissez haut ! »
Gourmands de frites et de moules,
Prenez garde à la houle !
Ce dernier verre de Muscadet,
Je vous l'accorde, il est fameux.
Mais dans la mer douce et bleue,
De vous précipiter, il a vite fait.

Cat est cramoisie dans son imperméable kaki. C'est juré. Elle ne recommencera plus. C'en est fini de ces jeux débiles. Après l'avoir photocopié, Jacky a punaisé son poème sur les deux panneaux d'affichage du VVF. Le directeur a même cru bon d'ajouter un commentaire enthousiaste concernant les indéniables talents de poétesse de madame Catherine Berthelet de Paris. Romain et Pauline pouffent de rire, reprenant à haute voix le meilleur passage.

— « Gourmands de frites et de moules, prenez garde à la houle ! »... Ouah ! Le délire !

— Ça suffit, vous deux. Allez plutôt jouer au baby-foot.

Les enfants rejoignent d'un pas joyeux la salle de jeux. Mains sur les hanches, flanquée de deux sacs-poubelle, Catherine consulte la carte météo et parcourt le programme d'animation de la journée. L'après-midi est annoncé sans pluie et seul le tournoi de pétanque de 11 heures a pour l'instant été barré sur le tableau. Elle regrette de ne pas avoir eu le courage de se lever plus tôt ce matin — la visite du moulin, ça semblait plus jouable que l'initiation valse de 17 heures et le spectacle de marionnettes à la même heure qui réjouira Pauline. La présence d'un stand vendéen à l'espace bar avec vente d'huîtres et de Muscadet une demi-heure plus tard reste une option sérieuse. Un soupir soulève sa poitrine. Ce matin, il y avait un message de Philippe dans la boîte vocale de son téléphone portable.

« *Comme cette image me poursuit. Que je veille ou que je rêve, elle remplit seule mon âme... Ici, quand je ferme à demi les paupières, ici, dans mon front, à l'endroit où se concentre la force visuelle, je trouve... tes yeux bleus. Tu me manques, Cat.* »

Goethe. Pas très original.

A-t-il seulement agi avec elle autrement que par jeu, comédien incapable de raccrocher son costume ?

Catherine remonte la capuche de son imperméable et sort du hall avec un sac-poubelle dans chaque main.

Garage Pouvreau Auto
ZAC de la Rivière
13 h 20

Gros Brice a jeté son dévolu sur une Mercedes SLK 200 décapotable, deux portes, intérieur cuir, sièges chauffants, quatre airbags, ABS, ordinateur de bord, lecteur CD, lave phares, climatisation. Il s'est installé derrière le volant réglable et tripote les boutons du tableau de bord avec l'air réjoui d'un enfant qui s'apprête à faire un tour de manège. Le chef des ventes s'approche de lui en se frottant les mains. Trapu et dégarni, il semble à l'étroit dans son costume.

— Bonjour, Monsieur ! Vous avez demandé à me voir ?

Découvrant le visage du client assis à l'intérieur du véhicule d'occasion, le sourire commercial de Benoît Mareuil se transforme en rictus.

— Qu'est-ce que tu fais là ? Je croyais qu'on devait s'appeler à 16 heures ?

Gros Brice rajuste son chapeau de cow-boy en cuir enduit. Il porte une veste à franges, taillée dans la même matière.

— Bah ! J'ai changé le programme.

— Je vais pouvoir te donner les infos que tu m'as demandées mais on ne peut pas se…

— T'inquiètes, bouffon. Je suis là en repérage, basta. Combien y vaut ce petit bijou, là ?

— 24 000.

— 24 000 ? Pas cher.

— 24 000 euros.

— Ça fait combien en francs ? Le calcul mental, c'est pas mon fort.

Après avoir jeté un rapide coup d'œil derrière lui, le chef des ventes ouvre la portière.

— Écoute, Brice, on ne peut pas discuter ici… On va s'appeler comme prévu et…

— Ma parole, il est sourd, lui, on dirait ? Je te dis que je suis ici en repérage ! Faut qu'je sache où qu'elle est cachée l'alarme de ta boutique et aussi où c'est que tu ranges les clés des caisses.

— Pour les clés, pas de problèmes. Mais pour l'alarme, y a rien à faire. J'ai pas accès ! C'est seulement les gars de la sécurité qui contrôlent la mise en…

— C'est quoi ce bouton, là ?

Gros Brice actionne le mécanisme qui actionne la capote du véhicule sous le regard impuissant du chef des ventes.

— Top génial ! … Top top top ! … Et si tu m'offrais un petit café dans ton bureau comme tu fais avec tes autres clients ? Qu'est-ce t'en penses, bouffon ? Tu vas me dessiner un joli plan de ta boutique avec de belles couleurs tout bien comme il faut.

— J'peux pas faire ça, Gros Brice.

— Mais si. Pense à ta femme. Mais si ! Mais si ! ... Ça lui ferait trop de peine de savoir quel genre de petit service je t'ai rendu l'année dernière...

Benoît Mareuil fourre les poings dans ses poches et explique à son client qu'ils seraient mieux dans son bureau pour discuter des possibilités de financement de son achat.

Magasin Art et Photos
5 rue Auguste Lepère
15 h 30

Une agréable odeur d'encens flotte à l'intérieur du magasin. Cat et Christine retirent les capuches de leurs imperméables et découvrent un incroyable bric-à-brac : appareils photo neufs ou d'occasion, guides touristiques de la région, ouvrages historiques sur la Vendée et ses légendes, recueils de poèmes bouddhistes, paniers remplis de sachets de plantes séchées, des savons et des bougies parfumés, jus de fruits bios, bâtonnets d'encens (en vente à l'unité), bijoux artisanaux, figures de Bouddha taillées dans des morceaux de bois « polis par la mer » et chants d'oiseaux sur CD. Côté décoration, natures mortes et couchers de soleil sur la mer occupent un tiers de la surface des murs, le reste étant couvert de photographies de différents formats. Les deux femmes échangent un regard de connivence. La boutique de ce Michel Moinet est bien à l'image de son propriétaire : farfelue.

— Elles sont venues, les sirènes !

Le photographe est apparu derrière un rideau de perles bleues qui sépare le magasin de l'arrière-boutique et offre à ses visiteuses le sourire du mâle triomphant.

— Je savais que vous alliez passer aujourd'hui.

Christine rectifie.

— On est là parce qu'il pleut.

— J'ai proposé une balade à vélo du côté de Notre-Dame-de-Monts, mais les garçons ne sont pas en forme, précise Cat. Ils ont préféré rester chez Christine pour regarder la télévision.

— Les malheureux ! La salle panoramique de Notre-Dame... la vue imprenable sur le paysage maraîchin... Ils ne savent pas ce qu'ils manquent. Et vos petites filles ?

— Mini-club. Elles répètent un spectacle pour vendredi soir.

— Vous voulez voir les photos ?

Michel farfouille déjà derrière lui dans un grand tiroir coulissant.

Quelques minutes plus tard, accoudées au comptoir, Cat et Christine dégustent un cocktail de fruits jaune moutarde en reluquant les bouilles de leurs filles sur papier brillant. Cat apprécie le mélange.

— On sent bien le jus de banane... Vous avez mis du citron vert aussi, non ?

— Correct. $4/10^{es}$ de jus d'ananas et deux larmes de sirop de kiwi. Ça vous plaît ?

Les femmes savourent. Et les photos de leurs petites filles sont assez réussies. Christine hésite encore sur le format.

— Ça fait un peu cher en 24X30...

— Avec l'encadrement ?

— Oui.

— Alors prends le format 18X24... Encadré, ça revient au même prix que la photo 24X30 toute seule. Et je t'offre une bougie en cadeau.

Cat sourit. Elle comprend mieux pourquoi on trouve ici un tas de gadgets Nature et Découvertes : pour faciliter la vente. Elle repose son verre et parcourt du regard les toiles accrochées aux murs.

— Qui a peint ces tableaux : c'est vous ?

Michel secoue la tête.

— Je me contente de prendre des photos. Mais je propose aux clients d'exposer leurs œuvres gratuitement pour l'achat de deux pellicules neuves par mois.

— Vous ne perdez pas le nord, vous, remarque Christine.

Le photographe se gratte l'épaule.

— L'hiver, ici, c'est mort. Avec l'expo, je fidélise la clientèle à l'année. Mes artistes amateurs viennent régulièrement vérifier si leur tableau s'est vendu et aucun ne résiste à mes jus de fruits... Un autre, Catherine ?

Refus poli de l'institutrice. Elle s'intéresse à son hôte. Elle veut savoir depuis combien de temps il vit à Saint-Jean-de-Monts. Ce qu'il lui trouve, à cette région. Pourquoi il photographie lui-même les gens sur la plage au lieu d'embaucher un jeune photographe pendant la haute saison.

— Parce que c'est ce qu'il y a de plus passionnant dans ce métier : les rencontres. La preuve, Catherine : vous êtes là, avec votre amie.

Cette façon qu'il a de plonger son regard dans le sien met Cat mal à l'aise. Elle retourne à la contemplation des tableaux. Christine prend le relais.

— C'est comme ça que vous apprenez des secrets sur les gens ? En les prenant en photo ?

— Souvent, oui.

Christine a un rire nerveux.

— Vous devinez l'âme de quelqu'un à travers une simple photo ? Vous êtes une sorte de médium ?

Michel croise les bras derrière le comptoir.

— Je vois avec mes yeux, comme vous.

Catherine rajuste la bandoulière de son sac à main à l'épaule.

— Vous avez dit à Christine que ce n'était pas la première fois que des enfants disparaissaient dans la région... Vous avez « vu » des choses ?

L'expression du regard de Michel change brusquement. Il recule d'un pas, affiche un sourire énigmatique puis disparaît derrière le rideau de perles. Un instant plus tard, il revient muni de deux enveloppes en papier Kraft. À l'intérieur de chacune d'elles, une photo couleur format 10X15 sans marge blanche. Sur la première, on voit un gamin d'une quinzaine d'années, assis dans un char à voile.

— Olivier Fortin. Fils de restaurateurs à Loche... C'est en Indre-et-Loire... Pris en photo il y a deux ans. Disparu une semaine plus tard en fin d'après-midi alors qu'il revenait de la plage.

Michel montre la seconde photo. Deux adolescents en maillot de bain prennent fièrement la pose à côté d'une planche à voile.

— Lui c'est Rémi Gélaucourt, et lui, Nadar Sauvegrain. Je les ai pris en photo deux jours avant qu'ils ne disparaissent en pleine nuit, sans laisser de traces. C'était l'année dernière.

Il retourne la photo pour lire la date qui figure au dos.

— Le 19 juillet.

Michel tend le cliché à Cat.

— Et on les a retrouvés ? questionne-t-elle.

— Ouais. Les trois gamins sont réapparus quelques mois plus tard dans des endroits différents, mais avec un bout de doigt en moins.

Christine rentre son menton et grimace.

— Le premier a été aperçu errant dans la gare de Tours. Rémi, lui, il a eu un accident. Il est mort avant d'avoir pu revoir ses parents… On ne sait pas ce qui leur est arrivé. À l'époque, la presse a parlé de fugue. Mais ici, personne n'y croit.

Michel croise les bras, l'air songeur.

— Je me souviens quand la maman du petit Sauvegrain est arrivée au magasin. C'était trois jours après la disparition… Les gendarmes avaient besoin d'une photo récente de son fils, alors elle a aussitôt pensé à celle que j'avais prise sur la plage… Coup de bol, y avait aussi son copain sur le cliché. Les flics ont rentré ma photo dans leur fichier.

Michel pince les lèvres et ricane.

— Je ne pensais pas que ça allait recommencer si vite.

Cat lui rend la photo des adolescents.

— Quoi ? Qu'est-ce qui a recommencé ?

Le photographe tourne les paumes de ses mains vers le plafond.

— Les photos des petits Laclos, Linda et Thomas, celles dont leurs parents se sont servis pour l'appel à témoin. C'est moi qui les ai prises.

Cat avale sa salive. Lorsqu'elle croise le regard de son amie, elle devine qu'elle aussi réalise l'horreur de la situation : ce type de malheur a photographié leurs filles.

Parking de l'Estacade
17 h 00

Une Renault Mégane 1,9 DCI Farway descend tranquillement l'avenue des Pays de Monts puis tourne à droite, avenue de l'Estacade, avant de venir stationner sur le parking, soit à une centaine de mètres du centre nautique. Personne ne remarque l'arrivée du véhicule sur le parking et il semble que rien ne bouge derrière les vitres fumées.

VVF, espace Bar
19 h 30

La pluie a cessé. Après avoir quitté la boutique du photographe et fait l'acquisition chacune d'une photo encadrée et d'une bougie parfumée, Cat et Christine ont rejoint le VVF d'un pas véloce. Elles voulaient être les premières mamans à venir chercher leurs filles au local du mini-club. Elles ont même insisté pour les accompagner jusqu'à la grande salle où était programmé le spectacle de marionnettes.

— Alors, à la santé de VVF !

Les coupes remplies de champagne se lèvent en chœur au milieu de l'espace bar. L'équipe n° 7 est au complet. Ses plus jeunes participants ont eu droit à un verre de soda. Le directeur du village vacances s'est glissé entre Cat et Christine. Entourées de leurs enfants, elles portent toutes les deux sandalettes et jupettes. Celle de Cat est en résille imprimée kaki. Christine, comme toujours, a choisi un imprimé de petites fleurs violettes assorti à un débardeur mauve à bretelles. Le rouge à lèvres de Cat dessine une banane sur le bord de son verre. Elle se serait bien passée de ce genre de pot, mais il semble que ce soit le prix à payer quand on séjourne dans un village vacances. Aussi entend-elle, résignée, le gentil directeur discourir sur l'importance de voir la vie comme un poème dont les vers pétillent, à l'image de ce magnum remporté avec brio par l'équipe gagnante. Soudain, le visage de Linda dans le téléviseur de l'espace bar vient distraire son attention. Cat se rapproche de l'écran pour écouter les commentaires du journaliste.

« ... *La jeune adolescente Linda Laclos, disparue depuis le huit juillet à Saint-Jean-de-Monts en Vendée, et retrouvée hier matin dans le garage d'un pavillon inhabité, n'aurait subi aucune violence. Cependant, les premiers examens médicaux ont révélé qu'une forte dose de somnifères lui a été administrée quelques heures avant qu'on ne la retrouve. Encore sous le choc, Linda Laclos est actuellement dans l'incapacité d'expliquer comment elle s'est retrouvée dans ce garage. On ignore encore ce qui a bien pu motiver sa disparition. Il est probable qu'une fois remise, la jeune fille fournisse enfin des informations susceptibles d'aider la police à retrouver son frère Thomas, disparu la même nuit du huit juillet ainsi qu'un autre garçon d'une vingtaine d'années, Thierry Céréol, lequel travaillait au...* »

— Y s'appelle pas Thierry mais Tidji !

Cat tourne la tête et découvre son fils, sirotant un verre de Fanta Orange, l'air savant, assis à une table du bar.

— Tiens ! Tu t'intéresses à cette histoire, toi aussi ?

Romain hausse les épaules.

— On parle que de ça, avec les potes.

— Ah oui ? Et qu'est-ce qu'ils en disent, tes copains ?

Romain fait du bruit avec sa paille en aspirant son soda.

— ... Bah ! Qu'elle a été kidnappée par un sadique. Un pédophile, quoi.

Intriguée, Cat se rapproche de son fiston.

— Qu'est-ce qui peut bien leur faire croire ça ?

— J'sais pas. C'est Abdel qui l'a dit.

— Abdel ?

— Ouais, un copain du club ados. Son grand frère, y connaît celui qui a disparu avec le frère et la sœur. Ils allaient en boîte ensemble.

— Et il s'appelle comment, son grand frère ?

Romain remarque soudain dans le regard de sa mère comme une lueur — celle de la maman un brin soupçonneuse. Il baisse les yeux sur ses baskets.

— J'en sais rien, moi.

— Où est notre poétesse... Catherine ! Vous venez trinquer ?

La voix du directeur leur parvient de la terrasse. Brandissant le magnum, ce dernier fait signe à Cat de le rejoindre. Elle obtempère, glissant au passage à l'oreille de son fils l'interdiction formelle de revoir cet Abdel et de traîner dehors la nuit.

Garage Pouvreau Auto
ZAC de La Rivière
22 h 24

Ils sont là tous les six, avec leurs vélos et le lecteur CD, sur le parking du concessionnaire. Ils écoutent Magic System, boivent des bières et chahutent avec des pétards. Une mitraillette lancée par Yacine en direction des portes d'entrée du garage déclenche le système d'alarme. Les gamins de la bande échangent un regard satisfait et sortent d'autres pétards de leurs poches pendant que les deux filles en minijupes éclatent de rire en mâchant leurs chewing-gums roses.

Esplanade de la mer
22 h 28

Pas un nuage à l'horizon. Le ciel est constellé d'étoiles. Romuald s'amuse à montrer à sa sœur la grande et la petite casserole. Pauline est fascinée par l'étoile Polaire.

— Parce qu'elle est toujours à la même place !

Wendy voudrait savoir pourquoi on l'appelle l'étoile du berger, et aussi connaître la différence entre une étoile et une planète, mais personne n'est capable de donner une réponse claire à ces deux questions. Même pas Romuald.

— Attends, les étoiles, c'est des soleils, et les planètes, c'est des... c'est des quoi déjà, les planètes... c'est des astres ?

Romain qui avait rendez-vous dans les dunes vers 21 heures avec le frère d'Abdel sort de son silence boudeur pour répondre à son copain.

— C'est toi le désastre, tête de couilles en gelées.

Le petit groupe piétine au milieu d'une foule endimanchée. Les garçons se fichent quelques baffes, les fillettes ont des petits sacs à main, du brillant aux lèvres, des paillettes sur les joues, et les mamans papotent, fixant la ligne obscure de la mer. Tous ont pris un gilet et ajouté une paire de chaussettes dans les sandales. Christine regarde sa montre, plus impatiente que les enfants.

— Moi, les feux d'artifice, j'ai toujours adoré ça. J'aime quand ça pète.

Cat est nerveuse. En voyant débarquer dans le hall du VVF le même veilleur de nuit qu'hier soir, elle a compris qu'elle ne verrait pas François et maudit les jours de repos. Et puis Philippe lui a laissé un autre message dans sa boîte vocale : il jure une fois de plus ne jamais avoir effectué le moindre retrait sur son compte en banque, et termine son message pas un « les enfants me manquent » exaspérant. Cat trouve ça un tantinet facile et déplacé. En revanche, cette histoire de retrait l'inquiète assez. Si ce n'est pas Philippe qui a retiré l'argent comme il le clame depuis le début, qui l'a fait ?

— Bonsoir !

Elle est juste derrière elle, le visage encadré de cheveux bouclés, un gilet fuchsia croisé sur une robe longue en maille paillettes. Cat lui sourit.

— Bonsoir, Véronique ! ... On a quitté son poste de travail ?

La barmaid a pris sa soirée. Elle est de sortie mais sans son mari.

— Il va encore bosser tard.

— Il fait quoi, votre mari ? questionne Christine.

— Le même métier que moi. Il travaille dans un bar, à Saint-Jean-de-Monts.

— Ah ! Remarquez, au moins, pour les horaires, vous êtes raccords.

Véronique pose une main affectueuse sur la tête de Pauline et demande si ce soir, après le feu d'artifice, la petite fille va venir lui réclamer sa glace Dalmatien. Puis, à son tour, elle interroge Christine sur son métier.

— Je suis au chômage depuis deux ans. Le mois dernier, j'ai fait un stage d'anglais, pour m'occuper. Mais là, je crois que je vais me mettre à l'informatique.

— Vous faisiez quoi avant ?

— Vendeuse chez Marks & Spencer à Paris.

Le visage de Véronique s'illumine.

— Mark & Spencer ? Ah ! J'adorais ce magasin ! Gamme de lingerie formidable ! Et l'épicerie anglaise au rez-de-chaussée... Les muffins, les cheese-cakes... Leurs petits jus de fruits frais ! ... Humm ! ... Je venais faire le plein le plus souvent possible... Vous étiez à quel rayon ?

— Prêt-à-porter femme.

Véronique présente le plat de sa main droite à Christine.

— Je tenais une boutique de vêtements pour femmes à Grenoble avant de venir m'installer ici.

— C'est pas vrai ?

Christine tape dans la main de la barmaid.

Quelques instants plus tard, les trois femmes devisent joyeusement et ouvrent grands les yeux sur les premières fusées tirées depuis la plage, face à l'office du tourisme de Saint-Jean-de-Monts.

Parking du garage Pouvreau Auto
22 h 32

Un véhicule de la société de surveillance Saint-Jean Protect pénètre sur le parking. La bande de jeunes occupés à jeter des pétards sur le bitume est aussitôt localisée. Les agents de sécurité se rapprochent d'eux sans quitter leur véhicule. Tout en reluquant les cuisses des filles, ils leur conseillent de déguerpir fissa. Les ados remontent sur leurs vélos sans empressement. Le véhicule n'a toujours pas quitté le parking.

— Combien ?

Ibrahim repose les jumelles sur le tableau de bord et regarde sa montre.

— Huit minutes. La prochaine fois, les cons, y vont croire que c'est encore des pétards… J't' jure !… Y vont pas se presser, alors !

Assis derrière le volant d'une estafette grise qui porte sur ses flancs l'inscription AU BON POULET DE CHALLANS, Gros Brice hoche la tête sous son chapeau de cow-boy. Le véhicule est stationné à 150 mètres du parking, dissimulé par les pompes à essence de l'Intermarché. Le point de vue est impeccable. Gros Brice répète sa question tout en mâchouillant un cure-dents.

— Combien ?

— Quoi ?

— Combien de temps on a ?

— Douze ou treize minutes, dans ce goût-là.

Gros Brice jette un œil dans le rétroviseur. À l'arrière, assis sur des cagettes grossièrement empilées, quatre ados fument des cigarettes, la tête rentrée dans les épaules, une cagoule sur les genoux. Le plus petit, Jonathan, a le teint pâle, des sourcils en accent circonflexe et une coupe de cheveux Playmobil. Le plus grand, Hugo, est un rasta pure race. Ses doigts sont couverts de bagues et ses dreadlocks épaisses comme la queue d'un âne. Les deux autres se plaignent que ça « chlingue le poulet » à l'arrière et que c'est un coup à leur attirer les flics. Une équipe de choc, recrutée par Gros Brice au bar du camping Les Sirènes.

— Une règle d'or, mes poussins : plus la bagnole est repérable, moins elle se fait remarquer. À retenir. Bon... Z'êtes ready ? Parce qu'on va pas tarder à attaquer la banque.

Réponse collégiale. Ils sont ready. Ibrahim frappe du poing son appuie-tête.

— Putain ! Yacine ! Y déconne super grave, là ! Qu'est-ce qu'y fout, bordel ?

Gros Brice fait remarquer à Ibrahim que l'estafette de son frère est presque neuve et qu'il faut faire preuve de respect à son égard parce que l'estafette de son frangin (qui lui est un honnête travailleur), c'est comme si c'était la sienne. Il ajoute que Yacine sait très bien ce qu'il a à faire et qu'il tient le bon timing. Ibrahim vérifie le placement de l'oreillette et du micro reliés au téléphone portable qu'il a glissé dans la poche intérieure de son blouson, puis il reprend la paire de jumelles. Un silence pâteux remplit l'habitacle du véhicule. Gros Brice sort le cure-dents de sa bouche et fait pivoter le rétroviseur vers lui. Le morceau de bois taillé se glisse entre deux molaires.

— ... Pensez au fric, mes poussins.

Chemin des Plumets
22 h 35

François a des crampes aux genoux. Sa promenade de 14 kilomètres au départ de Notre-Dame-de-Monts l'a épuisé. Mais quel enchantement que de pénétrer le massif forestier, toucher l'écorce des chênes verts, respirer le parfum des acacias. Juste avant que la pluie ne cesse de tomber, accroupi contre le tronc d'un érable, François partageait quelques biscuits avec un écureuil. Il a ensuite marché vers les marais, empruntant un chemin de terre qui serpente à travers des prairies naturelles. Soulignées par les roseaux, elles étendaient leur crête à perte de vue, dessinaient une mosaïque de formes et de couleurs que François a contemplée longuement depuis la salle panoramique de Notre-Dame-de-Monts. À 70 mètres de hauteur, installée au sommet du réservoir d'eau, elle offre un point de vue unique sur le marais et le littoral : à l'ouest, les îles d'Yeu, le pont de Noirmoutier au nord, les dunes de Saint-Jean-de-Monts au sud, le marais et les remparts du bocage à l'est. Lorsque le groupe de touristes italiens qui occupait la salle s'est décidé à le laisser enfin seul avec son sac à dos, François s'est retenu de crier « Je suis le roi du monde. » Cependant cette pensée l'a beaucoup amusé et il a prononcé la phrase à voix basse.

À présent, ce que François contemple depuis la terrasse de sa maison a des accents de bonheur, des couleurs de bonbons et des corolles éphémères qui s'épanouissent à la cime des arbres. La rumeur lointaine du feu d'artifice lui rappelle combien il déteste la foule et préfère la compagnie des écureuils. Mais il devine là-bas, sur le front de mer, la présence d'une personne qui depuis deux jours, lui cause crispation de l'estomac et soupirs persistants.

Parking du garage Pouvreau Auto
22 h 36

Yacine et sa bande ont attendu que la voiture de la société de sécurité les ait dépassés sur la route de Challans pour rebrousser chemin avec leurs vélos.

Arrivé à hauteur du garage, Yacine fait le signe convenu en direction de la station-service. Aussitôt, l'estafette quitte sa cachette en roulant au pas et se rapproche du garage. Cinq individus cagoulés descendent du véhicule en marche, portant sacs à bandoulière et lampes de poche. Le plus petit d'entre eux manque de se casser la figure en posant le pied sur une flaque d'huile, mais il se rattrape à la poignée de la portière latérale coulissante. Tandis que la troupe rejoint la porte de service du garage en courant, l'estafette accélère et part en direction du centre-ville. Environ 300 mètres plus haut, elle s'immobilise sur le bas-côté. La bande de Yacine quitte le parking du garage et va prendre son poste 150 mètres plus loin, sur le parking désert de l'Intermarché. Aussitôt, pétards et briquets ressortent des poches. Les explosions lointaines du feu d'artifice font écho à leur petit vacarme, lequel est à présent dominé par l'alarme du garage qui se déclenche pour la deuxième fois. Depuis l'estafette, Gros Brice poursuit son nettoyage dentaire en écoutant les commentaires chuchotés d'Ibrahim sur son téléphone portable.

— On a franchi la porte... On va essayer de neutraliser l'alarme...

Moins d'une minute plus tard, l'alarme cesse son sifflement aigu. De l'index, Gros Brice polit ses incisives.

— Ça y est... Le jus est coupé... On va se faire l'armoire ! ... Combien y reste ?

Gros Brice jette un œil à sa montre.

— Huit minutes.

— Putain ! Merde ! Merde ! Merde !

— Pense au fric.

La voix aiguë d'Ibrahim traduit une montée d'adrénaline. Il est déjà essoufflé.

— Allez ! ... Le pied-de-biche, connard ! ... Vas-y ! ... OK ! ... OK... C'est bon. On a niqué leur putain d'armoire !

Le bruit des trousseaux jetés sur un bureau ravit Gros Brice.

— Tu prends les clés de la BM 328 Injection, la Porsche 944 Turbo...

— La BM 328 Injection... La Porsche 944 Turbo...

— La Mercedes classe C et le coupé Peugeot.

— Ouais ! Attends... Le coupé Peugeot... Donne ! ... OK Tu l'as ? ... Putain, mais bouge, bouge ! Donne !

— La Mercedes classe C.

— La Mercedes... Ouais, c'est nickel ! ... On les a ! On a les clés ! ... Hugo, débloque le rideau pendant qu'on chope les bagnoles ! ... Combien ?

Gros Brice baisse les yeux sur le cadran de sa montre. Il retient sa respiration.

— Magnez-vous !

Depuis le parking de l'Intermarché, Yacine et sa bande se débinent, coupant par le chemin de la Roussière pour rejoindre le centre-ville.

Quelques minutes plus tard, quatre véhicules haut de gamme d'occasion quittent le garage Pouvreau Auto et prennent la direction de Challans à vive allure, suivis par une estafette roulant à la vitesse réglementaire.

Chemin des Plumets
22 h 50

Haut dans le ciel, par-dessus la mer, crépite un bouquet de fleurs effervescentes. Mais François n'est plus sur la terrasse pour admirer le spectacle. Il est descendu à la cave choisir une bonne bouteille de Bordeaux dont il ne boira guère plus d'un verre pendant son dîner. Plumet — un jeune chat trouvé un matin devant sa maison avec une patte cassée — lui tient compagnie, couché sur la table de la cuisine. Plumet ne mange que des croquettes, mais il aime regarder son maître prendre son repas, et comme lui, ferme les paupières en écoutant une voix féminine sangloter sur la partition de Jan A.P. Kaczmarek composée à fleur de peau pour le film d'Adrian Lyne *Infidèle*.

Jeudi 15 juillet

Cellule n° 3
07 h 30

Le pain est frais, le beurre salé. Tremper ses tartines dans un bol de café au lait est le seul geste qui relie Tidji à sa vie passée. Un moment de paix qui coïncide avec le réveil, juste avant qu'il ne reprenne conscience de sa situation.

Son dos est arrondi, nu. La couverture recouvre ses jambes enchaînées. Tidji est assis sur le lit, face à la petite table où trône son plateau-repas.

Hier soir, après qu'on lui ait apporté son dîner, Tidji a imaginé un plan d'attaque. Cela devrait lui permettre d'en apprendre plus sur ses geôliers. Tidji doit absolument découvrir qui se cache derrière ces gants de jardinage car il est arrivé à la conclusion que celui qui se dissimule avec autant de soin craint certainement d'être reconnu. Cela signifie donc que Tidji l'a déjà vu. S'il se réfère aux questions qui lui ont été posées par écrit sur une feuille et qui concernaient sa vie passée — comment il a été expulsé de son lycée après avoir jeté une chaise à la tête d'un prof en plein cours, comment il a été arrêté alors qu'il n'était pas encore majeur et conduisait ivre et sans permis la voiture d'un copain — l'autre sait pas mal de choses sur Tidji. Il ne peut donc s'agir que d'une personne de son entourage proche, ou de quelqu'un qui aurait eu accès à ces informations.

Pour recueillir des indices sur son geôlier, Tidji a choisi d'agir au moment le plus propice, lorsque la vigilance de son gardien se relâche : à l'heure du petit-déjeuner. Il sait comment s'y prendre : il fera le signe habituel à la caméra pour indiquer que son repas est achevé, le panneau coulissera, et Tidji se lèvera en saisissant son plateau. Il s'approchera de la porte, fera semblant d'avoir coincé la couverture du lit dans les chaînes reliées à ses chevilles et s'arrêtera à environ un mètre cinquante de la porte alors qu'habituellement il la touche presque en tendant les bras. Il fera semblant de ne plus pouvoir bouger et affichera une mine désolée tout en tendant le plateau vers l'orifice. À ce moment-là, si tout va bien, le gant s'avancera pour saisir le plateau. Et Tidji se jettera sur le gant.

Si tout va bien.

Dans un instant.

Quand il aura fini ses tartines.

Orouet
Impasse Dubreuil
10 h 30

La mélodie que joue le téléphone portable de gros Brice évoque le générique d'une série télévisée culte, produite par Bruce Geller. Une main tâtonne sur la moquette. Des doigts rongés entrent en contact avec l'appareil et la mélodie cesse aussitôt. Le téléphone est soulevé du sol jusqu'au matelas dans lequel le visage de Gros Brice s'enfonce à moitié. Un grognement sort d'une bouche en partie obstruée par les plis d'un drap-housse à la propreté douteuse. Frémissement des paupières. Une toux rauque ébranle l'édifice, obligeant gros Brice à se redresser. Des mèches de cheveux emmêlés ornent sa tête. Un second grognement est rapidement suivi d'un troisième. La main libre de Gros Brice vient frotter sa figure dans un mouvement vertical.

— Comment ça « c'était pas prévu » ? ... Comment ? ... Qui ça ? ... Hein ? ... Attends, attends, attends, Willy... Ouais... Ouais, je sais... J'ai pas parlé d'un casse... Dacodac ! ... Non non... Bah ! C'est quoi la différence, dis-moi ? Au lieu de les tirer sur un parking, on les tire dans un garage... Quoi ? Et alors ? ... Hein ? ... « C'était pas prévu » ? ... Bah non... Bah voilà, j'te l'dis maintenant, là... Oh ! Eh ! Putain ! Comment que tu voulais qu'on fasse en trois jours ? ! ... Mais non ! Y z'étaient d'accord pour bosser en équipe, mais pas en solo ! ... Pas en solo ! ... Ouais, j'les comprends, moi... Attends ! ... Attends ! ... Leurs potes se font poisser cinq jours avant ! Et alors ?

Gros Brice se gratte nerveusement sous les bras et derrière la nuque. Il sort du lit, seulement vêtu d'un caleçon gris détendu.

— Quoi ? Quand est-ce que j'aurai mon pognon ? … Tu déconnes ?

La suite de l'entretien se poursuivra sur un ton plus animé, une fois que Gros Brice aura ouvert la porte de sa chambre et demandé à sa grand-mère — une coquette octogénaire en robe de chambre et fauteuil roulant — de perdre cette vilaine habitude d'écouter aux portes les conversations de son petit-fils.

Centre Hospitalier de Challans
11 h 30

Son père sourit affectueusement à Linda, mais elle ne voit ni le sourire, ni le visage de son père. Elle se contente de prendre place sur la banquette arrière de la voiture, contre sa maman, la figure tournée vers la fenêtre. Monsieur Laclos referme la portière doucement sur sa fille. Le véhicule quitte l'hôpital de Challans et prend la direction de Saint-Jean-de-Monts. Madame Laclos chuchote de petits mots tendres et apaisants à sa fille ; elle la tient serrée contre elle, caresse ses cheveux, lui prend la main et l'embrasse. Depuis la réapparition de Linda, madame Laclos a recommencé à s'alimenter correctement. Mais elle ne parvient toujours pas à dormir et ses doigts tremblent encore de ces nuits d'épouvante.

Le père de Linda remonte sa vitre afin de ne pas contrarier la climatisation. Il voudrait bien demander à sa fille ce qui lui est arrivé, savoir où se trouve Thomas, s'il va bien et s'il va revenir bientôt... Mais il ne le fait pas.

Madame Laclos a confiance en sa fille. Elle sait qu'elle finira par leur avouer la vérité. Quand elle sera prête. Lorsqu'il sera temps de rompre le silence à l'intérieur duquel est retenu Thomas.

Un soleil insolent blanchit la route. La location de l'appartement au VVF prend fin samedi matin. Cela ne laisse que deux jours aux parents de Linda pour trouver un moyen de sortir leur fille de sa torpeur. Ensuite, il faudra partir, rentrer à Villejuif sans Thomas — idée insupportable. La mère de Linda soupire et appuie doucement son front contre celui de sa fille.

Le Perrier
15 h 30

La petite embarcation à fond plat s'est immobilisée au bord du rivage. Le guide rajuste son chapeau noir et prenant appui sur son grand bâton, raconte qu'à une époque pas si lointaine, la yole était le seul véhicule du marais qu'utilisaient les habitants des « terres basses ». Elle répondait aux besoins multiples liés à la vie économique et familiale des Maraîchins et l'on y célébrait même des mariages. Christine fait un petit commentaire sur l'intérêt de choisir comme époux un marin plutôt qu'un plombier tout en décollant des lambeaux de peaux séchées de son épaule gauche. Derrière elle, assises dans le fond de l'embarcation, Wendy, Pauline et Cat observent des vaches occupées à paître au bord du canal, quasiment sous leur nez. Les garçons ne sont pas avec elles, ils font du char à voile avec le club ados. Christine a coiffé son bob à fleurs, les gourdes des filles sont remplies de grenadine et Cat a fourré un paquet de *Coquelines* à l'abricot dans son sac à dos. Les reflets de l'onde esquissent des losanges sur ses lunettes de soleil. Parfois, elle plonge la main dans l'eau et ferme les yeux pour mieux goûter à ce baiser de la rivière en écoutant ce que murmure le Chevalier Gambette à la Bécassine des marais.

Golf de Saint-Jean-de-Monts (dix-huit trous)
16 h 00

La main au-dessus des yeux pour se protéger du soleil, une chemise cintrée à rayures déboutonnée jusqu'au nombril, William observe un golfeur en pleine action, à quelques dizaines de mètres devant lui. Accentuant le contraste entre le vert piquant du green et la végétation de la forêt domaniale, un lac artificiel bleuit sous un ciel limpide. Sur les neuf premiers trous dans la pinède, William sait qu'il est préférable d'être droit, d'assurer ses départs. Le sixième trou sur le haut d'une longue bordée d'arbres, il le connaît bien. Il y a fait un birdie et de nombreuses croix. Le dixième, en limite de bord de mer, devient presque impossible par grand vent. Bref, des greens vicieux, roulants et rarement plats, bigrement intéressants.

— Willy ! ... Tu vas bien ?

L'homme qui se rapproche de William porte un short bleu marine, un polo jaune vif, une casquette et une énorme montre Cartier. Il doit peser plus de quatre-vingt-dix kilos pour un mètre quatre-vingts. Des boucles grises dépassent sous la casquette. Un cigarillo est coincé sous une incisive.

— C'est gentil de passer me voir.

Il entoure les épaules de William et désigne d'un mouvement du menton le joueur devant eux.

— Un Parisien. Il vient ici une fois par an améliorer son handicap. Tu veux boire quelque chose ?

William glisse les mains dans les poches de son jean.

— Merci, non. Marco m'a dit que tu voulais me parler.

— On marche un peu ?

— OK.

D'un pas mesuré, l'homme à la casquette conduit William vers les dunes longeant le golf en direction de la plage de la Davière. Un sourire froid fige sa figure. Il parle calmement à William sans retirer le bras de ses épaules. Il est embêté d'avoir appris la nouvelle ce matin, en ouvrant le journal.

— Tu comprends ça, Willy ? T'es un garçon intelligent. Je sais que tu comprends.

Les deux hommes se sont immobilisés au pied des dunes.

— On a fait une très grosse bêtise : toi en lui faisant confiance, et moi en te faisant confiance. T'es d'accord ?

Le barman de la Maison Bleue hoche la tête. Le cigarillo passe d'un coin de bouche à l'autre.

— C'est bien… Bon. On ne va pas y passer la journée. Tu sais ce qu'il te reste à faire.

William regarde la mer agiter ses vagues au loin sur la plage et soupire.

— Je sais, oui. Donner aux flics une baballe pour faire joujou…

— Voilà ! Bon. Demain, faut qu'il ait foutu le camp.

L'homme donne une tape amicale dans le dos de William avant de s'éloigner en rajustant sa casquette.

Parking de l'estacade
17 h 00

Elle n'a pas bougé depuis vingt-quatre heures. Éblouissante sous le soleil, la Mégane Farway stationne au milieu des autres véhicules. Les familles rentrent de la plage en file indienne, portant sacs de plage remplis de jouets, parasol et rabanes. On débarrasse pieds et mollets du sable avant de monter dans la voiture, les enfants imprudents avec leurs ballons sont tirés brusquement par le bras. Les matelas gonflables se vident d'air en sifflant, prenant l'aspect d'une peau de banane géante desséchée, les cartons publicitaires pare-soleil sont retirés des pare-brises et repliés sur les plages arrière. Comme personne ne semble faire attention à elle, la Mégane sort de son stationnement. À présent, elle tourne à gauche, en direction du centre-ville. Tandis que le véhicule passe devant la Nissan bleue de son papa, confortablement installée dans le siège enfant avec son doudou, la petite Laurie glousse. Ses parents n'ont rien remarqué parce qu'ils rangent les affaires de plage dans le coffre. Mais Laurie a bien vu qu'il n'y avait personne au volant de la voiture rouge. Et une voiture qui roule toute seule, la petite Laurie, elle trouve ça très rigolo.

Cellule n° 3
18 h 30

Tidji s'est recroquevillé sous la couverture. Secoué de soubresauts, il enfile sur son pénis le gant de jardinage arraché à son geôlier.

Ce matin, l'opération a parfaitement réussi. La main gantée s'est avancée vers lui par la trappe et Tidji a balancé son plateau-repas pour la saisir. Bol, cuillère, assiette en plastique, tout a roulé sur le sol. Il a parfaitement entendu le cri étouffé poussé par son geôlier au moment où il saisissait sa main. Même si celle-ci a vite glissé à l'intérieur du gant, Tidji exulte. Il a d'abord exécuté une espèce de danse hystérique. Ensuite, il a brandi le gant devant la caméra en criant des propos obscènes entrecoupés d'éclats de rire. Puis la lumière s'est éteinte, et Tidji a fini par se taire, rejoignant son lit à tâtons.

La lumière est revenue dans la pièce, mais aucun repas n'a été servi depuis de longues heures. Sous la couverture, Tidji est occupé à la préparation de la deuxième phase de son plan. Il y est presque. Un spasme de tout le corps précède le gémissement. Le gant recueille sa semence. Tidji va maintenant s'asseoir, se lever, tourner en rond en baissant la tête, faire semblant de pleurer, se confondre en excuses devant la caméra, et enfin, tendre cérémonieusement le gant à son geôlier lorsque le panneau coulissera dans la porte.

Il n'aura plus qu'à attendre une réaction de la part de celle qui l'observe derrière sa caméra.

Celle à qui il a arraché le gant et déjà narré de quelles différentes façons il envisageait de la baiser.

Trajet de l'autobus municipal
Boulevard des Maraîchins
19 h 30

Vol de véhicules haut de gamme à Saint-Jean-de-Monts
4 véhicules haut de gamme d'occasion et en excellent état — une BMW, une Porsche, une Mercedes et un coupé Peugeot — ont été volés dans la nuit de mercredi à jeudi dans le garage Pouvreau Auto de la ZAC de la Rivière à Saint-Jean-de-Monts. Profitant du feu d'artifice pour agir tranquillement, les malfaiteurs ont pénétré dans les lieux par effraction, neutralisé alarme et téléphone, puis ils se sont emparés des clés des véhicules les plus chers, ont débloqué le rideau roulant et ont sorti les véhicules, ni vu ni connu. Le service régional de police judiciaire de Nantes est chargé de l'enquête.

Le fait divers s'ajoute au traditionnel bilan de vols, bagarres et scènes de beuveries qui accompagnent les festivités du 14 juillet. François détourne la tête du journal du passager assis à côté de lui. Cette habitude de lire par-dessus l'épaule des autres, il aurait pu s'en passer, aujourd'hui. D'abord, parce qu'il a trouvé une place assise et qu'aucune grand-mère n'est venue le déloger avec un sourire poli. Ensuite, parce qu'il a pris une décision ce matin en se couchant. Il va proposer à Cat de faire la promenade des grenouillères sur le pays du Montois à vélo. Il veut lui montrer une bourrine. Voilà. C'est ça l'idée. Montrer à l'institutrice une habitation témoin du passé du Marais breton vendéen et lui raconter une ou deux légendes du coin. Les institutrices apprécient certainement les curiosités rurales... Lui proposer de prendre un verre au Casino serait peut-être mieux ? À moins qu'elle préfère aller danser ? ... François soupire, le front contre la vitre. Il ne sait comment s'y prendre, avec une femme. Il n'a jamais su. Écrire une comédie musicale gnangnan sur l'amour, signer son adaptation en six langues, essuyer une tempête au large des îles Marquises, survivre à un naufrage en se nourrissant de chewing-gums et d'un tube de baume hydratant pour les lèvres, facile. Mais inviter Catherine Berthelet à dîner, c'est plus compliqué. Proposer une balade à vélo pour voir une bourrine, voilà le maximum de ses possibilités. Quand on a vu la foudre déchirer les entrailles du ciel pour mieux zébrer la mer du spectacle de sa toute-puissance, on a tendance à revoir ses propres prétentions à la baisse. Même avec un compte en banque blindé de parolier à succès.

En montant le dénivelé qui relie le parking d'enceinte du bâtiment principal au hall d'accueil, François aperçoit Pauline et sa copine aux balançoires. Aussitôt, il presse le pas. Avec un peu de chance, les mamans ne sont pas loin. Peut-être sur la terrasse du bar d'où l'on peut voir l'aire de jeux ? François pousse les portes battantes du hall et tombe nez à nez avec le directeur du VVF.

— Salut, François. Je t'attendais.

Il prend François par l'épaule. Son regard soucieux et le sourire crispé qui l'accompagne n'augurent rien de bon.

— Tu viens dans mon bureau cinq minutes ?

Alex désigne un siège à son ami et s'assied lourdement dans son fauteuil.

— Je viens de recevoir un appel de la brigade des mineurs. Ils reprennent l'enquête à zéro. Ils ont demandé à voir toutes les fiches d'information concernant mes employés. Deux inspecteurs seront ici demain pour interroger l'équipe d'encadrement.

Il se frotte le menton.

— *Toute* l'équipe, précise-t-il.

François ne bronche pas.

— C'est complètement idiot. Je leur ai dit qu'ils allaient perdre leur temps.

— Alex, ils font leur boulot.

— Je sais, je sais... Mais tu comprends ce que ça veut dire ?

— Oui.

Le directeur baisse les yeux sur les documents éparpillés devant lui.

— ... Je suis vraiment désolé. Je ne pensais pas que ça irait aussi loin... Je ne voudrais surtout pas qu'à cause de cette histoire, tu aies des ennuis.

François se force à sourire.

— Ne t'en fais pas pour moi.

— Bah ! Si, justement. Je m'inquiète. En acceptant ta proposition, je ne pensais pas te mettre dans l'embarras. Tu es ici pour avoir la paix, pas pour que des flics viennent t'emmerder et fouiller ton passé.

— Je n'ai rien à cacher.

— Je sais. Mais un type du show-biz qui se retrouve veilleur de nuit dans un VVF, forcément, ça pose question.

François affiche un air résigné.

— Je leur expliquerai.

— Et s'ils ne te croient pas ?

Il hausse les épaules.

— Je passerai un coup de fil à Johnny.

Alex regarde son ami sans comprendre.

— Johnny ?

— Oui, Johnny.

— Ah ? Parce que... Johnny aussi ?

— *Je me réveille le cœur agité des souvenirs d'une nuit trop dure à rêver... Même les vautours font l'amour*[4]... L'album *Cadillac*. J'ai écrit toutes les chansons.

Il lève un sourcil admiratif.

— Et alors, si tu téléphones à Johnny... ?

François jette un œil à sa montre.

— Alex, j'ai proposé de te dépanner en prenant ce job parce que je m'en sentais capable. Et sincèrement, j'en avais besoin. Je ne te remercierai jamais assez d'avoir accepté ma proposition.

Il quitte son siège.

— ... Alors, quoi qu'il arrive à présent, je l'assume.

Alex secoue la tête.

— Ils vont te tomber dessus. Ils vont pas te louper.

François se rapproche de la porte et lâche :

— Si ça les amuse.

VVF, salle de spectacle
22 h 00

Bienvenue à la soirée café-théâtre. Sketches, humour, parodies. L'équipe d'animation est au complet devant un public familial rôti au soleil vendéen et repu

4 36e album studio de Johnny Hallyday, sorti en 1989, réalisé par Étienne Roda-Gil.

de viande grillée sur barbecue. Costumés à l'économie, les animateurs enchaînent sketches sexistes et chorégraphies bâclées avec une bonne humeur communicative. Les enfants rient en cascade, certains se pressent devant la scène, interagissent avec les personnages sur scène comme au théâtre de Guignol, d'autres applaudissent de toutes leurs forces depuis les genoux des mamans. Les parents rient aussi ; les hommes sont friands de ces parodies de scènes de couple où l'épouse se transforme en insupportable bécasse. Les femmes se consolent en reluquant le minois du beau Jacky qui joue les rôles de machos avec une éloquente virilité.

Depuis sa chaise, appuyée contre le dossier plastifié, Pauline sur les genoux, Cat est au comble de l'ennui. Ses enfants l'ont traînée ici, férus de ces soirées grotesques. Assise à sa droite, Christine est moins exigeante sur la qualité du spectacle. Elle rit de bon cœur en serrant Wendy contre elle tandis que Romuald, impassible, affiche un sourire béat. Romain, lui, s'intéresse à un garçon assis quatre rangs plus loin avec ceux de sa bande. Il attend le moment favorable pour aller se confondre en excuses auprès de Yacine, lui expliquer que sa mère l'a forcé à regarder un feu d'artifice top nul à chier et que c'est pour ça qu'il n'a pas pu le rejoindre comme prévu avec son vélo. Il voudrait bien que Yacine lui pardonne et lui propose un autre plan fauche. Parce qu'il sait tout, Romain. Abdel a vendu la mèche au club ados cet après-midi. Le casse du garage Pouvreau Auto, son frangin, il y était. En songeant qu'il aurait dû se trouver là-bas avec son vélo hier soir, Romain a la chair de poule, les molaires qui grincent et les ongles qui raccourcissent.

— Romain, arrête.

Cat retire de la bouche de son fils les doigts qu'il grignote depuis le début de la soirée. Sur scène, des mâles de l'équipe d'animation entament le cinquième sketch. C'est l'histoire de deux types qui roulent dans le désert et tombent en panne avec leur véhicule (les animateurs sont assis face au public, l'un des deux fait semblant de tenir un volant et de basculer de sa chaise dans les virages, ce qui amuse beaucoup les enfants). Tandis que le conducteur essaie de joindre (sa main droite symbolise le téléphone portable) un dépanneur (cela lui prend un certain temps parce qu'il a un fou rire depuis le début du sketch), le passager en profite pour soulager sa vessie derrière un cactus (les coulisses) et se fait mordre le sexe par un serpent (il revient sur scène plié en deux en hurlant « ouille ouille ouille » provocant des gloussements dans la salle). Paniqué, le conducteur demande alors au dépanneur ce qu'il faut qu'il fasse pour empêcher le venin de tuer son ami. Le dépanneur répond qu'il faut sucer la plaie (réaction du public hilare). Le passager interroge le conducteur sur ce qu'a dit le dépanneur. Le conducteur répond : « Il a dit que tu allais mourir » (rires aux éclats et applaudissements nourris). Cat laisse échapper un « c'est vraiment débile » qui lui vaut immédiatement un coup de coude de Pauline dans l'estomac. La fillette n'aime pas quand sa mère râle, surtout quand elle s'amuse bien, même si elle ne comprend pas tous les sketchs… En revanche, elle a très bien saisi la raison principale de cet excès de morosité chez sa mamounette : tout à l'heure, quand elles sont passées devant le comptoir d'accueil, pomponnées comme des princesses sortant de leur bain, le veilleur de nuit a vaguement levé les yeux sur elles, tout occupé qu'il était par la surveillance du standard téléphonique. De quoi confirmer une quadragénaire dans l'idée que la seule chose positive qu'elle aura faite dans sa vie, c'est de mettre au monde ses deux enfants.

Cellule n° 1
22 h 30

« … *Tout cela ne semblait pas mériter un de ses regards, tout mentait, tout sentait le mal, tout sentait le mensonge, tout n'était que feintes…* »

Hier matin, en apprenant la libération de Linda par le journal, Thomas s'est mis à grelotter si fort qu'il a dû se recoucher en serrant contre lui les deux couvertures. Des sanglots sont montés dans sa gorge et de grosses larmes ont mouillé le matelas. Plus tard, après dîner, il a collé une oreille contre le mur de pierre, au fond de sa cellule, et il a écouté. Longtemps. Parfois, il lui semblait percevoir des sifflements et des bourdonnements sourds. Mais il ignore s'il a perçu les bruits lointains d'un feu d'artifice ou le chant amplifié de sa circulation sanguine.

« … *La raison, le bonheur et la beauté, tout n'était qu'une décomposition cachée. Le monde avait un goût bien amer et la vie n'était qu'une torture...* »

Parfois, Thomas se réveille avec des sons effroyables dans la tête : bruits de chaînes, grincements, frottements, coups frappés contre une porte, craquement de meubles, sifflets stridents... Cela lui prend plusieurs minutes avant de calmer les battements de son cœur et de retrouver le silence ouaté.

« *Vider son cœur de tout son contenu, ne plus avoir d'aspiration, de désirs, de rêves, de joies, de souffrances, plus rien...* »

Voilà deux jours, on a fourni un livre à Thomas. N'ayant rien d'autre à faire, il s'est jeté sur le roman de cet auteur classique dont Mme Lombard, l'intervenante en expression orale et développement personnel a parlé plusieurs fois cette année. Thomas fait des études dans un centre de formation pour devenir commercial, comme son père. Trop sûr de lui, il échoue régulièrement aux exercices de simulations en jouant la vente forcée et en trichant sur l'argumentaire. (C'est la garantie d'une annulation du contrat d'achat par le client dans les quarante-huit heures.) Thomas n'a jamais pris le métier de son père au sérieux. Thomas n'a jamais pris son père au sérieux. Vendre des cuisines intégrées dans des foires-expositions, c'est minable. Thomas travaillera chez Porsche ou chez Mercedes en costume Hugo Boss. Vendre de la bagnole de luxe.

« Il voulait mourir à lui-même, ne plus être soi, chercher la paix dans le vide de l'âme... Ouvrir la porte au miracle qui l'attendait... »

Sa respiration s'accélère. Ses muscles deviennent douloureux. Son menton frôle le sol.

Pour casser le silence infernal de sa cellule, Thomas a trouvé un truc : il répète à voix haute les passages qui ont été soulignés dans le livre par son geôlier en faisant des pompes sur le sol, en slip. Le garçon ne cesse l'exercice que lorsque ses bras ne sont plus capables de le soulever.

Golf de Saint-Jean-de-Monts
23 h 00

Un par un, les véhicules ont quitté le hangar à poulet avec des plaques d'immatriculation neuves. La Mercedes a pris la direction de Saint-Hilaire-de-Riez, la Porsche celle de Notre-Dame-de-Monts et les deux autres voitures ont pris par le chemin de la Taillée pour rejoindre la ville.

Ibrahim est arrivé le premier au volant de La BM 328 Injection, le visage et le torse poisseux malgré la climatisation. Conduire avec des gants n'a rien arrangé à l'affaire. En descendant du véhicule, il s'est hâté de les retirer, a glissé une cigarette entre ses lèvres et aspiré une longue bouffée de nicotine pour effacer un dernier frisson. S'il était tombé sur un contrôle de police, tout était fichu. Mais Ibrahim n'a rencontré personne sur la route.

À dix minutes d'intervalle, les autres chauffeurs viennent garer leur véhicule sur le parking du golf. À moitié rempli de voitures haut de gamme, l'endroit est idéal pour y dissimuler les véhicules volés. La lune se réduit à un demi-cercle lumineux à gauche de la Grande Ourse. Conditions correctes pour la livraison.

Une fois les véhicules sur le parking, les chauffeurs ont ordre de jeter les clés dans le gazon, derrière une poubelle municipale située à 50 mètres du parking, au niveau du rond-point. Préalablement recouverte par Gros Brice d'un autocollant publicitaire LE BON POULET DE CHALLANS, la poubelle est facilement repérée par les adolescents. Une fois débarrassés des clés, les uns remontent à pied en direction du centre-ville par la plage, les autres prennent par l'avenue des Étangs.

Sept minutes plus tard, Gros Brice sort d'une Citroën Berlingo stationnée sur le parking de la première résidence située en amont sur l'avenue. Il faut moins de trois minutes à Gros Brice pour récupérer discrètement les clés et se rendre au bar du Club-house.

— Salut tout le monde !

Il se place à côté d'un client qu'il ignore royalement, serre la main au barman, pose son chapeau sur le comptoir et commande une mousse. Avaler sa bière et la payer lui prend dix minutes. En retirant son chapeau du comptoir, il fait glisser une enveloppe à bulles vers son voisin, lequel, occupé à boire un sirop d'orgeat avec une paille rose, ne semble pas y prêter attention.

Gros Brice a quitté le bar depuis cinq minutes. William ne termine pas son sirop. Il ramasse l'enveloppe contenant les clés des véhicules volés et se dirige vers la terrasse du restaurant gastronomique.

De la glace pilée fond lentement sur les deux énormes plateaux de fruits de mer presque vides qui trônent au centre d'une table de six personnes. Parmi les convives, Marco gobe une dernière huître qu'il relève d'un filet de vinaigre de cidre à l'échalote. En face de lui, Victor s'amuse beaucoup de ses propos. Coiffé d'une casquette grise, Victor se sert une autre coupe de champagne. Le reste de sa tenue est entièrement noir. Ses amis — une femme d'une vingtaine d'années et deux quadragénaires — ont opté pour des vêtements de même couleur. Pour l'instant, il semble que tous aient suivi les instructions données par Marco. Ce dernier lève un œil sur William tout en essuyant sa bouche du coin de sa serviette. William salue d'un geste amical les personnes présentes autour de la table puis il se penche à l'oreille de son collègue, posant subrepticement l'enveloppe sur la table. Marco recouvre aussitôt l'objet de sa serviette, offrant aux convives un sourire satisfait. Après s'être raclé la gorge et rincé le gosier d'une lampée de Bordeaux blanc, le patron de la discothèque invite son associé à prendre un verre avec eux. William accepte. Il ne restera pas plus de cinq minutes. Le temps suffisant pour Victor de pousser du pied sous la table un sac de sport contenant 40 000 euros en jolis billets de cent et cinq cents.

VVF, local de surveillance
01 h 00

Horizontalement. Vieux loup (3 lettres).
En feu (6 lettres).
Piège (6 lettres).

À l'intérieur du bureau étroit, la partition du film *The Straight Story* diffuse ses accords de guitare mélancoliques. Des nappes synthétiques planantes invitent à méditer en mode road trip. François n'est pas assis sur une tondeuse à gazon mais sur l'unique fauteuil de la pièce, les coudes posés sur le bureau, le menton appuyé sur les pouces. Devant lui, une nouvelle grille de mots croisés degré 4. Une tasse à moitié remplie de tisane tient compagnie à un crayon de bois, une gomme et un taille-crayon.

Pas la grande forme. François se demande si Alex n'a pas raison de lui conseiller de déguerpir. Jamais il ne sera capable de supporter les questions et les sous-entendus des inspecteurs de la brigade des mineurs venus spécialement de Nantes sans en être affecté. Déjà qu'il n'a pas eu le courage de faire signe à Catherine lorsqu'elle est descendue dans le hall avec sa fille… Même pas proposé la petite balade qu'il avait prévue jusqu'à la bourrine des Grenouillères. Pire ! Il n'a rien trouvé de mieux que de baisser la tête sur le standard téléphonique lorsque Cat lui a souri. S'il s'est vite redressé dans un sursaut honteux, c'était trop tard : Catherine avait rejoint le bar. À peine François a-t-il eu le temps de remarquer les lanières en cuir des sandales à semelle compensée qui couraient sur les chevilles et les mollets ravissants...

Le crayon de bois est saisi avec aigreur.

Verticalement. Bœuf à l'ancienne (3 lettres).
Un peu snob (2 lettres).

Le mot URE et les lettres S et N sont inscrits dans les cases adéquates. La main du veilleur de nuit tremble légèrement. Tout à l'heure, alors qu'il faisait les cent pas dans le hall pour se dégourdir les jambes, François est tombé sur le poème de Catherine, toujours affiché sur le tableau des animations. Ça l'a beaucoup amusé. Face au panneau, main dans les poches, il a répété à voix basse les premiers vers du poème. Machinalement, François les a ordonnés d'une façon différente, comme s'il construisait les premières strophes d'une chanson. Cela donnait à peu près ceci :

Village en coquillage,
Les vacances ont goût de brioche.
Voici du sable dans ma poche,
Un enfant court sur la plage.

Il a repris place derrière le bureau. Automatique, il a noté sur une feuille les quatre lignes. Et ses doigts ont lâché le crayon, lequel a roulé sur la table et basculé tout seul dans la corbeille à papier. François n'a pas bronché. Il aurait pu facilement rattraper le crayon juste avant qu'il ne bascule. Il ne l'a pas fait. François relisait les quatre lignes écrites à la hâte, une douleur misérable sous le cœur. Depuis sept ans, il n'avait plus été capable de mettre les mots autrement que dans des cases.

Plage de la parée du Jonc
01 h 10

On croirait qu'un serpent lumineux traverse le parc naturel en direction du Pont d'Yeu, à l'écart de la ville. Conduit par Marco — lequel a pris place dans la Porsche au côté de Victor — le cortège de véhicules volés roule sur un sentier non loin d'une colonie de vacances et d'un camping installé au milieu des pins maritimes.

La Porsche s'est arrêtée à la sortie du chemin, face à la mer. La plage découvre un instant sa nudité dans les faisceaux des phares rapidement coupés. Marco retire ses baskets, prend un objet dans le coffre de la voiture et traverse la dune, un drapeau à la main. À mi-chemin entre la dune et la mer, il s'arrête, plante le drapeau dans le sable, et fait de grands gestes avec les bras. Le signal. Au volant de la Porsche, phares éteints, Victor débouche du sentier, suivi par le coupé Peugeot. Les deux voitures contournent le drapeau, parcourent environ 300 mètres sur le sable mouillé avant d'opérer un demi-tour et de s'immobiliser, l'une à côté de l'autre. C'est au tour de la Mercedes et de la BMW de quitter le sentier, de prendre à gauche à partir du drapeau et de parcourir la même distance avant de s'arrêter.

Marco distingue à peine les véhicules dans la pénombre. Il jette un œil à son écran de téléphone portable, lequel affiche 01 h 18. 600 mètres séparent le premier groupe de pilotes du second. Les moteurs ronronnent, se cabrent d'impatience.

Moins de deux minutes avant le signal.

Marco sort de sa poche le matériel qu'il a pris dans le coffre de sa voiture. Il fait quelques pas, s'accroupit, enfonce un support en bois dans le sable humide sur lequel est fixée une fusée.

Moins d'une minute. Les phares des voitures crèvent subitement l'obscurité.

Marco sort un paquet de cigarettes d'une de ses poches, glisse une cigarette entre ses lèvres, l'allume et tire quelques bouffées en observant les étoiles.

Les pilotes donnent maintenant des coups d'accélérateur enragés.

Marco se penche sur la fusée. Approche de la mèche sa cigarette et murmure « Oh ! La belle bleue... ».

Soudain, devant lui, Victor aperçoit un point lumineux s'élever dans la nuit. Ses muscles durcissent. Il relâche la pédale de frein. La Porsche bondit sur le sable. Un rictus magnifique s'accorde à ses pensées. Quand il était gosse, avec son frère, il allait esquiver des trains sur la voie de chemin de fer, derrière la maison de ses parents, une modeste masure d'ouvrier. Ce soir, Victor va esquiver des voitures. Passer entre une Mercedes et une BMW. À moins qu'il ne finisse comme son frangin, voilà trente ans, jour pour jour, écrabouillé. Un anniversaire pareil, ça se fête.

VVF, bureau d'accueil
02 h 00

Verticalement. Descente de lit (5 lettres).
Grande distance abrégée (2 lettres).
Cessation d'activité (9 lettres).

François ne l'a pas entendue venir. Penché sur son magazine bimestriel de mots croisés, il écoute la partition du film de Sydney Pollack *Random Hearts* composée par Dave Grusin — un thème jazzy, mélancolique et langoureux, relevé de quelques musiques latines.

— Combien de lettres ?

Elle est là, devant lui, dans une nuisette motif camouflage, un tout petit gilet bleu ciel par-dessus, la mine chiffon. Belle de nuit, Catherine a franchi la barrière du comptoir d'accueil sans demander la permission et se tient contre le chambranle de la porte, bras croisés. François rajuste la monture de ses lunettes pour se donner contenance.

— Neuf... Cessation d'activité.

— Cessation d'activité ?

Elle réfléchit. Il a déjà la réponse.

— C'est FERMETURE.

— Ah ! Oui. Effectivement. Vous êtes fort.

— L'habitude.

— Vous n'inscrivez pas le mot dans la grille ?

— Plus tard... Bonsoir, Catherine.

— Bonsoir.

François s'est levé, main tendue. Celle que Cat lui offre est tiède comme les draps. Il s'excuse pour le désordre, pas l'habitude de recevoir du monde par ici, même que c'est interdit, enfin, personne ne peut le savoir, hein, secret entre nous, faudra pas rester longtemps, vous voulez boire quelque chose ?

— Qu'est-ce que vous proposez ?

— Du café, de la tisane et de l'eau minérale.

— Vous n'avez rien de plus fun ?

François ouvre le tiroir du bureau.

— J'ai ça.

— Parfait.

Cat se saisit de la flasque de Whisky et boit deux gorgées au goulot. Elle essuie ses lèvres et tend la petite bouteille au veilleur de nuit qui se contente de la reposer sur la table. Ce soir, il porte une chemise à carreaux et un pantalon sans pinces en gabardine beige. Classique mais correct. Cat l'a remarqué tout de suite.

— Vous avez fait un effort.

— Comment ?

— Votre uniforme. C'est mieux que le jean à pinces et le polo jaune.

François sourit.

— Qu'est-ce qui ne va pas avec ma garde-robe ?

— Colle pas avec la musique que vous écoutez. C'est quoi ?

— La partition d'un film avec Harrison Ford.

Les joues de Cat s'empourprent.

— Ah oui ?

François fait glisser vers elle la pochette contenant la vingtaine de CD.

— *Le sixième sens... Un plan simple... L'été de Kikujiro...* Un veilleur de nuit, en général, ça écoute plutôt RTL en buvant de la bière, non ? Je peux... ?

Cat choisit un CD que François pousse dans le baladeur. Le thème du film de Kitano joué au piano par Joe Hisaishi sort bientôt des haut-parleurs auxquels il a raccordé l'appareil. Le regard de Cat s'illumine.

— C'est fou ce que la musique d'un film peut coller aux images... Je revois le petit garçon sur le pont et Kitano avec sa chemise hawaïenne.

Non seulement elle choisit une jolie partition, mais en plus elle a vu le film et s'en souvient.

— À vous, maintenant, dit-elle. Choisissez celle que vous préférez.

— Ça ne va pas être d'une gaîté extravagante.

— Soyons fous.

— OK. C'est la partition que j'écoutais un peu avant votre arrivée, samedi dernier.

Cat s'assied du bout des fesses sur le bureau et penche légèrement la tête, concentrée sur ce que François lui fait écouter.

— Elle est très belle et très étrange, cette musique... On se demande où on est. Un peu comme le film.

François lève un sourcil étonné.

— Vous avez vu *K-Pax* ? Il n'est pas resté longtemps à l'affiche...

— Je vais au cinéma le jeudi soir... C'est ma soirée sans enfants.

— Kevin Spacey qui se prend pour un extra-terrestre et bouffe une banane avec la peau, c'était pas banal.

— Un extra-terrestre qui rend service à son prochain. Un type un peu comme vous.

Debout à côté de son fauteuil, François se gratte la nuque.

— J'ai pourtant pas les oreilles pointues...

Cat attrape la flasque posée devant elle et avale une autre petite rasade avant de se lancer.

— Non, mais... vous êtes, comment dire... On dirait que vous n'êtes pas à votre place et ça me turlupine depuis que je vous ai vu, le premier soir. Je dois dire que ça m'empêche même de dormir...

Encore une rasade.

— Je ne bois jamais en dehors des repas ou alors, avec des amis à la maison, et aussi parfois dans des bars quand j'ai un gros coup de cafard, mais bon, je suis maman, j'ai des responsabilités, alors je ne peux pas... (J'adore cette musique)... Je ne dois pas me saouler au point de ne plus être capable de savoir ce que je dis... En fait, l'extra-terrestre, c'est moi... Une Vénusienne déguisée en mère de famille saoulée par la vie...

— Une Vénusienne en nuisette Ranger de l'espace.

Cat éclate de rire.

— Une Ranger de l'espace... Et encore, vous n'avez pas vu mes chaussures de randonnée.

— J'aimerais beaucoup.

— Vous m'avez à peine saluée tout à l'heure.

— Catherine...

Elle porte une fois encore la flasque à sa bouche.

— C'est fragile les Rangers de l'espace après quarante ans, lâche-t-elle.

— Catherine...

— Il est pas dégueu, ce whisky...

Cat tend la flasque à François. Plutôt que de boire à son tour, il revisse le bouchon.

— Vous ne buvez pas ?

Il se penche pour remettre la flasque dans le tiroir, contemplant les genoux de Catherine à quelques centimètres de lui.

— J'ai déjà de quoi me faire tourner la tête.

Plage des Soixante Bornes
Discothèque la Maison Bleue
02 h 30

Ils sont revenus à pied en buvant du champagne au goulot, bras dessus, bras dessous, au comble de l'euphorie. Chemin de la Davière, l'homme à la casquette rouge les attendait en fumant un cigarillo.

— Alors, cet anniversaire ?

Victor dont la tempe saignait légèrement a sifflé entre ses dents.

— Bonheur total ! On a bien failli pas en revenir !

— Pas trop de bobos ?

Chacun a fait le bilan : la fille boitait de la jambe gauche, les deux autres frottaient leurs nuques, tout le monde était trempé, mais visiblement, rien de cassé. L'homme à la casquette a hoché la tête.

— Parfait ! Suivez-moi.

Deux voiturettes appartenant au golf les ont conduits à travers les greens jusqu'aux vestiaires du Club-house. Une fois débarrassés de leurs vêtements et rhabillés de tenues plus estivales, ils ont rejoint le parking où les attendaient leurs propres véhicules. Victor et ses amis ont aussitôt pris la direction de la Maison Bleue.

— À nous !

Affalés sur une banquette de l'espace VIP, coupes contre coupes, ils célèbrent leur massacre, trinquent au froissement de tôles, à la jouissance suprême de la destruction, à leurs gros jouets cassés. Personne n'est mort ce soir, mais l'année prochaine, juré, ils remettent ça, les yeux bandés, cette fois.

— Regarde-les, Willy... Des chenilles qui se tortillent... Je me demande lequel des trois se la saute, la gonzesse... Pas de cul, pas de seins, moi, faudrait me payer !

Gros Brice reluque les clients sur l'un des six écrans de surveillance installés dans le bureau de Marco.

— Et t'as vu comme elle est fringuée ? Putain, elle a piqué les rideaux du salon.

William est assis derrière un bureau transparent. Marco se tient debout derrière lui, affichant une grimace de mépris pour le type à queue-de-cheval.

— Sa robe, c'est du Valentino, connard.

Occupé à compter les billets et à les ordonner en petites piles sur le bureau, Willy ne prête pas attention à celui qui vit ses dernières heures dans la station balnéaire.

— Ouais ? Bah ! Valentino ou Tati, elle a pas de cul. Ça doit bouffer que des crudités et sniffer de la coke au petit-déj'. Faut pas lui vendre une assurance-vie, à celle-ci.

Le sac de sport est vide. Les billets sont répartis en petits tas inégaux. William fait signe à Gros Brice de se rapprocher.

— Les gamins sont en bas ?

— Affirmatif. Z'attendent leur goûter.

— Assieds-toi.

Gros Brice prend place dans le canapé en cuir roux qui fait face au bureau transparent. Willy saisit le plus gros paquet de billets et le tend à Marco. La liasse est aussitôt enfermée à l'intérieur d'un coffre mural dissimulé derrière une toile aux couleurs bleutées reproduisant une vue extérieure de la discothèque (sans doute exécutée d'après photo). C'est au tour de Brice de prendre sa part.

— Attends !

William ne fait pas dans la périphrase. Gros Brice a commis une faute en ne suivant pas la procédure habituelle.

— T'as fait une belle connerie, Gros Brice.

— Fallait des bagnoles, non ?

— C'est pas de la pêche au gros. Ici, on chasse le gardon.

— Le quoi ?

— Tu sais qui est Pouvreau ?

— Pouvreau ? Bah ! Non.

— C'est le vice-président de la chambre de Commerce à Saint-Nazaire.

Gros Brice blêmit. Il renifle entre ses doigts.

— Pouvais pas savoir...

Marco éclate de rire.

— « Pouvais pas savoir » !... Mais qu'il est con !

— Considère que tu as déjà les flics au cul, poursuit William.

Gros Brice roule des yeux exorbités depuis le canapé.

— Vous m'avez donné aux *Chicken Run* ?

De son index, William fait glisser une pile de billets sur le bureau en direction de Gros Brice.

— Voilà ton fric : ta part, la part de ton frangin et un petit bonus pour tes frais. Désolé, mais tu ne nous as pas donné le choix.

Gros Brice tapote nerveusement un accoudoir du canapé. Il soupire, lâche un juron, frappe ses cuisses.

— Oh là ! Une minute, la Duchesse...

Il bondit du canapé et vient poser deux paluches sur le bureau, menaçant.

— Si je plonge, toi et Marco, vous plongez aussi.

William recule sur son siège. Marco prend le relais.

— Faut pas t'énerver, Gros Brice... Willy et moi, on pense que tu dois te faire oublier quelque temps, trois ou quatre mois, tu vois ? Juste en attendant qu'ici les choses se tassent un peu... On te propose comme qui dirait un RTT...

Gros Brice frappe du poing sur la table. Il n'aime pas qu'on se fiche de lui. Il a fait son boulot. Il a ramené quatre voitures. Quatre bagnoles volées. Peut-être pas volées sur un parking mais volées tout de même.

— Quelle différence ça fait, hein ?

William joint les mains sous son nez.

— Écoute-moi bien, abruti. Demain, les flics vont se pointer chez toi vers 8 heures. Ils vont trouver ta chambre vide et une grand-mère gentiment assise dans son fauteuil roulant. Faudrait pas qu'ils trouvent autre chose… comme des numéros de téléphone que tu aurais oubliés par négligence en évidence sur ton bureau, tu vois ?

Marco fait un pas en direction de Gros Brice.

— … Parce que sinon, gros lard, ta mémé, elle risquerait d'avoir un petit accident de fauteuil.

— Espèces de salauds !

— Alors, qu'est-ce que les flics trouveront chez toi demain ?

Appartement n° 325
02 h 45

Après avoir vérifié que ses enfants dormaient toujours (Romain, le drap remonté sur la figure et Pauline, en travers de son lit, les bras écartés et la bouche ouverte), Cat s'est glissée sous la couette avec volupté. Les cheveux éparpillés sur l'oreiller, elle s'étire, frotte ses jambes contre le drap-housse, soupire, savoure les derniers mots prononcés par François :

Bonne nuit, Catherine, dormez bien.

Et aussi :

Je veille sur vous.

Merveilleux. Un homme veille sur son sommeil. Ça ne lui était pas arrivé depuis les premiers mois de sa naissance, et encore. C'est très doux à entendre ces petits mots, apaisant comme un baiser sur le front. Ça donne envie d'y croire, les yeux fermés, en dépit du bon sens, même après quarante piges.

— Je voulais vous inviter à faire une balade dans les environs demain en fin d'après-midi, vers 17 heures, mais c'est peut-être trop...

— 17 heures, c'est parfait.

Radieux, il lui a parlé de la bourrine des grenouillères comme d'un parfait exemple de l'architecture locale traditionnelle, jeté un œil sur les écrans de surveillance du parking et mis à chauffer de l'eau pour deux tisanes. Ensuite, assis face à face, ils ont bu leur verveine-menthe en dressant la liste des films qu'ils avaient vus au cours des deux dernières années tout en écoutant des œuvres de Giovanni Bottesini (1821-1889) choisies par Michel Deville dans son film *Un monde presque paisible* que ni Cat ni François n'ont vu. Enfin, rassasiée de tisane et de musique, riche de la promesse d'une promenade, Cat s'est levée pour prendre congé et rejoindre son petit appartement parce que les enfants ne savent pas que je ne suis plus dans mon lit.

— Bonne nuit, Catherine, dormez bien.

Pas de contact physique. Une cordiale poignée de main aurait été saugrenue. Seulement se toucher avec les yeux. Faire mijoter. Aucun n'a rentré son ventre. Aucun n'a triché sur sa liste de films préférés, nanars compris. Ces deux-là n'ont plus rien à perdre et cela facilite les choses.

VENDREDI 16 JUILLET

Cellule n° 3
06 h 30

Tidji frissonne sous la couverture. Il veut encore croire à la victoire, malgré la faim et le froid qui le tenaillent. La cellule est plongée dans l'obscurité depuis qu'il a rendu le gant orange à sa gardienne. La pensée que le sperme qu'il contenait s'est répandu sur elle lorsqu'elle l'a saisi le réchauffe encore un brin. Mais l'intrusion dans sa cellule, au milieu de la nuit, de deux individus déguisés en Ninja et portant des lunettes de soleil, il ne s'y attendait pas. En moins d'une minute, Tidji était immobilisé, allongé sur le sol, face contre béton, bras dans le dos. Il a d'abord senti son pantalon glisser sur ses jambes. Ensuite, il s'est raidi lorsque son slip a suivi le même chemin. Pour finir, on l'a mis debout pour lui ôter son tee-shirt. Avant de quitter la cellule, les guerriers Ninjas ont retiré les draps du lit et emporté le roman que Tidji faisait semblant de lire. Depuis, on le laisse tranquille. Ni lumière, ni repas. Tidji demeure allongé sur le matelas, enveloppé dans la couverture. Il a essayé d'aller boire un peu d'eau au robinet du lavabo, tout à l'heure, mais ses geôliers ont pensé à tout : ils ont coupé l'eau. Comme il avait trop soif, il a bu quelques gorgées dans la cuvette des toilettes. Ce qui le perturbe, ce n'est pas tant les privations et sa nudité. C'est l'absence de violence. Bien que leur action ait été vivement menée, les geôliers n'ont eu aucun geste brutal à son égard. Ils agissent avec sang-froid. Tidji a bien envisagé d'autres astuces pour les provoquer : griffer jusqu'au sang son visage, son ventre et ses cuisses, par exemple, ou bien encore saccager sa cellule. Mais il ne voit pas très bien quel bénéfice il pourrait en tirer, si ce n'est un sentiment fugace de liberté. Pour l'instant, Tidji lutte contre les tressautements qui agitent son corps : la chaleur accumulée sous la couverture se dissipe au moindre mouvement.

Orouet, impasse Dubreuil
08 h 30

Fraîcheur matinale et ciel limpide. Un ruban de trottoir gris s'étend autour du muret coiffé de tuiles abricot. Le pavillon est situé à l'angle de la rue, face à un poteau électrique. Une antenne de télévision est vissée dans le mur opposé au garage. Personne n'a encore songé à faire pousser quelque chose sur le maigre terrain qui sépare la maison du muret. Sur le seuil de la porte, dans son fauteuil roulant, un fusil à la main, une vieille femme redresse le buste. Sa robe de chambre est assortie à la couleur des volets — un bleu clair typique de la région.

— Puisque j'vous dis qu'il est pas là, le p'tit !

À quelques mètres du fusil, accroupis derrière le portail rouillé qui clôt le muret, deux gendarmes se tiennent à carreau.

— Allez, pas de blagues, madame Fenioux ! Rangez votre arme et laissez-nous entrer !

— Comment ?

— Laissez-nous entrer !

— Z'avez un mandat ?

Les gendarmes échangent un regard blasé. Le plus jeune est un géant filiforme aux joues roses et aux cheveux blonds. Le plus âgé porte une barbe à collier rousse et des lunettes aux verres rectangulaires. Il reprend, poussant le volume de sa voix :

— On veut juste parler à votre petit-fils, madame Fenioux !

— Bah ! Z'êtes sourds ? J'vous dis qu'il est pas là !

— On doit vérifier par nous-mêmes !

— Comment ?

Déjà cinq bonnes minutes que la mère Fenioux défend l'entrée de sa maison avec le fusil de chasse de feu son époux.

— Bon ! On ne va pas y passer la journée ! Alors, on va se relever doucement et vous allez nous...

Mémé rajuste le fusil sous son bras, le canon pointé sur le portail.

— N'allez pas plus loin ! C'est pas parce que j'ai bouffé des tartines de merde toute ma vie que j'ai pas droit à un peu de respect ! C'te maison, c'est mon chez-moi ! Je connais la loi ! Je regarde l'inspecteur Derrick ! Z'avez pas le droit d'entrer sans mandat !...

Soupir collégial chez les gendarmes. Le rouquin soulève son képi pour se gratter le front. La position accroupie est mauvaise pour ses genoux. Encore une journée qui débute dans l'allégresse.

Plage de la parée du Jonc
9 h 30

La petite troupe de pré-ados marche d'un pas joyeux sur le sentier, avec serviettes de bain, gourdes et casquettes obligatoires. Encadrés par deux animateurs ronchons vêtus de tongs et de shorts trop longs, ils atteignent bientôt les dunes en improvisant des batailles d'épuisettes contre seaux.

— Bon ! Ça suffit, Boubakar ! J'te ramène à la colo si tu cognes encore ton frère.

— J'ai rien fait, m'sieur, c'est l'aut' bâtard qui m'cherche !

Ce qui attire aussitôt l'attention des enfants, c'est la présence de nombreuses traces de pneus dans le sable.

— Y a eu la guerre, ici ! plaisante Fatia en rajustant la bretelle de son maillot.

Les animateurs ont un commentaire unanime en découvrant les carcasses de voitures ensablées.

— C'est quoi ce bordel ?

En un instant, la petite troupe encercle les épaves. Les voitures semblent avoir encaissé de nombreux chocs. Boubakar n'en croit pas ses yeux. Il reconnaît la calandre d'une Porsche.

— Oh ! Putain ! ... On dirait qu'un mec y l'a mâchée avant de la recracher !

VVF, appartement n° 17
10 h 30

Ils sont arrivés au moment où Linda s'apprêtait à prendre sa douche.

— Capitaine Pascale Turmel et lieutenant Guillaume Philibert de la brigade des mineurs.

La trentaine, tous les deux. La jeune fille les connaît. Ils sont déjà venus l'interroger à l'hôpital. Ils sont partis en emportant ses vêtements et ses chaussures — tout ce qu'elle portait sur elle lorsqu'elle a disparu. Une infirmière qui les accompagnait a prélevé un peu de sang à Linda. Ils ont aussi soigneusement examiné ses ongles et ses cheveux. En les voyant débarquer ce matin, Linda a pâli. Elle a demandé la permission de prendre sa douche avant de répondre à leurs questions. La mère de Linda leur sert une tasse de café sur la terrasse en attendant qu'elle ait fini.

— Vous prenez du lait avec votre café ?

Réponses négatives. Les tasses blanches rudimentaires font partie de la vaisselle louée avec le logement. Elles se remplissent d'un liquide fumant tandis que la maman met en garde les deux officiers à voix basse : Linda est encore sous le choc, elle ne parle pas beaucoup et ne quitte plus sa chambre, il vaudrait mieux ne pas l'accabler de questions pour le moment.

— Elle s'est levée tard à cause du somnifère que le toubib lui a prescrit… Cet après-midi, je vais essayer de l'emmener avec moi à la plage.

Le capitaine Turmel affiche un sourire poli. Son visage ovale est encadré de cheveux blonds coupés au carré et balayés derrière les oreilles. Un long nez, des lèvres fines et une peau diaphane, on la croirait peinte par Vermeer.

— C'est une bonne idée, madame Laclos.

Son collègue le lieutenant Philibert a abusé du gel fixant effet mouillé sur ses cheveux bouclés noirs. Deux pattes descendent le long des oreilles et accentuent le carré du visage que rehaussent des sourcils droits et fournis. Il a remarqué les valises déjà préparées dans le salon.

— Alors, vous partez demain ?

Madame Laclos acquiesce, prenant place sur un des sièges de jardin.

— À la maison, Linda a ses repères, ses amis... Ce sera plus facile pour elle... Même si cela nous éloigne de Thomas... Enfin, mon mari va rester une semaine de plus. Il a pris une chambre à l'hôtel, en centre-ville.

— Je ne le vois pas... Il n'est pas avec vous ? demande le capitaine Turmel.

— Il est parti à Challans distribuer aux commerçants des affiches avec la photo de notre fils... Et de votre côté, l'enquête progresse ?

Le capitaine Turmel toussote en reposant sa tasse sur la table.

— On a assez peu d'éléments en dehors du témoignage de votre fille qui pour l'instant, ne nous a pas appris grand-chose.

— Aux informations, ils ont parlé d'une secte dans la région...

Elle hoche la tête.

— Ça fait partie des pistes sur lesquelles nous travaillons, mais nous ne pouvons rien dire à ce sujet pour l'instant.

La maman de Linda baisse les yeux. Machinalement, elle balaie quelques miettes du plat de la main sur la table et les fait tomber dans l'herbe.

— Linda aime beaucoup son frère, vous savez. Ils ont toujours été très fusionnels… Si elle ne nous dit rien, c'est que quelque chose l'en empêche.

Le lieutenant Philibert tourne la tête en direction de la piscine du VVF située à une centaine de mètres du logement. De charmantes créatures en maillot de bain prennent place sur les chaises longues avec revues et protections solaires en spray.

— Vous pensez que quelqu'un exerce une sorte de chantage sur votre fille ? demande-t-il.

— Je l'ignore… Excusez-moi, je vais voir ce que fait Linda.

Derrière la porte de la salle de bains, madame Laclos entend le ruissellement de l'eau sur le rideau de douche. Pas plus de dix minutes se sont écoulées depuis que la jeune fille s'y est enfermée. Mais sa maman préfère s'assurer que tout va bien. Doucement, elle frappe à la porte.

— Linda, ma chérie, tu en as encore pour longtemps ?

Piscine du VVF
10 h 50

Le maillot deux pièces de Cat est assorti à son chapeau de plage vert foncé. Allongée sur une chaise longue recouverte d'une serviette de bain, chevilles croisées, elle bouquine le nouveau roman d'un auteur anglais dont les deux précédents ouvrages ont été adaptés au cinéma. Les enfants sont dans leurs clubs respectifs pour la matinée. Les filles répètent une dernière fois leur spectacle.

— Et vous avez parlé ?... C'est tout ?

Depuis la chaise voisine, vêtue d'un maillot une pièce mauve en Lycra, une lime à ongles dans la main droite, Christine inspecte les cuticules de sa main gauche.

— Non.

— Qu'est-ce que vous avez fait ?

— On a bu de la tisane.

Christine pouffe de rire.

— C'est torride, ton histoire.

— J'allais tout de même pas me jeter sur lui.

La lime reprend son va-et-vient.

— Se faire sauter sur le comptoir d'accueil du VVF, ça doit pas être mal, dit Christine, songeuse.

— Chaque chose en son temps.

— Vous avez prévu de vous revoir, alors ?

— On va faire une promenade.

— Ouh ! C'est sérieux.

— On va visiter une bourrine.

— Une quoi ?

Cat bâille, une main devant la bouche.

— Une habitation typique de la région. Du patrimoine historique.

Christine farfouille dans son sac de plage.

— Il bosse pour le syndicat d'initiative, lui.

Elle en sort un magazine de mots fléchés.

— C'est pas Gildas qui m'aurait proposé de visiter l'habitat local. Tu me diras, il a une excuse : on s'est connus Porte de Clichy.

— Porte de Clichy ? Y a le cimetière des Batignolles...

Le passage d'une ambulance dans l'allée qui longe la piscine attire l'attention des deux femmes. Christine s'est redressée. Une main au-dessus des yeux, elle regarde quelle direction a pris l'ambulance. Cat quitte sa chaise longue.

— Qu'est-ce qui se passe ?

— J'sais pas... l'ambulance s'est arrêtée là-bas, devant un pavillon.

— Un accident ?

— Ou quelqu'un de malade... Tiens ! Voilà le directeur... Il arrive en courant... Ça doit être grave.

Quelques minutes plus tard, les deux femmes ont rejoint l'attroupement de curieux rassemblés devant le pavillon. Des membres du staff sont également présents dont Véronique, la barmaid. Une main sur la bouche, elle secoue faiblement la tête lorsque les ambulanciers sortent de l'appartement avec une civière. Un masque à oxygène recouvre le visage d'une jeune fille inerte. Une femme en larmes marche à ses côtés en lui tenant la main. Christine serre le bras de son amie.

— C'est pas la mère de Linda et Thomas ?

Une rumeur, propagée d'une oreille à l'autre, s'accompagne d'exclamations stupéfaites. Linda Laclos a tenté de se suicider dans la salle de bains en se tranchant les veines avec un rasoir jetable.

VVF, hall d'accueil
15 h 00

François pousse les portes du hall d'entrée et se dirige sans hésitation vers le comptoir d'accueil. Assaillies de questions par les vacanciers, les hôtesses font leur possible pour atténuer la tension qui monte depuis le dernier événement survenu au village. Après avoir salué l'équipe, le veilleur de nuit soulève le battant aménagé au milieu du comptoir, frappe à la porte du bureau du directeur et entre sans attendre. Alex qui est au téléphone l'invite à s'asseoir d'un signe de la main.

— Merci d'avoir fait vite. C'est l'enfer, ici ! Entre les annulations de séjours, les départs anticipés, les parents qui retirent leurs gamins des activités parce qu'ils sont persuadés que mes animateurs sont de dangereux pédophiles et...

Alex obstrue le combiné avec sa main et baisse d'un ton.

— Et les deux emmerdeurs de la brigade des mineurs qui insistent pour interroger toute l'équipe, on est débordés !

— Comment va la petite ?

— On n'en sait rien encore... Elle a perdu beaucoup de sang. Ils ont mis du temps à réagir, mais pour démolir la porte de la salle de bains, je peux te dire qu'ils y ont mis du cœur. Le chambranle est parti avec.

Il marque un temps, dévisage son ami.

— T'as dormi un peu ?

— Pas des masses.

— Ah... Mais ça va ? Tu tiendras ?

— Avec un bon litre de café, oui.
— Alors, je peux compter sur toi ?
— Je te retourne la question.
François lui rappelle leur accord. Alex confirme. Il a contacté l'agence d'intérim et ils envoient quelqu'un ce soir pour le remplacer.

Le Chichi Top
Avenue de la mer
15 h 30

Assis à la terrasse ombragée d'un établissement spécialisé dans le beignet et la gaufre, les enfants font un concours de bulles dans leurs verres avec des pailles. Habituellement, cela agace Cat et elle supprime les pailles illico. Mais c'est à peine si elle leur en fait la remarque. Dissimulée sous son chapeau vert, elle poursuit sa discussion avec Christine tout en enfonçant négligemment une cuillère en plastique dans un petit pot de glace.
— Quelle chaleur...
— Je fonds...
Cat voudrait bien être triste, compatir au martyre de monsieur et madame Laclos, avoir honte de déguster avec autant de plaisir un sorbet melon à la terrasse d'un vulgaire marchand de frites.
— Pas croyable une chaleur pareille.
— Même pas de vent.
Cat comprend parfaitement que des vacanciers aient choisi d'annuler leur deuxième semaine de location au VVF. Elle admet volontiers que le climat soit pro-

pice à une légère paranoïa dans le hameau. Mais rien ne pourrait influer sur l'état de béatitude dans lequel elle est depuis qu'elle a reçu l'appel de François à son appartement vers 14 heures. Christine avale une bouchée de crêpe nappée de chantilly et servie avec une boule de glace vanille.

— Et vous irez dîner où ?

— Je ne sais pas encore.

Le veilleur de nuit ne pouvait plus honorer sa promesse de balade pédagogique, mais il offrait un dîner pour se faire pardonner. Cat allonge ses jambes sous la table.

— Je me ferais bien un plateau de fruits de mer.

— Hummm ! Aphrodisiaque ça, les huîtres.

Cat sourit. Les réflexions triviales de son amie ont un effet revigorant sur le moral. Les derniers films que Christine a vus sont *Astérix mission Cléopâtre*, *La vérité si je mens ! 2* et *Taxi 3*. Elle ouvre un livre une fois par an lorsqu'elle est sur la plage et s'est acheté le dernier album de Patrick Sébastien pour animer sa soirée Nouvel An. Christine est une invitation permanente à la bonne humeur. L'éclat de son sourire et le pétillant de son regard ouvrent grandes les portes de la complicité. Le fait qu'elle soit en vacances loin de son mari n'est sans doute pas étranger à l'affaire.

— Alors, m'an, on y va à la plage ?

Romain s'impatiente. Sa sœur l'énerve. Il ne tient pas en place depuis quelques jours. Christine lèche sa cuillère couverte de glace.

— On attend encore une demi-heure. Il fait trop chaud. On va cuire.

Il est arrivé sans se faire remarquer parmi la foule qui déambule dans la rue piétonne, torse nu, battant le pavé de ses babouches. Suspendu à son cou, un appareil photo avec un gros objectif cache son nombril. Il porte un short en jean effiloché et ses colliers de fabrication artisanale tintent sur son torse.

— Bonjour, les sirènes !

Sous sa paire de Ray-Ban, un sourire heureux. Le photographe a noué un bandana sur son front pour se protéger du soleil.

— Je peux ?

Il a pris place sous le parasol sans attendre la réponse des mamans. Autour de lui flotte une odeur de lotus pimenté par la transpiration.

— Vous avez la guigne au VVF. La pauvre gamine... Espérons qu'elle va s'en sortir.

Michel Moinet prend une longue inspiration, retire ses lunettes et hoche la tête.

— Ouais. Il se passe de drôles de choses dans le coin en ce moment.

Cat demande au photographe s'il veut boire quelque chose.

— C'est bien volontiers que je prendrai un Gini.

Cat sort un porte-monnaie de son sac banane kaki et le tend à son fils.

— Romain ! Tu peux aller chercher un... un Gini, s'il te plaît ?

Romain s'exécute en râlant. Christine racle son assiette en carton avec la petite cuillère.

— Alors, Michel, allez-y ! On est tout ouïe ! Qu'est-ce qui se passe et qu'on ne sait pas ?

Tripotant la monture de ses Ray Ban, il leur apprend l'étrange découverte de véhicules accidentés sur la plage, un peu avant le pont d'Yeu.

— D'après la gendarmerie, y pourrait bien s'agir des voitures volées le soir du 14 juillet chez un concessionnaire du coin.

Christine croise les jambes.

— J'ai lu ça dans le journal. C'est le garage en face du Super U ?

— C'est ça. Il paraît qu'elles sont méconnaissables. Complètement ratatinées.

Devant leurs verres vides, les enfants donnent des signes d'impatience. Ils veulent quitter la table et faire une petite visite au magasin de gadgets situé en face de la terrasse. Christine les laisse s'échapper. Cat questionne Michel.

— Vous pensez que cette histoire de voiture volée peut avoir un rapport avec Linda ?

— Je ne sais pas... Mais il y a une chose que vous ignorez et qu'il faut que je vous dise, les sirènes...

Le regard de Michel Moinet se fait pénétrant.

— Vous l'apprendrez sûrement par les journaux demain matin, mais autant que je vous le révèle moi-même : ce n'est pas la première fois qu'on trouve des voitures bousillées dans les dunes. C'est arrivé trois ou quatre fois, à des endroits différents... Mais toujours dans le secteur.

— On est en plein western ! commente Christine.

— Tout a commencé voilà huit ou neuf ans. Une bande de jeunes en vacances dans la région. Ils piquaient des voitures pour faire des rodéos dans les dunes... La police retrouvait les véhicules volés quelques jours après, avec un peu de sable dedans et quelques bricoles manquantes... Pas grand-chose... Jusqu'au jour où des gamins ont volé une voiture dans laquelle il y avait un bébé. Ça s'est passé pas très loin d'ici, sur le parking de l'office du tourisme... Ils ne s'en sont pas aperçus tout de suite, mais seulement une fois sortis de la ville.

Romain revient avec le Gini et le porte-monnaie puis il rejoint Romuald et les filles dans le magasin de gadgets. Michel vide sans hâte le contenu de la cannette dans un verre en plastique et boit quelques gorgées.

— Ah ! Ça fait du bien ! Ce petit goût de citron vert... Où j'en étais ? ... Ah ! Oui ! Les gendarmes ont retrouvé la voiture le soir même. Elle était restée garée à l'écart de la route, en plein soleil, à deux pas de la plage des Salins.

— Et le bébé ? interroge Christine.

— Mort. Déshydratation. Quelque chose d'horrible à voir. Il y a eu une enquête, des gamins ont été interrogés puis relâchés, faute de preuves... Les vols de voitures ont cessé. On n'en a plus entendu parler. Et puis il y a deux ans, les rodéos dans les dunes ont repris... Un bébé mort, visiblement, ça ne leur a pas suffi.

Christine est atterrée. Elle pensait que Saint-Jean-de-Monts était l'idéal de la station balnéaire familiale où il fait bon manger des moules et visiter les marais. Michel sourit. Il a pris son appareil en main et règle son objectif.

— Toutes les villes ont leur face cachée... Surtout celles qui semblent paisibles.

L'objectif se tourne vers Cat.

— Vous faites quoi avec votre appareil ?

— Je finis ma pellicule.

Cat baisse la tête sur son pot de glace fondue et touille le liquide avec sa cuillère.

— C'est bizarre cette histoire de vol de voitures... Est-ce que la police a fait le rapprochement entre les vols et les disparitions des ados ?

Michel essaie différents angles, se contorsionne légèrement. Les colliers tintent sur son torse.

— Certainement... Je crois qu'ils ont une piste... Et avec ce qui vient de se passer aujourd'hui, ils vont s'empresser de la suivre.

Christine donne un coup de coude au photographe et ricane.

— Elle est bien longue à finir cette pellicule.

Les petites filles reviennent, tout excitées : elles veulent à tout prix s'acheter un gadget idiot repéré dans la boutique où traînent encore les garçons. Pauline se jette sur sa mamounette.

— Oh la la ! Le porte-clés Kiki, trop génial !

— C'est quoi cette piste ? questionne Cat, imperturbable.

Michel repose son appareil sur la table et change la pellicule.

— Les voitures du 14 juillet, on les a retrouvées sur la plage de la parée du Jonc... À moins de 2 kilomètres de l'abbaye de la Maladrie.

Christine repousse les assauts de Wendy qui a repéré un carillon trop mignon en forme de dauphin.

— Attends, ma puce... Et c'est quoi cette abbaye ?

Michel remet ses lunettes et rajuste le foulard à son front.

— Si vous voulez, on peut y aller quand vous serez lassées de faire bronzette... Vous verrez, c'est un très bel édifice... Les fondations datent du XIVe... Rabelais y a même séjourné. Le site a été fortifié pendant les guerres de religion... Je vous ferai visiter les sous-sols voûtés et la fabrique de savons parfumés.

Christine donne un coup de coude à sa copine.

— C'est là qu'ils exposent des estampes japonaises...

Michel avale le reste de Perrier et se lève.

— Merci pour le rafraîchissement, Cat.

— Je vous en prie.

— Alors, on se retrouve tout à l'heure sur la plage ?

— Possible.

— Dites, et si j'en profitais pour prendre les garçons en photo ? Je vous fais un prix...

Échange de regards entre les mamans, refus catégorique.

VVF, salle du réfectoire
16 h 30

François prend place à la seule table du réfectoire qui n'a pas encore été dressée pour le dîner, les yeux fixés sur ses interlocuteurs, une cannette de Perrier à la main. La silhouette des officiers se découpe sur la baie vitrée, laquelle donne une vue panoramique sur les dunes qui encerclent le bâtiment principal. Une jolie blonde aux yeux glacés, le capitaine Pascale Turmel, est habillée d'un tee-shirt blanc et d'un pantalon fuselé marron. Elle a posé devant elle un dictaphone dont elle vient de changer la minicassette. Plusieurs dossiers sont empilés sur la table.

— Vous êtes François Seclin ?

La première question est facile. Les autres sont plus tendancieuses, posées sur un ton peu chaleureux.

Assis à côté de son capitaine, le lieutenant Philibert joue avec un paquet de Chesterfield dont il finit par extraire une cigarette au bout de vingt minutes d'entretien.

— La secte d'Is, vous connaissez ?

Il a posé sa question de façon anodine, tout en allumant sa cigarette. La réponse négative de François semble le décevoir.

— Pourtant, dans le show-biz, vous devez en rencontrer des illuminés.

Encore une remarque agaçante sur son véritable métier. Les deux officiers s'en donnent à cœur joie depuis le début de leur interrogatoire. François transpire. La chaleur était étouffante derrière le comptoir d'accueil et il ne fait guère plus frais dans le réfectoire. Il retire un instant ses lunettes pour soulager les arêtes de son nez.

— Je vous ai déjà dit que je n'avais plus de contact avec le milieu de la chanson et que je n'ai pas l'intention de reprendre mon ancien métier.

La jeune femme recule son siège, glisse les mains dans ses poches.

— Avouez que c'est difficile à croire : vous écrivez pour les plus grands de la chanson : Aznavour, Claude François, Julien Clerc...

Le lieutenant complète la liste, l'air savant.

— France Gall, Richard Cocciante, Vanessa Paradis… Très bon album, entre parenthèses.

François ne relève pas. Il boit son Perrier.

— Le lieutenant Philibert a un faible pour Vanessa Paradis… Bref, vous remportez un succès mondial avec une comédie musicale et vous laissez tout tomber brusquement, sur un coup de tête, pour vous retrouver ici et prendre un poste de veilleur de nuit dans un village vacances six mois sur douze.

François hausse les épaules.

— Il faut croire que j'ai mûri.

La jeune femme lève un sourcil, puis jette un œil sur le document qu'elle a devant elle.

— Mûrir, c'est casser la figure à un client dans un restaurant sur les Champs-Élysées ?

Soupir de François. Encore un fantôme. Un abruti installé à la table voisine et qui connaissait par cœur tout ce qu'il avait écrit comme conneries. Y a rien de plus agaçant qu'un type qui vous tutoie parce qu'il connaît *Si on chantait* et vous le hurle — faux — dans les oreilles alors que vous dînez avec votre ex-femme.

— Je buvais un peu trop à l'époque. C'est pour ça que j'ai pris le large.

Le lieutenant remplit sa tasse de café à l'aide de la bouteille thermos qui lui a été fournie par le personnel du restaurant. Le bec verseur mal vissé laisse couler un peu de café sur la nappe.

— Vous voulez parler de votre traversée du Pacifique ?

François inspecte ses ongles.

— « Tentative » de traversée.

— Vous êtes parti de Los Angeles… Vous vouliez atteindre Sidney, c'est ça ?

— Oui.

— Et une équipe de secours vous a retrouvé au large de Bora Bora.

— J'y étais presque mais ça ne s'est pas passé comme je voulais… Le ciel était contre.

— Vous voulez dire « Dieu » ? questionne le lieutenant, une tasse au bord des lèvres.

— Non, je parle du ciel. Pas des Cieux. J'ai essuyé une grosse tempête et les courants étaient défavorables… Je suis même tombé à l'eau.

François a un sourire de dépit.

— Failli me faire bouffer par les requins.

Le capitaine renchérit.

— Les journaux ont écrit que lorsque les secours vous ont retrouvé, vous aviez perdu la raison.

François relève les yeux sur la jeune femme.

— J'ai déliré pendant quelques jours, oui… Mais je vous rassure, Capitaine, ça va beaucoup mieux.

Les questions suivantes portent sur son travail au VVF. A-t-il été témoin d'événements étranges ces derniers jours ? Les écrans de surveillance ont-ils enregistré des mouvements de véhicules anormaux sur le parking ? Que faisiez-vous la nuit où les enfants Laclos et Thierry Céréol ont disparu ?

— Des mots croisés.

— Vous étiez ici, à votre poste ?

— Oui.

François sait pourquoi les deux officiers s'intéressent à ses horaires de travail. Parce qu'il n'a aucun moyen de prouver qu'il était bien à son poste entre 1 h 30 et 6 heures le jeudi 8 juillet. Ce soir-là, il n'a pas reçu d'appel au standard et aucun véhicule ne s'est présenté à l'entrée du parking sans le badge qui permet l'ouverture automatique de la barrière. Le capitaine relit ses notes en s'éventant avec la couverture cartonnée d'un dossier.

— Un des animateurs dit avoir discuté avec vous vers 1 h 30 juste avant d'aller se coucher... Puis c'est Patrick Sumion, votre collègue du matin qui est venu vous relever de votre poste à 6 heures... Bon...

— Oui. Il m'a raconté sa blague quotidienne sur les blondes.

— Passionnant. Bon...

— Vous avez un problème, capitaine ?

— Non non... C'est une simple enquête de routine... OK.

La jeune femme referme le dossier qu'elle a sous les yeux puis se tourne vers son lieutenant avec lequel elle échange quelques mots. Enfin, elle joint ses doigts fins sur la table et se penche.

— Monsieur Seclin, nous allons vous laisser rejoindre votre poste de travail. Mais avant, j'ai une dernière question à vous poser. C'est au sujet d'un rapport qui remonte à avril 1996. Conduite en état d'ivresse.

François tourne le visage vers la baie vitrée. Dehors, des enfants en maillot de bain s'amusent à cache-cache sur les dunes. On entend leurs cris exaltés. François soupire, passe une main sur sa nuque. Il sait ce que le capitaine va lui demander.

Cellule n° 1
17 h 00

Tôt ce matin, dans un demi-sommeil, bien avant que le petit-déjeuner lui soit servi, Thomas a entendu le panneau de la porte coulisser. L'ampoule du plafonnier venait de s'allumer et l'adolescent gardait encore les yeux fermés pour s'habituer progressivement à la luminosité de sa cellule. Lorsqu'il a été capable d'ouvrir les paupières, il a vu que le gant de jardinage sortait de la trappe, tenant un cahier vierge ainsi qu'une feuille de papier. Une fois revenu sur son lit, Thomas s'est empressé de lire le texte imprimé sur la feuille. Il s'agissait d'un énoncé à la tournure plutôt scolaire :

`Rédige en termes simples et sans chercher à les minimiser tous les actes de ta vie qui ont contribué à te conduire ici. Le titre figurant en haut de la première page doit comporter le mot « confession ». Pour éviter les ratures, il est conseillé de rédiger le texte au crayon de papier et de le recopier ensuite au stylo. Bon travail.`

Depuis, Thomas écrit. Il noircit des pages sans s'inquiéter des nombreuses fautes d'orthographe qui jalonnent sa confession. Thomas raconte tout, en détail, depuis le premier vol d'un tube de colle dans la trousse d'un copain de CP jusqu'aux expériences sadiques qu'il a menées récemment sur des limaces trouvées dans le jardin du pavillon à Villejuif. Tout ce qu'il n'a jamais dit à personne. Tout ce que ses parents ignorent. Même ce que son père lui a fait jurer de ne pas révéler. Et plus il noircit de pages, plus Thomas se sent apaisé. Ces moments de vie honteux, vigoureusement tus, il les exhume, sans scrupules. Alors qu'il est enfermé, solitaire, dans un lieu qui lui est inconnu, le jeune homme semble enfin percevoir le monde extérieur avec plus de clarté. L'élan premier de se jeter dans la rédaction de cette confession était motivé par la perspective d'obtenir la clémence de son geôlier. Mais à présent, sa poursuite relève de la nécessité. Et le frère de Linda est bien décidé à aller jusqu'au bout, même si parfois, la pointe du stylo tremblote sur le cahier.

18 h 00

Comme d'habitude, les filles ont voulu retourner dans l'eau.

— On va rincer nos maillots !

— Pas question !

Cat n'a pas été dupe. Les fillettes s'étaient déjà séchées trois fois avant de retourner aussitôt s'allonger dans 50 centimètres d'eau au prétexte de retirer le sable de leurs fesses, attendant la prochaine vague. De leur côté, les garçons s'étant joints à un groupe d'ados du VVF pour une partie de beach-volley, Christine a eu bien du mal à les faire lâcher le ballon. Finalement, le petit groupe s'est mis en route, traînant des pieds, avec sac de jouets, parasol et rabanes roulées sous le bras.

— Pourquoi on n'a pas pris la voiture ? râle Romain.

— Parce qu'on n'est pas loin, rétorque sa mère.

— Peut-être, mais on est chargés !

Les deux garçons sont écarlates sous leurs casquettes. Ils ont plutôt mal joué — surtout Romuald qui réussit parfaitement les services mais pas du tout les smashs. De son côté, Romain a surtout profité de l'occasion pour s'expliquer avec le grand frère d'Abdel et lui rappeler sa promesse. Par chance, Yacine était sur la plage avec sa bande, et ils ont pu convenir d'un nouveau rendez-vous pour ce soir.

— Les dunes. À minuit.

— D'ac'.

— T'as déjà conduit une bagnole ?

— Ouais, celle de ma mère, un peu.

— Ça te dirait un rodéo sur les dunes ?

— Ouais, ça me dirait... Ça me dirait même grave !

— Bon. On verra c'que t'as dans les couilles, Remus.

Romain a déjà tout organisé. Il dort chez Romuald. Sa mère n'a pas dit non. Elle a même profité de l'occasion pour demander à Christine si Pauline pouvait aussi dormir chez elle ce soir, exceptionnellement, « au cas où ». Romain n'a pas très bien compris ce que signifiait le « au cas où » et le regard complice que les deux mamans ont échangé à cet instant en descendant l'allée des Pignons était plutôt suspect, mais la splendide Mégane Farway DCI rouge qui passe juste sous son nez lui fait oublier ce détail.

— Putain !

Romuald, lui aussi, a vu la voiture.

— Classe, la bagnole !

— Du velours. On n'entend même pas le moteur.

— À ton avis, elle vaut combien ?

Romain hausse les épaules.
— Dans les 22 000.
— 22 000 ? Tu déconnes !
— 22 000 euros, tête de bite à cul.
— Eh ! J't'emmerde, moi !
La Mégane ralentit avant de tourner à droite, dans le parking de l'Estacade, à quelques mètres devant eux. Les garçons s'immobilisent un instant pour admirer sa ligne. Romuald fait le calcul.
— 22 000 euros... Ça fait dans les 150 000 francs.
— Elle a l'ordinateur de bord en série avec système de navigation.
— Les vitres, elles sont fumées gris, pas marron... Hyper classe.
— Et le pare-chocs laqué rouge.
— 1,9 L DCI... Tu bouffes plus d'huile avec, au début.
— Tu confonds avec DTI.
Cat se retourne pour constater que les garçons n'avancent plus. Depuis qu'ils ont quitté la plage, ils en sont à leur troisième commentaire technique.
— Et alors ?
— On arrive !
Tandis que les garçons se remettent en route, traînant les sacs de plage sur le bitume, la Mégane se gare sur le parking. Cat remarque l'éclat étonnant de sa peinture et songe à sa Citroën ZX : un petit shampoing lustrant avant la fin des vacances ne lui ferait pas de mal.

Chemin des Plumets
18 h 30

François s'est déshabillé, la peau moite et les cheveux hirsutes (il a retiré la chemisette sans ôter les boutons). Dans la salle de bains, à poil, il fait l'état des lieux. Pas fameux. Le haut est plutôt musclé, mais ça se relâche côté abdos. François pivote sur lui-même. Il faut bien l'admettre, il n'a plus les fesses de ses trente ans. Question performances, c'est l'inconnu. Pas touché une femme depuis deux piges. Il s'est bien soulagé tout seul de temps en temps par nécessité... Catherine Berthelet ne doit pas être non plus très active de ce côté-là, si elle passe ses jeudis soirs au cinéma... François approche sa figure du miroir. Les sillons de chaque côté du nez se creusent. Y a du mou dans les joues. Il évite l'autre supplice (celui de la balance) et se glisse sous la douchette à jets multiples. D'abord, une eau tiède pour décrasser. Il ferme les yeux. Cette nuit, il a dormi quatre heures. Le coup de fil d'Alex l'a tiré du lit vers midi. Mais il se sent plus las que fatigué. Ce qu'il lui faudrait, c'est une partition revigorante d'un film de James Bond. *You Only Live Twice,* dans l'idéal. Rien de tel que John Barry pour se sentir soudain rassuré sur sa virilité, à grand renfort de cuivres pimpants, d'accords de guitare électrique grassouillette, de violons pizzicati et de gongs exotiques. Entendre Nancy Sinatra murmurer de sa voix si bouleversante *Ce rêve est pour toi, alors paie le prix, fais de ce rêve réalité, tu ne vis que deux fois.* François se surprend à rire tout seul sous la douche. Il est troublé comme s'il allait dîner pour la première fois avec une femme. Perdre la raison au milieu de l'océan et se faire presque bouffer par les requins, ça remet les choses en place. On se surprend à regarder le jour se lever avec le cœur battant, à parler aux écureuils, à se laisser émouvoir par un bouquet de perles blanches poussées sur la dune, bref, comme dirait l'autre, à vivre une deuxième fois. François s'empare du gel douche et se savonne vigoureusement en pensant à la nuisette de Catherine.

VVF, espace Bar
19 h 30

Le saladier est rempli d'un liquide à la couleur indéfinissable évoquant celle de la moutarde ayant dépassé sa date limite de consommation. Vêtue d'une robe asymétrique en dentelle, Véronique remue le fond de la préparation à l'aide d'une louche et communique la recette à Christine.

— 2 cuillerées à café de miel, 2/10 de jus de citron vert, 3/10 de jus d'orange, 2/10 de jus de pomme et 3/10 de Calvados.

— Ah ! Oui ? Tu mets du Calva ?

— Faut bien redonner le moral au peuple... Avec ce qu'on déguste en ce moment... Je te sers quoi, ma belle ?

Christine hésite puis se lance : ce sera le cocktail du jour. Véronique apprécie cette prise de risque.

— Je te prépare ça tout de suite, darling... Cat ? Tu veux quelque chose ?

Perchée sur des nus pieds à talons hauts, les cheveux lâchés sur les épaules, ravissante dans un pantalon noir et un cache-cœur rouge sans manche, Cat regarde les petites filles jouer au Jungle Speed, perdue dans ses pensées. Les gamines ne tiennent pas en place sur leurs chaises : c'est à celle qui aura le meilleur réflexe, le geste le plus vif pour saisir le totem et se débarrasser de ses cartes.

— Tu as l'air bien songeuse, ironise Véronique. C'est la perspective de ton dîner avec François qui te perturbe ?

Cat secoue la tête.

— Je pensais à Romain.

— Il est où en ce moment ?

Christine répond à la place de Cat : les deux garçons font une partie de ping-pong dehors. Ils ont pour consigne de rentrer directement à l'appartement de Christine pour dîner. La barmaid remplit un verre à pied de liquide brunâtre.

— Ouais. Vous avez raison de les surveiller. Y a sûrement un cinglé qui se balade dans le coin... Cat ? Je te sers la même chose ?

Refus courtois de Cat. Elle préfère un verre d'eau.

— J'ai l'impression que Romain et moi, on ne communique plus vraiment depuis quelques mois, soupire-t-elle... Avant, il me confiait beaucoup de choses. Et puis, Philippe est arrivé. Je crois que ça n'a jamais trop gazé, entre eux...

Véronique agrémente le verre de Christine d'une feuille de menthe et d'une rondelle de pomme.

— C'est qui, Philippe ?

— Son ex.

— Ex-mari ?

— Ex-*lover*.

— Ah !... Tiens, Christine, ton cocktail Cléopâtre.

— Merci !

Cat tire un petit miroir de son sac à main pour vérifier la tenue de son rouge à lèvres.

— Pourquoi Cléopâtre ?

— Hier, j'ai servi un cocktail Astérix.

Christine agrippe son verre avec une légère appréhension.

— Le prochain, t'as qu'à l'appeler Panoramix : « Panoramix, le cocktail qui donne des pouvoirs magix. »

La barmaid tape dans la main de Christine avec un éclat de rire, puis elle pose un verre d'eau pour Cat sur le comptoir.

— Un amant, murmure-t-elle, ça fout toujours la merde. Faut l'épouser tout de suite, ou ne jamais le laisser entrer chez soi.

Cat mord sa lèvre inférieure avec un demi-sourire et laisse s'échapper un long soupir que les deux femmes ont tôt fait de commenter.

— En tout cas, notre François, il se fait rudement attendre, ce soir.

— Bon, ça va ! Je suis juste un peu nerveuse. Je ne sais pas pourquoi, il n'y a pas de raison.

— Non non.

— Et si on parlait d'autre chose ? Christine, il est comment ce cocktail ?

Christine ouvre de grands yeux et manque de s'étrangler en buvant à la paille.

— On sent bien le... le Calvados.

— Quoi : j'ai mal dosé ?

Avenue des Tilleuls
Restaurant La Cloche d'Or
21 h 00

Le sol du restaurant est un damier en carrelage. Des rideaux crème descendent du plafond et séparent l'entrée de la salle à manger.

— À quel nom, je vous prie ?

— Seclin.

— Oui. Monsieur Seclin, c'est par ici.

Catherine et François sont conduits jusqu'à une table ravissante, installée juste sous une fenêtre donnant sur la forêt domaniale « d'où vous pouvez apercevoir les écureuils s'en donner à cœur joie », précise la patronne du restaurant avant de s'enquérir de leurs souhaits concernant l'apéritif.

— Qu'est-ce que vous avez comme champagne ?

François commande une bouteille millésimée. Il s'arrange pour qu'on leur serve dans la foulée un assortiment de fruits de mer (pétoncles, palourdes, crevettes roses, bulots, bigorneaux) et quelques huîtres spéciales de Vendée, le tout agrémenté d'un bouquet de langoustines.

— Ça vous convient, Catherine ?

Catherine ne sait que dire. Depuis que le veilleur de nuit est venu à sa rencontre à l'espace bar en s'excusant pour son retard de six minutes, elle est en pays inconnu. D'abord, ses vêtements. Ce soir, François est habillé avec goût. Il porte un jean en toile denim, une chemisette à carreaux Timberland et des sandales en cuir roux. Une tenue qui le fait paraître plus jeune, plus séduisant.

Sa monture de lunettes, parfaitement adaptée à la forme de son visage, y est sans doute pour quelque chose. En sortant du hall d'accueil, Cat a presque sursauté lorsque François a posé une main sur la cambrure de son dos pour l'inviter à passer devant lui. Leur premier contact physique. L'effet d'une petite décharge électrique. Tout aussi surprenant, effroyablement excitant.

— Parfait.

François ne quitte pas des yeux la femme qui a pris place face à lui.

— Vous êtes vraiment très belle ce soir, Catherine.

— Vous n'êtes pas mal non plus.

Il affiche un sourire troublé.

— Ce sont de nouvelles lunettes ?

— Non. Celles-ci, je les porte en dehors du travail.

Cat rajuste l'échancrure de son cache-cœur qui laisse deviner le galbe de ses seins.

— Encore une énigme à résoudre : « Il porte de chouettes lunettes mais seulement quand il n'est pas en service. »

François baisse les yeux et prend la main de Cat.

— Je suis heureux que vous soyez là.

Après quelques minutes, la conversation s'anime. François refuse de lâcher la main de Cat dont il caresse machinalement les doigts.

— Le directeur du VVF est un vieil ami. Je dînais chez lui, il y a deux mois environ. Il cherchait un veilleur de nuit pour la haute saison et moi, un moyen de reprendre doucement contact avec la civilisation.

— Pourquoi ? Vous sortez de prison ?

— Presque ! ... Non. J'ai... Voilà : mon vrai métier, c'est parolier. Écrire pour des chanteurs.

— Vraiment ? Lesquels ?

— Les meilleurs et les pires. Surtout les pires. C'est pour ça que j'ai arrêté ce métier.

— Parce que vous avez arrêté ?

— Il y a trois ans. La même année, j'ai écrit le livret d'une comédie musicale exécrable et produit mon propre album.

— Paroles et musiques ?

— La musique, c'était celle de mes amis : Jonasz, Souchon et Leforestier...

Il presse plus fort la main de Cat dans sa paume.

— L'album s'est ratatiné et la comédie musicale a eu un succès colossal... Vous me dites si je vous ennuie avec mes histoires... Vous voulez du pain ? Avec du beurre salé ?

François fait glisser le beurrier sur la nappe d'un geste vif. Cat lui sourit.

— Tout va bien, merci.

— Je me suis farci les adaptations pour six pays avec cette ânerie... J'ai gagné un fric fou... J'étais écœuré. Ce métier, le seul que j'ai jamais exercé, n'avait soudain plus aucun sens pour moi. Alors, j'ai pris le large, au sens propre comme au figuré. Je me suis lancé dans une traversée du Pacifique en solitaire... Un petit voilier à moteur de six mètres cinquante... J'ai tenu cent jours. Avec pour toute compagnie des poissons-pilotes et des crabes... Il fallait que je vive un truc pareil pour avoir de nouveau les pieds sur terre.

— Au sens propre comme au figuré.

Le veilleur de nuit se gratte derrière l'oreille, embarrassé.

— Désolé. Ce que je vous raconte n'a pas grand intérêt. Parlons plutôt de vous, Catherine.

Le serveur vient remplir deux coupes de champagne.

— *Taittinger* Brut Millésimé 92.

La bouteille retourne dans son seau.

— Bonne dégustation, messieurs dames !

François libère la main de Catherine. Ils lèvent leurs coupes.

— À vous, Catherine.

Cat sourit.

— À Michel Jonasz, Souchon, Leforestier... et aux poissons-pilotes.

Les fruits de mer sont arrivés un peu après les récits résumés de leurs divorces mutuels. Puis, François a révélé la raison de sa passion pour les musiques de film.

— Ce sont les seules musiques que je supporte car elles contiennent déjà ce que les paroles d'une chanson exprimeraient si un abruti avait l'idée saugrenue d'en ajouter.

— Et quoi donc ?

— L'émotion.

— Quelqu'un ne s'en est pas privé sur la musique de Titanic, souligne Cat.

— La chanson de Céline Dion. Terrifiant ! Pauvre James Horner... Vous voulez un peu de vinaigre de cidre à l'échalote avec votre huître ? Oui ? ... Alors, petit à petit, je perds l'habitude de faire rimer les mots avec la musique, et je remets les choses à leur place : la musique apaise mon esprit et les mots vont dans des cases.

— Des cases de mots croisés.

François porte à sa bouche une coquille d'huître dont il vient de détacher le mollusque à l'aide d'une fourchette.

— Oui... Elles sont un peu maigres mais savoureuses.

— Donc, vous êtes en froid avec les rimes, observe Cat en saisissant une huître dans son assiette.

— Disons que certaines paroles n'ont pas tenu leurs promesses... Mais vous Catherine, qu'est-ce qui vous a conduit ici en plein mois de juillet ?

Du bout des doigts, Cat saisit une huître sur le plateau.

— Werther.

— Pardon ?

— Mon ex-amant joue une adaptation des souffrances du jeune Werther au théâtre Gérard Philippe, à Saint-Denis. Vous avez raison, elles sont délicieuses, ces huîtres.

François s'empourpre légèrement.

— Et vous êtes... ?

— Je suis ?

— Je veux dire, votre relation avec ce comédien...

— François, je dîne avec vous.

Le serveur a rempli une seconde fois les coupes et complété le plateau d'une douzaine d'huîtres.

— Des spéciales de Vendée Pierre Delavaud... Bonne continuation, messieurs dames.

François avale une gorgée de champagne et repose sa coupe.

— Institutrice, c'est une vocation ?

— Plutôt un pis-aller.

Cat fait tourner le pied de sa flûte sur la nappe.

— Nous avons quelque chose en commun : les rimes.

— Vraiment ?

— Quand j'étais petite, je voulais être poétesse.

François sourit.

— Cela me rappelle quelque chose que j'ai lu hier à propos de moules et de frites.

— J'espère que vous avez apprécié le style.

— Très inspirant.

— Ça a permis à mon équipe de remporter un magnum de mousseux et des bons d'achat.

— C'est tout à votre honneur.

— Ensuite, j'ai voulu être vétérinaire, danseuse étoile, professeur de poterie, avocate, et puis à seize ans, j'ai écrit mon premier roman, le deuxième à dix-neuf, et le troisième un an avant la naissance de Romain. Le manuscrit est passé en comité de lecture dans plusieurs maisons d'édition, et j'ai reçu l'appel d'un directeur de collection réputé et très emballé.

— Et alors ?

— Et alors, rien. Je n'ai plus jamais eu de ses nouvelles. Romain est né quelques mois plus tard… Le roman est tombé aux oubliettes.

— Romain, roman… Avant Pauline, vous avez essayé d'écrire un polar ?

Cat tamponne ses lèvres du bout de sa serviette.

— Je croyais que les mots, c'était bon pour aller dans les cases et pas pour jouer avec.

Le regard de François se fixe sur la bouche de Cat.
— J'adore votre côté maîtresse d'école.
— Et moi les mots que vous ne m'avez pas encore dits.
— Catherine...
— Oui ?
— ...
— Ça va venir.

Plus personne n'a faim à cette table. Bien qu'ils n'aient vu aucun écureuil sauter de branche en branche derrière la fenêtre, ils se sont décidés à partager un dessert maison.

— Feuillantine aux poires, sauce caramel... pour deux !

Le serveur, motivé par la scène qui se joue devant lui, dépose les cuillères de chaque côté de l'assiette et disparaît sur la pointe des pieds. François a encore trouvé le moyen de confisquer la main gauche de Cat, approche ses doigts de ses lèvres, les embrasse furtivement avant de bien tout remettre en place sur la nappe.

— Et qu'est-ce qu'il racontait, ton roman ?
— Rien de bien intéressant.

Catherine croise les bras et penche la tête sur le côté.

— La vie d'une animatrice de supermarché rebelle à Dieu qui voit des sosies d'Harrison Ford partout.
— C'est du vécu ?
— Presque. J'ai fait des animations en tête de gondole chez Prisunic quand j'étais à la Fac pour me payer le permis. Mais je n'ai encore jamais vu Dieu faire ses courses.
— Et Harrison Ford ?
— Il vieillit.

— C'est drôle… Ma femme nous trouvait une vague ressemblance.

François ébouriffe ses cheveux, dégage son front, plisse les yeux et cale un sourire en coin.

— Allie Fox dans Mosquito Coast… Non ?

Coquette, Cat entame le dessert du bout de sa cuillère.

— Il te manque la chemise hawaïenne déboutonnée sur le torse. Qui a composé la musique du film ?

François recoiffe ses cheveux en essayant de garder son sérieux, mais il est au bord du fou rire.

— Herbert Léonard.

VVF, appartement n° 48
00 h 00

Couchées tête-bêche dans le lit de Wendy, les petites filles ont passé en revue tous les gros mots qu'elles connaissaient et rigolé tout leur saoul jusqu'à en avoir des crampes aux abdominaux. Enfin, elles se sont endormies aussi sec contre leurs doudous respectifs. Il était temps. Romain attendait qu'elles roupillent pour sortir par la fenêtre de la chambre et rejoindre Yacine dans les dunes. Romuald bâille depuis son lit.

— À quelle heure tu reviens ?

Romain se rhabille en vitesse.

— Sais pas… dans une heure où deux.

— Tu crois qu'il va t'emmener où ?

Romain a franchi la fenêtre, impatient de rouler vers son destin. Il traverse bientôt le parking du VVF, prend sur la droite, en direction du mini-club puis il rejoint les dunes par un petit chemin escarpé. Courir, sans se ratatiner. La bande s'est installée au même endroit que la dernière fois en effectif réduit et sans les filles. L'accueil de Yacine laisse à désirer. Romain se prend une première claque pour avoir lâché la bande le soir du 14 juillet, puis une deuxième parce qu'il a dix minutes de retard. Ensuite, Fati, le plus costaud de la bande, lui balance une cannette de bière et l'invite à s'asseoir dans le cercle à coups de pied dans les fesses. Yacine allume une cigarette et recrache nerveusement la fumée.

— On n'est pas des gonzesses, putain !

Romain boit sa bière tiède à grosses goulées. Il ne comprend pas très bien de quoi il est question, mais l'idée de faire équipe avec Yacine, d'appartenir à sa bande, ça lui plaît.

— On va leur montrer que nous, hein, nous... nous... on n'a pas des pétards dans le cul ! Attends : on tire des caisses facile ! On se paie un putain de rodéo. Et le fric, c'est pas le problème... Kader, c'est pas le problème le fric ! Le fric, y nous ont donné du fric, d'accord, mais c'était pas ça qu'on avait convenu au départ ! Attends : on est des gonzesses ? On est des gonzesses ? Alors ferme ta gueule ! Ferme ta gueule ! Va jouer avec tes pétards, gros blaireau.

Après vingt minutes de presque monologue autour du même thème (on n'est pas des gonzesses, on veut tirer des caisses, se payer un putain de rodéo), Yacine se redresse, rajuste un bonnet noir sur ses sourcils et fait signe à la bande de le suivre. Ils disparaissent en balançant cannettes vides et mégots derrière eux.

Plage des Demoiselles
00 h 30

Ils n'ont pas cessé de rire depuis qu'ils ont quitté le restaurant. François a proposé à Cat de la raccompagner jusqu'au VVF en prenant par les plages. L'un et l'autre ont retiré leurs chaussures et remonté le bas de leurs pantalons pour se rafraîchir les pieds dans l'eau de mer. Une lune couleur de cendre rognait son arc au-dessus de l'océan. Et puis François s'est entaillé salement le pied sur un coquillage. Aussitôt, Cat s'est glissée dans la peau d'une secouriste. Elle a insisté pour qu'il s'asseye dans le sable, a rincé la plaie et, sans demander la permission, a déboutonné la chemise de François.

— J'ai besoin d'un morceau de tissu pour compresser l'entaille. J'aurais bien déchiré le bas de mon pantalon mais il est plein de sable...

Déshabiller un homme sur la plage, tailler en pièce sa chemise. Voilà bien une chose à ne pas faire à une heure pareille après avoir bu trois coupes de champagne millésimé.

Plage des Soixante Bornes
Discothèque la Maison Bleue
01 h 00

La boîte de nuit est bondée. Impossible d'ajouter une paire de chaussures sur la piste. Agrippé à un verre, cigarette aux lèvres, ça danse entre les tables et les fauteuils. Depuis son arrivée, Romain s'est collé derrière Yacine, lequel a visiblement ses entrées dans l'établissement. Kader et Fati attendent dehors — le videur a précisé « pas plus d'un Arabe à la fois ». Le grand frère d'Abdel a joué des coudes jusqu'à un bar immense et discuté avec un des types qui remplissent des verres à la chaîne. Le barman en question a fait non de la tête plusieurs fois. Ensuite, Yacine est allé chercher un autre gars. Plus petit, crâne rasé, bouc discret, triangle tatoué sur l'avant-bras et lunettes de soleil aux verres roses, celui-là est sorti de derrière le bar et a conduit Yacine et Romain à l'écart de la piste. Ils ont traversé un espace réservé à des gens plutôt friqués avant de déboucher sur une terrasse remplie de filles superbes à moitié à poil qui contemplaient la mer. Romain se serait cru au paradis. Le barman aux lunettes roses a embrassé une des filles dans le cou avant de diriger Yacine et Romain vers un coin plus tranquille de la terrasse.

Accoudés à la rambarde en fer forgé, fixant du regard la plage, le type et Yacine ont entamé une discussion à laquelle Romain assiste sans broncher depuis dix minutes. Yacine allume une cigarette en râlant. Un certain Gros Brice n'aurait pas respecté sa parole.

— Gros Brice, il est plus là. C'est quoi ton problème ? T'as eu ton fric !

Yacine s'énerve. Romain entend pour la deuxième fois l'argumentaire préparé dans les dunes par Yacine — on n'est pas des gonzesses, on veut tirer des caisses, se payer un putain de rodéo. L'autre secoue les oreilles.

— Désolé, mon grand. On a fermé boutique. On attend que ça se tasse. Gros Brice a fait une boulette et on ne veut surtout pas qu'elle nous reste en travers de la gorge, si tu vois ce que je veux dire.

La volée de jurons lâchée par Yacine laisse supposer qu'il est déçu par sa visite de courtoisie. De rage, il en a même cogné ses Nike contre la rambarde. Affichant un sourire narquois, le barman lui tape dans le dos pour le calmer et il entoure ses épaules.

— Mais si tu veux t'amuser tout seul avec tes copains, te gêne pas, vas-y. Éclate-toi un peu... Ça mettra de l'animation dans cette ville pourrie.

Yacine change illico d'attitude. Il semble se ramollir comme une plaquette de beurre oubliée sur la table du petit-déjeuner. Ses genoux fléchissent, son dos se courbe, ses poumons se vident. Le poids des responsabilités. Romain est impressionné par la transformation de son copain. Le reste de la conversation, il ne l'entendra pas — le barman a collé sa bouche contre l'oreille de Yacine. Enfin, le barman frappe dans ses mains et jette un œil à Romain, toujours accoudé à la rambarde.

— Allez ! Y bois un coup avec nous, ton pote ?

Willy — c'est comme ça que tout le monde l'appelle ici — est un type sympathique. Il a bien vu que Romain n'avait pas dix-huit ans mais visiblement, ça ne l'a pas empêché de lui servir une vodka tonic — ce que tout le monde boit ici — ni de lui serrer la main avant de retourner remplir des verres au pistolet, derrière son comptoir.

Maintenant, Romain a comme des éclairs devant les yeux — des hallucinations provoquées par une combinaison de lasers, décibels, alcool et tabac — des cigarettes qu'il pique à Yacine. Debout contre un poteau, le grand frère d'Abdel ne quitte plus son masque de guerrier concentré. Il est allé trois fois aux toilettes et se tient anormalement raide depuis cinq minutes.

— On se tire !

— On va pas danser ?

— Trop grave, lui !

Yacine a pris la direction de la sortie en disant quelque chose que Romain n'a pas compris. Il avale en vitesse le fond de son verre et se glisse, en sueur, parmi la foule.

VVF, hall d'accueil
01 h 30

Leurs vêtements sont couverts de sable mouillé. François tient l'une de ses chaussures à la main, il boite, son pied droit est bandé et le pan de sa chemise a été déchiré. Le veilleur de nuit intérimaire affiche un sourire plein de sous-entendus en voyant débarquer ce couple de naufragés dans le hall.

— Je peux faire quelque chose pour vous ?

François secoue la tête.

— Merci, ça ira.

Une fois dans l'ascenseur, il leur a bien fallu admettre ce qu'ils avaient constaté sur la plage : leurs corps adhèrent parfaitement l'un à l'autre. Les hanches de François contre le ventre de Cat, deux pièces de puzzle. Leurs doigts s'entrelacent en catimini.

Parvenir jusqu'à la porte de l'appartement puis l'ouvrir est compliqué pour Cat : la clé se coince dans la doublure en tissu de son petit sac à main, puis elle refuse d'entrer dans la serrure comme si ce n'était pas la bonne. Pour finir, la serrure se bloque. Ce contretemps permet à François de démontrer combien l'homme est indispensable à une femme, passé une certaine heure et après un dîner arrosé.

— Elle a un problème, ta serrure. Je pense que ça vient de la clé... Un défaut de fabrication. Ça nous arrive souvent. Faudrait le signaler demain à l'accueil.

La porte s'ouvre enfin. Satisfait de lui, François glisse la clé dans la main de Catherine et chuchote :

— Tu es chez toi.

Parenthèse de câlins d'une sensualité irréfléchie dans le couloir de l'immeuble.

— Entre cinq minutes. Les enfants dorment chez Christine.

— Je ne peux pas rester, Catherine.

— Tu ne vas pas rentrer chez toi comme ça. Il faut d'abord soigner ton pied.

Elle a disparu dans la salle de bains. Sur une chaise du salon-salle-à-manger-chambre, François découvre l'univers de Cat sous la lumière diffuse d'une applique orange. Livres, foulards, vêtements, produits de soins, guides touristiques, bougie parfumée... Il remarque aussi un petit maillot de bain arc-en-ciel une pièce suspendu à un ceintre — celui de Pauline — ainsi que des gadgets appartenant aux deux enfants. Le sentiment furtif de ne pas être à sa place s'efface avec le retour de son hôtesse. Elle apporte une bassine d'eau tiède et une petite trousse de secours achetée au Super U.

— Laisse-moi faire.

Avec précaution, Cat retire le morceau de chemise nouée autour du pied et nettoie la plaie. Une giclée de spray désinfectant précède la mise en place d'un sparadrap waterproof fantaisie. François remercie l'infirmière en la prenant tendrement contre lui.

— Ce dauphin sur le sparadrap, c'est très joli.

— Tu aurais préféré un ours polaire ?

François caresse les hanches de Catherine, embrasse sa nuque, dégage doucement l'épaule qu'il effleure de ses lèvres. Son regard s'échoue sur la lanière du cache-cœur qui ceint la taille de Catherine.

— J'aurais préféré un bandage fait avec ce tissu-là...

Ils échangent un long baiser.

— Pourquoi tu ne peux pas rester, François ?

— Je bosse ici.

Cat enroule ses bras autour de son cou avant de lui murmurer au creux de l'oreille :

— Démissionne.

François rentrera chez lui à pied, remontant l'esplanade de la Mer, un parfum de femme contre sa peau, épuisé, boitillant. Le monde, soudain, lui semblera plus accueillant.

02 h 00

Le ciel s'est drapé de nuages sans teint. Quatre adolescents ont remonté la plage d'un pas vif en se donnant des coups de poing dans les épaules. Yacine marche devant, imperturbable. Le bras droit raidi contre sa jambe, il monologue, avale la fumée d'une cigarette et la recrache par le nez. Derrière lui, Romain crapahute dans le sable froid. Il transpire. La tête lui tourne. Ses pieds ne vont pas très droit sur le sable mouillé et ses oreilles bourdonnent, mais il ne se laissera pas distancer. Pour se diriger dans la pénombre, il se repère aux grognements du chef de bande ; sans prendre la peine d'articuler, Yacine répète un étrange discours habité de formules identiques et familières — pas des gonzesses, tirer une caisse, se payer un putain de rodéo, tous des enculés. Régulièrement, Kader, le plus âgé des jeunes pose sa question :

— On fait quoi, là ? Hein ? On fait quoi ?

Mais Yacine semble avoir rempli ses oreilles de sable. Il marchera jusqu'au parking de l'office du tourisme sans tourner la tête. Enfin, alors que la petite troupe commence à manquer de bière, il annonce le programme.

— Repérages. On tire une caisse.

Les adolescents s'éparpillent, à la recherche de la perle rare. L'apparition impromptue d'une voiture de police à l'angle de l'avenue de la Forêt les contraint rapidement à se replier vers la plage.

— OK ! On se fait les parkings de l'Esplanade !

Un kilomètre plus loin, la petite bande s'assied sur un muret qui sépare l'Esplanade des places de stationnement qui longent la plage. Yacine repère une Toyota Celica trois portes de couleur noire avec jantes alu, un peu à l'écart des autres véhicules. Il s'en rapproche à petits pas, extirpe de son sweat-shirt la fine barre de métal et l'insère entre la vitre et la portière côté conducteur pour en forcer la serrure. Au même instant, Kader siffle entre ses doigts pour signaler qu'un groupe de six adultes visiblement éméchés quitte la rue Neuve et se dirige dans leur direction. Yacine replace la barre de métal sous son bras et fait signe à sa bande de le suivre.

— Putain, y'a trop de blaireaux, par ici ! On va se faire le parking du golf.

Toujours aussi motivé, mais de plus en plus nerveux, Yacine conduit sa troupe à l'est de la ville. Ils longent les résidences imposantes de l'allée des Pignons dont les abords parfaitement déserts et bordés de buissons exhalent un parfum de pinède. Mains dans les poches, bouche ouverte, Romain se fait expliquer par le grand frère d'Abdel le maniement de la fameuse barre de métal. Parvenu au parking du VVF, Yacine décide d'en profiter pour enrichir son explication d'une démonstration. Il fait le choix d'une Talbot Samba très quelconque stationnée à l'écart des réverbères. Coup d'œil circulaire. Le parking est désert. À quelques mètres de la Talbot, bras croisés, Kader et Fati se sont appuyés contre une barrière et jettent des cailloux sur le bitume. Yacine pousse Romain contre le capot de la voiture de telle façon que le garçon le dissimule en partie.

— Bouge pas.

Yacine déploie son bras. La barre se révèle aussitôt sous sa manche.

— Regarde : tu fais comme ça... Tout droit... T'appuie fort... Et pis... Normalement...

Le mécanisme résiste.

— Putain ! c'est quoi ce bordel ?

— Tu devrais peut-être essayer une autre bagnole...

— Ta gueule, connard !

Une petite brise dérange le feuillage des arbres. Depuis la barrière, Kader et Fati ricanent. La barre ripe contre le mécanisme. Le poing gauche de Yacine cogne la portière à trois reprises.

— Putain de merde !

Le bruit d'un moteur en approche attire l'attention des guetteurs : une voiture se présente devant la barrière à l'entrée du parking. Kader et Fati sifflent brièvement pour signaler un danger. Les abdominaux de Romain se contractent.

— Hé, Yacine...

Voyant la barrière se lever, Kader et Fati détalent sans attendre en direction du centre nautique. Romain s'accroupit pour ne pas se faire repérer.

— Hé !... Y a une bagnole qui s'pointe !

Yacine pousse un cri de douleur : il s'est arraché un lambeau de peau en essayant de retirer la barre de métal coincée dans la portière. S'adossant à la voiture stationnée à côté de la Talbot, il fait exploser la vitre à coups de pied. Romain n'attend pas que Yacine lui donne l'autorisation pour se carapater derrière les pins.

Après être resté un bon quart d'heure tapi derrière un buisson à l'affût du moindre bruit, Romain est revenu sur ses pas, quittant à regret sa cachette, avec des crampes dans les genoux. La vieille Talbot est toujours là, l'œil crevé, pitoyable, la barre de métal fichée sous la paupière. Romain s'est approché prudemment. Il appelle à voix basse.

— Yacine... Kader... Fati... Vous êtes là, les mecs ?

Du verre brisé crisse sous ses baskets. La barre est là. À quelques centimètres de sa main. Il est tout seul. Il n'a plus qu'à la saisir. Romain respire fort. Il tord légèrement la barre vers l'habitacle et la dégage sans difficulté de la portière. Il la dissimule aussitôt sous son tee-shirt trop large puis disparaît derrière les pins, empruntant le petit sentier qui contourne le plan d'eau artificiel pompeusement appelé « lac ».

Rue de la Parée Jésus
03 h 00

Bip répétitif assorti d'une petite lumière bleue clignotante quelque part sur la table de nuit. Allongée sur le ventre, les avant-bras sous l'oreiller, Véronique ouvre doucement les yeux. Elle lève à peine la tête, tend une main vers la table de nuit pour allumer la lampe de chevet et jeter un œil à un curieux boîtier. Son plastique beige évoque la traditionnelle sonnette de chambre d'hôpital qui permet d'appeler l'infirmière. L'heure tardive lui arrache un soupir. Sa tête retombe sur l'oreiller.

Le bip se répète, désagréable.

Véronique bouge lentement les jambes, pose un pied puis l'autre sur un tapis et se redresse. Elle attrape une robe de chambre en satin bleu posée sur le tabouret de sa coiffeuse et quitte la pièce. Ses pieds nus montent sans bruit les marches d'un escalier en colimaçon. Elle ébouriffe ses cheveux, repousse quelques mèches derrière les oreilles. L'escalier débouche sur une petite pièce en alcôve dépourvue de fenêtre. Au milieu d'un pupitre épousant la forme arrondie du mur, un écran d'ordinateur affiche l'image d'un plan de ville sur lequel un point lumineux semble se déplacer assez rapidement. Un bip strident dans la pièce fait écho à celui de la chambre.

— Oh non ! Ça va pas recommencer…

Véronique approche son visage de l'écran.

— Comme si on n'avait pas assez de boulot comme ça !

Elle tapote sur le clavier. Le bip cesse immédiatement. Dans la pièce en arc de cercle, on n'entend plus que la respiration de Véronique et le clapotis de ses ongles contre les touches du clavier.

— Alors, voyons… Qu'est-ce qu'on a attrapé ?

Le plan de ville s'efface pour laisser place à une image vidéo. Ce que filme en direct la caméra laisse Véronique sans voix.

Samedi 17 juillet

Cellule n° 1
07 h 30

L'odeur du café au lait vient chatouiller ses narines. Thomas ouvre les yeux et découvre le plateau-repas posé sur la table à côté de lui. Apparemment, il ne s'est pas réveillé lorsque le panneau a coulissé. Son geôlier se sera décidé à déposer lui-même le plateau sur la petite table devenue écritoire. Parce que Thomas n'a cessé d'écrire depuis que le cahier est entré dans sa cellule. Un cahier de cent pages à moitié bleui par dix-sept années de vie. Le dos de Thomas lui fait mal et son poignet droit est tout ankylosé de ce travail de rédaction. Thomas glisse une main sous son oreiller, tâtonne : le cahier est toujours là, à peine corné. Le frère de Linda se retourne sur son lit. Il a brusquement la sensation que quelque chose n'est pas normal. Ce sont ses jambes. Elles lui paraissent moins lourdes. Thomas bouge légèrement son pied droit. Puis le gauche. Puis les deux. D'un geste brusque, il soulève la couverture et contemple ses chevilles débarrassées des anneaux de fers. Un cri sort de sa bouche. Un cri vainqueur étouffé sous quelques sanglots nerveux. Avant d'entamer le copieux petit-déjeuner qui l'attend (avec œufs brouillés, tranche de bacon et bouquet de fleurs sauvages disposées dans un Soliflore en décoration), l'adolescent fera plusieurs fois le tour de la pièce en courant et sautant comme un fou.

VVF, appartement n° 325
10 h 00

La façon dont on frappe contre la porte est très déplaisante. Cat repousse les draps sans précipitation avant de trottiner jusqu'à la porte. Sur le seuil, une des animatrices du club enfant tient la tête penchée sur un bloc-notes.

— Madame Berthelet ?

— Oui ?

La jeune fille jette un œil à la nuisette de Cat.

— ... Je viens pour l'état des lieux.

— Pardon ?

— Vous ne partez pas aujourd'hui ?

— Non.

— C'est bien ce que je pensais. Je n'ai pas la bonne liste ! Désolée de vous avoir dérangée...

— C'est pas grave.

Pas grave du tout. Cat retourne s'allonger dans le canapé-lit. Elle s'étire, sourit au plafond, regarde la chaise sur laquelle était assis François, repense à son pied, à ses mollets velus, devine la chaleur de ses cuisses et la douceur de son ventre. Elle se souvient aussi précisément des baisers, de cette urgence à goûter sa bouche, à embrasser sa peau. Elle a gardé dans ses cheveux le parfum de cet homme impromptu, ouvert à tous les bonheurs. Elle regrette qu'il ne soit pas resté pour lui faire l'amour, en dépit du canapé-lit au confort relatif. Puis, d'un bond, elle rejoint la salle de bains, se douche puis se maquille rapidement, enfile sa tenue de combat favorite (pantalon kaki et débardeur bleu ciel), chausse une paire de sandales noires à bandes Velcro et fonce chez Christine sans prendre le temps de déjeuner.

Sur le départ, des vacanciers se bousculent dans le hall, traînant d'énormes bagages sur le sol, impatients, déjà ronchons. Des enfants courent en tous sens, profitant de leurs derniers instants de liberté avant le long trajet en voiture qui les attend. De quoi rendre les parents encore plus nerveux. Les premières gifles claquent comme des portières. Les larmes des petits se mêlent aux frustrations des adultes, insatisfaits de la qualité de leur séjour, parce que le barbecue collectif n'est pas privatif, parce que papa n'a pas fait assez de siestes avec maman, parce que le petit a fait une réaction cutanée en bouffant des langues-de-chat tombées dans le sable et que la plus grande a attrapé une vilaine infection dans la piscine d'après ce qu'elle dit, mais faut-il la croire ?

Cat sourit à tout le monde, à ces familles en bonheur potentiel, ignorant leur chance d'être toujours unies malgré les épreuves de la vie. Avec son serre-tête et cette expression ravissante de femme amoureuse, Cat ressemble à Samantha dans *Ma Sorcière bien-aimée*. Et l'on s'attend presque à la voir remuer le bout de son nez lorsqu'elle descend le sentier qui traverse le village.

Dans la cuisine, les filles sont déjà réveillées. Elles ont encore leurs pyjamas et mangent des céréales, une poupée Barbie décoiffée à côté du bol. Christine a revêtu une robe de plage en coton couleur abricot et ça lui donne bonne mine.

— Alors, t'as couché ? demande-t-elle à Cat en l'embrassant.

— Non.

La réponse de Cat l'émoustille, car celle-ci s'accompagne d'un soupir qui ne laisse aucun doute sur l'issue de la prochaine rencontre des tourtereaux.

— Alors, comment il est ?

— Doux... chaud... sensuel... câlin... drôle... J'adore sa voix.

— Quel âge ?

— Quarante-huit.

— C'est bien, ça, quarante-huit. Il a réglé tous ses problèmes et il n'est encore pas trop décati. Et tu sais ce qu'on dit : c'est dans les vieux pots qu'on fait la meilleure tambouille.

— François n'est pas un vieux pot.

— Je parlais de toi, ma puce.

— Ah, oui, j'oubliais : on est de la même année toutes les deux.

— Remue pas le couteau dans la plaie.

— J'ai faim... Tu as des tartines ? Qu'est-ce qu'il fait Romain, il est toujours au lit ?

Réponse affirmative. Les deux garçons ronflent dans la chambre. Christine prend son amie par le bras.

— On va déjeuner sur la terrasse... Les filles, vous venez dehors, avec nous ? Il fait super bon !... Aux infos, ils ont dit qu'on avait battu un record de chaleur hier à Saint-Jean-de-Monts avec 37° 2... Marrant, hein ? 37° 2... Paraît qu'on vit un été exceptionnel côté température. Je veux bien le croire ! Tu peux prendre la corbeille de pain et la brioche sur le buffet ?

Cat s'exécute, questionnant Christine sur le déroulement de sa soirée.

— Pas de soucis. Les enfants ont mangé leur pizza et puis ils ont fait les zinzins dans la chambre jusqu'à pas d'heure. Ensuite, j'ai plus rien entendu... Bah ! Tiens, voilà Romuald.

Le garçon a visiblement mal dormi. Il frotte ses yeux et s'affale sur une chaise de jardin, les paupières gonflées. Sa maman lui sert un bol de chocolat que Romuald n'est pas pressé de boire. Il fait tourner le bol lentement, l'air absent, bras repliés sur la table.

— Bah ! Qu'est-ce qu'il a mon gamin... T'as pas faim, Romu ?

Le garçon secoue la tête avant de l'enfouir mollement dans ses bras. Christine échange un regard avec Catherine.

— C'est la pizza Buitoni qui est mal passée, hier soir. Je t'avais dit de pas boire autant de Coca... C'est ça, mon chéri, t'as mal au ventre ?

Romuald ne bronche pas. Cat repose sa tasse de thé chaud sur la soucoupe et prend la direction de la chambre d'enfants. Elle espère que de son côté, son fils a bien digéré la pizza.

— Romain ?

Dans le lit superposé, tournée vers le mur, la forme de son corps gonfle le drap et la couverture.

— Romain… Il est 10 heures et demie… Il faut te réveiller…

Dehors, le soleil raconte déjà à la terre combien elle va aimer ses caresses ardentes, Christine découpe une tranche de brioche vendéenne et les petites filles ont trouvé un coin de sable pour y planter le décor d'une histoire de poupées en vacances sur la plage. Cat apparaît alors sur la terrasse, un coussin dans chaque main.

— Romuald, c'est quoi cette blague ?

Le garçon a relevé la tête sur la maman de son copain.

— C'était l'idée de Romain… Au cas où ma mère elle se lève pendant la nuit… Pour faire croire qu'il était dans le lit.

— Et il est où, là ?

— … Je sais pas.

— Comment ça, « tu sais pas » ?

Romuald repose le front sur ses bras. Il voudrait bien que la maman de Romain ne lui ait jamais posé cette question.

VVF, parking du hameau
10 h 15

Du verre brisé crisse sous ses sandales. Le directeur recule son nez de la portière endommagée. Il se redresse, avise à une dizaine de mètres le poteau auquel la caméra de surveillance est fixée. Deux gendarmes font le tour du véhicule, vérifient le numéro de la plaque d'immatriculation pour le reporter sur le constat.

— C'est dramatique... Dra-ma-tique !

Le propriétaire s'est adossé contre le capot, bras croisés, l'élastique du short remonté sur les hanches, une casquette en jean vissée sur le crâne. Il répète que c'est un véritable scandale, que ça ne se passera pas comme ça.

— Une voiture presque neuve ! Même pas cent mille au compteur !

Le directeur du VVF soupire et passe une main sur son crâne. Il ne voit qu'une hypothèse. Une seule explication à tout ça. On lui a jeté un sort. Une caméra mal réglée, un fameux angle mort, et des sagouins bousillent la portière avant d'un véhicule sans même prendre la peine de voler l'autoradio. Et ça ne va rien arranger à la paranoïa ambiante qui règne dans le village. Le plus jeune des gendarmes — un blondinet de presque 2 mètres — fait un commentaire désabusé sur les choses bizarres auxquelles on a assisté à Saint-Jean-de-Monts ces derniers temps. Son collègue ajoute que pas plus tard qu'hier, ils ont failli se faire trouer la peau par une mémé en chaise-roulante qui les menaçait avec un fusil. Le directeur revient vers eux.

— Est-ce qu'on sait vers quelle heure c'est arrivé ?

Le gendarme le plus âgé relit les notes prises sur son carnet.

— Il faudrait interroger les familles qui dorment dans les pavillons, juste à côté... enfin, celles qui sont pas encore parties...

Le propriétaire du véhicule recommence ses jérémiades. Il exige d'être dédommagé sans délai. Le directeur lui promet de s'en occuper au plus vite, puis il quitte les lieux d'un pas résigné. Il est en retard. Les deux officiers de la brigade des mineurs l'attendent certainement dans son bureau depuis un bon quart d'heure.

10 h 30

Christine a raconté à Pauline que sa maman était partie chercher son frère, qu'il ne fallait pas s'inquiéter. Pauline a demandé si elle pouvait regarder un peu la télévision en attendant et le tour était joué. Le premier réflexe de Cat est de retourner à son appartement vérifier que Romain ne l'attend pas devant la porte avec son air penaud des grandes bêtises. Mais au bout du couloir, pas de fiston devant l'appartement n° 325. Sans perdre un instant, Cat redescend les trois étages en prenant par les escaliers intérieurs du bâtiment. Une fois dans le hall d'accueil, elle se dirige vers les hôtesses très occupées à clôturer les dossiers des vacanciers sur le départ. Cat s'excuse auprès d'une mère de famille dont elle vient d'écraser les pieds en passant devant elle, mais il lui faut savoir si son fils ne se serait pas manifesté auprès des hôtesses dans le courant de la matinée.

— Un garçon blond, cheveux courts, en brosse, taille moyenne, avec un grand tee-shirt gris... Non ?

L'équipe d'encadrement est incapable de lui donner une réponse précise : Romain a très bien pu traverser le hall ce matin ou passer demander des raquettes de ping-pong, mais ils sont des dizaines de gamins dans le même cas.

Catherine sent l'angoisse monter en elle alors qu'elle descend au sous-sol par les escaliers de service pour jeter un œil à la salle de fitness, au foyer des ados et au local des vélos. Aucune trace de Romain. Elle ressort du bâtiment et entame un circuit circulaire en commençant par l'aire de jeux, appelant son fils à haute voix. Elle ne néglige aucun fossé, aucun recoin, remonte la plage et les dunes sur 300 mètres dans les deux sens. Quarante minutes plus tard, essoufflée, les épaules brûlantes et le cœur agité, elle reprend le sentier du village. Christine et Romuald l'attendent sur la terrasse inondée de soleil. Christine blêmit en constatant que Romain n'est pas avec elle.

— Alors ? demande-t-elle.

Cat s'effondre sur une chaise, au bord des larmes.

— Je ne sais pas où il est ! Je ne sais pas quoi faire.

— Je crois que Romuald a quelque chose à te dire…

Le garçon fait un pas vers elle, tête baissée. Il a noué ses doigts devant lui et parle d'une voix à peine audible. Cat hoche la tête. Enchaîne les questions.

— Donc, à ton avis, il est allé rejoindre ce Yacine ? Il a quel âge ? Il ressemble à quoi ? Il est souvent fourré dans la salle de fitness avec sa bande ? Et tu sais où il habite, ce Yacine ?

Cinq minutes plus tard, Cat bouscule un couple de vacanciers qui s'apprêtait à récupérer un chèque de caution à l'accueil et s'agrippe au comptoir.

— C'est une urgence.

Sa voix s'étrangle un peu.

— Il faut que je parle au directeur.

— Ce n'est pas possible pour l'instant, il est en...
— Il faut absolument que je lui parle. Tout de suite.
— Mais je vous dis que...
— Vous êtes sourde, ou quoi ? Je vous dis que c'est urgent !
— Mais calmez-vous, madame ! ... Écoutez, il ne peut recevoir personne pour l'instant. Mais si vous voulez patienter un peu...
— Combien de temps ?
— Je ne peux pas vous dire.
Cat soupire.
— Rechercher quelqu'un dans votre fichier clients, ça, vous pouvez le faire ?

7 chemin des Plumets
11 h 00

Vers 6 heures du matin, le chat lui a sauté à la gorge en miaulant une faim de petit ogre. François a quitté son lit sans prendre le temps de mettre ses lunettes et marché d'un pas mal assuré jusqu'à la cuisine en évitant de se casser la figure dans l'escalier et d'appuyer trop fort sur le sparadrap dauphin. Il a sorti le sachet de croquettes de son placard et versé la moitié de la dose habituelle à côté de la gamelle du chat. Ensuite, il a ouvert le réfrigérateur et bu du lait frais au goulot de la bouteille. Enfin, il est monté se recoucher après une étape indispensable concédée aux toilettes du premier étage. Le sommeil l'a repris aussitôt, enveloppant son corps d'une impatience nouvelle provoquée par les images de son rêve. Cat en était, bien sûr. Elle marchait sur la plage avec le petit cache-cœur rouge. Au large, depuis son bateau, François la voyait lui faire de grands signes. Il faisait encore jour et la mer semblait calme jusqu'à ce qu'une vague venue de nulle part ne se jette sur Cat et l'emporte. François plonge sans se soucier des requins qui lui tournent autour. Dans les profondeurs de plus en plus sombres de l'océan, il voit Catherine se débattre à quelques mètres de lui au milieu des méduses en lui demandant de décrocher le téléphone. Alors qu'il s'approche d'elle pour saisir sa main, il ressent soudain une horrible douleur au bras, comme une brûlure… Le chat, couché sur lui, sort ses griffes de bienheureux contre son bras. François repousse le chat qui ronronne contre son cou, tend la main vers la table de nuit et décroche le combiné avant que Cat ait achevé le message qu'elle laissait sur le répondeur.

— Allô, Catherine ?

Au bonheur d'entendre sa voix succède rapidement le sentiment que quelque chose de grave est arrivé.

— Je n'arrive pas à voir le directeur et… Je suis très inquiète, François.

Ses paroles sont confuses. Sa voix se brise par intermittence.

— Ils disent que le prénom ne suffit pas pour procéder à une recherche dans leur fichier… Je ne sais pas quoi faire ! Est-ce que je dois prévenir la police ?

Sans lâcher le combiné, François repousse le museau humide du minou une seconde fois, trouve ses lunettes à côté du radioréveil et se lève pour partir à la recherche d'un caleçon propre dans le placard à linge.

VVF, les cuisines
11 h 30

Nicolas Scatoletta découpe des lamelles de poulet sur son piano, la toque de travers, la traditionnelle blague au coin de la moustache. Son visage rond agrémenté de tempes grises est barré d'un sourire long comme un paquebot.

— Et celle-ci, vous la connaissez ? C'est le Patrick de l'accueil qui me l'a racontée : à votre avis, combien il faut de blondes pour faire un gâteau au chocolat ?

Les trois apprentis haussent les épaules, occupés à la préparation de la sauce et des petits légumes aux lardons.

— Bah ! Dix, il en faut ! Une pour faire cuire le gâteau, et neuf pour éplucher les Smarties ! ... Doucement sur le sel, Brandon. Fais pas n'importe quoi, toi, je t'ai à l'œil.

Le chef du restaurant s'essuie sur son tablier et frappe trois fois des mains.

— Allez allez allez ! Bande de fainéants ! C'est pas parce que le patron vous raconte de belles histoires qu'il faut s'endormir sur les lardons ! ... Bah ! Quoi ? Qu'est-ce que vous avez ? C'est quoi ces têtes de bigorneaux ?

Le chef se retourne et découvre un jeune couple immobile devant les portes battantes de la salle à manger, mains dans les poches et veste sur l'épaule. Le chef lève un sourcil presque aimable.

— C'est pas commencé, le service... Vous venez pour un panier pique-nique ?

La fille — une blonde, mais pas du genre à éplucher les Smarties — lui montre son badge.

— Capitaine Turmel et Lieutenant Philibert, Brigade des Mineurs.

— C'est pas pour un panier pique-nique, alors.

Ils font deux pas vers lui.

— Vous êtes Nicolas Scotaletto ? demande le collègue.

— Scatoletta. Nicolas Scatoletta. Qu'est-ce que vous me voulez ?

— On a quelques questions à vous poser.

— Ah ! Bah ! Faudra attendre parce que là, on est juste avant le coup de feu et...

La blonde ne laisse pas le chef finir sa phrase.

— Ce ne sera pas long. Ça concerne l'affaire Linda Laclos.

— Quel rapport avec moi ?

Le lieutenant Philibert extirpe de sa poche un carnet à spirale et l'agite devant lui, comme un éventail.

— 1973. Une colonie de vacances à Pontrieux. La petite Isabelle Maréchal... Ça vous dit quelque chose ?

Le chef passe de gros doigts sur sa nuque humide.

— Tout ça, c'est du passé. J'ai rien à me reprocher !

D'un mouvement de tête, le capitaine Turmel indique la sortie.

— Veuillez nous suivre, monsieur Scatoletta.

VVF
11 h 45

Le taxi a stoppé devant la barrière du parking. François règle la course et descend du véhicule climatisé. La chaleur est déjà écrasante. Son estomac creux le tiraille — rien mangé depuis la veille. À l'ombre du bâtiment, dos voûté et bras croisés, Cat est assise sur la rambarde qui longe l'allée. Elle se redresse lorsqu'elle aperçoit le veilleur de nuit se hâter dans sa direction.

— François !

Il la serre dans ses bras.

— J'ai fait aussi vite que possible… Ton fils n'est toujours pas rentré ?

— Non.

Lorsqu'ils pénètrent dans le hall d'accueil main dans la main, les regards surpris des hôtesses d'accueil convergent dans leur direction. François soulève le battant du comptoir et fait passer Cat devant lui. Une fois dans le local de surveillance, François met en route l'ordinateur, se connecte au fichier clients, tape six lettres sur le clavier. Sept familles présentes cette semaine ont un Yacine en stock.

— Voyons les dates de naissance… Celui que nous cherchons, quel âge a-t-il ?

Cat mordille ses lèvres.

— Dix-sept ou dix-huit ans. Peut-être un peu plus.

François rajuste ses lunettes — la jolie paire qu'il portait la veille au soir.

— Trois garçons pourraient correspondre… On essaie ?

Cat acquiesce. Elle paraît minuscule sur sa chaise, les paumes glissées entre les cuisses. Tandis que les trois fiches s'impriment, François vient près d'elle et entoure ses épaules.

— On va retrouver Romain, ne t'inquiète pas. Il n'est sûrement pas loin.

Cat serre la main de François dans la sienne.

— Il est déjà parti une fois de la maison à l'époque où je venais de me séparer de son père... On s'est disputé à cause d'une histoire de console de jeu vidéo que je ne voulais pas lui acheter. Il est sorti en cachette juste après dîner.

Cat a un sourire crispé.

— Si j'avais su qu'il allait réagir d'une façon aussi extrême...

— Où était-il allé ?

— Chez un ami, en métro. La mère de son copain m'a prévenue deux heures plus tard.

— C'est peut-être ce qui s'est passé : il a sûrement passé la nuit chez ce Yacine.

L'imprimante s'est tue. François récupère les feuilles.

— Bon. J'y vais.

— Je t'accompagne.

François lui fait signe de se rasseoir.

— Cat, il vaut mieux que tu restes ici. Avec ce qui se passe en ce moment, les parents des ados pourraient ne pas avoir envie de te répondre de peur d'être mis en cause.

— Mais qu'est-ce que tu vas leur dire ?

— Je trouverai quelque chose. Ils m'ont certainement vu faire mon boulot le soir à l'accueil. Je n'aurai pas trop de mal à les questionner... Dis-moi à quoi il ressemble, ce Yacine.

Cat fait une description sommaire du garçon entrevu avec sa petite bande dans la salle de fitness, en début de semaine.

— Bon... Tu restes ici et tu m'attends.

François ouvre un tiroir du bureau, en sort un paquet de Spéculoos. Il dépose le paquet sur les genoux de Cat, prend un gâteau sec qu'il fourre aussitôt dans sa bouche puis il quitte la pièce sans se retourner.

Centre Hospitalier de Challans
12 h 00

Bien qu'elle soit réveillée, Linda garde les yeux fermés. Elle n'a pas besoin de les ouvrir pour savoir où elle se trouve. La chambre empeste cette odeur de produits désinfectants. On a planté une aiguille dans son bras. Pour la remplir. Remettre du sang dans ses artères. Étayer ce qui refuse de tenir debout. Elle n'a pas tranché assez vite ses veines avec le rasoir Bic. Linda recommencera quand elle sera plus forte. Quand elle sera chez elle, à Villejuif. Elle sait où son père cache les balles du fusil qu'il utilise lorsqu'il part chasser avec ce gros crétin de voisin. Manier le fusil toute seule, le positionner de telle façon que la balle l'atteigne en plein cœur, c'est pas facile, surtout quand on tremble de partout, comme hier matin, sous la douche. Mais Linda sait qu'elle ne tiendra plus très longtemps. Trop de pression, face aux officiers de police, au regard désespéré de ses parents. Il y a même ce journaliste qui est entré dans sa chambre tout à l'heure. Il s'est approché d'elle, l'a appelée tout doucement, a donné son nom, le nom de son magazine, l'a appelée encore, contrarié de ne pas avoir de réponse, et puis l'infirmière est entrée et elle l'a flanqué dehors, faisant couiner ses sabots en caoutchouc sur le carrelage.

Le corps de Linda fait un soubresaut. Elle ressent des picotements sous les bandages à ses poignets. Quelle ironie ! Toute son enfance, elle aura supporté les mauvaises blagues de son frère et son tempérament sadique. À présent, la voici victime de son propre sacrifice. Faire le choix de mourir plutôt que de causer la mort du fils chéri. Voilà le comble de la cruauté. Accepter la force de cet amour fraternel est une torture de chaque instant. Une douleur qui dresse un voile noir devant la lumière, devant le regard de sa mère, devant le moindre espoir d'exister pour elle-même.

VVF
12 h 15

La visite de la première famille est rapidement expédiée. Elle a quitté son logement le matin même alors que la location était prévue pour deux semaines. La fiche n'aura pas été remise à jour. La famille Ben Rahou fait sans doute partie de ces vacanciers qui ont décidé d'avancer leur départ à cause des derniers événements.

La deuxième famille est également située dans le hameau. Le logement de plain-pied donne sur le terrain de tennis. Lorsque François se présente à sa porte, la famille Mayoufi déjeune dans la cuisine, profitant de la fraîcheur de la pièce dont les volets ont été tirés. On lui offre volontiers l'apéritif et François accepte un verre de jus d'orange. Sur une chaise, un sparadrap à la main droite, l'adolescent prénommé Yacine correspond assez à la description de Catherine. Le jeune l'observe, méfiant. François a inventé une histoire de vol de vélo dans le local aux environs de minuit pour le questionner.

— Tu n'as rien à me dire à ce sujet ?

Yacine hausse les épaules. Pour les vélos, il ne sait pas qui a fait le coup. Il dit qu'il passe ses journées au club et ses soirées aux animations. Ensuite, il rentre se coucher.

— Qu'est-ce que tu racontes ? proteste sa mère. Tu n'es jamais fichu de rentrer avant 2 heures !

Yacine rejette sa fourchette dans l'assiette.

— C'est bon, là ! J'suis presque majeur ! J'fais ce que je veux !

Pic de tension. François reprend.

— Alors, tu es sorti hier soir après minuit ?

— Bah ! J'étais sur la plage, avec des potes.

— Et qui était avec toi ?

— Des copains, je vous dis.

Suit une liste de prénoms dont Romain est absent.

— Toi et tes copains, vous n'avez rien remarqué de particulier en passant devant le local à vélos ?

— Bah ! Non.

— On nous a parlé d'un gamin blond, coiffé en brosse... Il porte un tee-shirt gris... C'est lui qui aurait fait le coup... Ça te dit quelque chose ?

Yacine grimace.

— Ah ! Lui ! ... Il est au club des ados... Mais je le connais pas... Peut-être mon frère, il le connaît... Abdel, tu le connais ?

Au bout de la table, un jeune garçon secoue la tête, prenant un air détaché. François remercie ses hôtes et quitte l'appartement. À présent, il en sait suffisamment.

Lorsqu'il ouvre la porte de son local, à peine une demi-heure s'est écoulée depuis qu'il a quitté Cat. Mais la pièce est vide. Il compose sans tarder le numéro de son appartement. Alors qu'il en est à la dixième sonnerie, la porte du bureau s'ouvre et Cat entre avec des sandwichs.

— Jambon beurre... J'ai pensé que ce serait mieux que de manger toute la boîte de Spéculoos.

Les sandwichs sont posés sur le bureau tandis que François prend Cat dans ses bras.

— Tu tiens le coup ?

— Véronique m'a servi un petit remontant... Deux dés à coudre de Guignolet... Elle pense que Romain n'est pas loin et qu'il va revenir tout seul à l'appartement.

— Elle a sûrement raison.

— Tu as trouvé Yacine ?

— Oui. C'est Yacine Mayoufi. Il a fait celui qui ne connaissait pas ton fils, mais ta description lui correspond parfaitement.

— Il sait où est Romain ? Il te l'a dit ?

François hésite avant de répondre.

— Cat, il ne faut rien précipiter. Ce qui est certain, c'est qu'il me cache quelque chose. Mais avant de lui tirer les vers du nez ou de contacter la gendarmerie, il faut que nous parlions avec le directeur.

Cat hoche la tête et soupire.

— Je ne sais pas si je vais réussir à le manger, ce sandwich.

Cellule n° 3
12 h 30

Il a tendu les mains vers la porte, saisi le plateau-repas en tremblant, puis il s'est jeté sur la nourriture qu'il a mangée avec ses doigts, accroupi sur le sol, délaissant le lit. Plus de table, plus de chaise, pas de couverts, seulement de la nourriture et de quoi étancher sa soif : du riz au beurre et une cruche d'eau. Après avoir fouillé le bol de riz avec ses doigts, Tidji mange le riz sans prendre le temps de respirer. Il manque de s'étouffer à plusieurs reprises. Son visage et ses ongles sont noirs de crasse. Ses cheveux emmêlés font des boulettes sur sa tête. Son corps nu paraît plus maigre sous la couverture qu'il a nouée en travers du torse. Tidji ressemble à un homme des bois sans la forêt autour. Mais il n'est pas encore devenu fou. Il s'accroche au bol de riz, au beurre et à la cruche d'eau dont il vient de verser une goutte dans sa main avant d'y poser sa langue. La saveur est sucrée. Il peut boire. Enfin.

Hier, on lui a servi deux morceaux de pain rassis et de l'eau qui avait un mauvais goût. Comme il n'avait rien eu à manger depuis la veille, il a trempé le pain dans l'eau et ouvert la bouche pour avaler. Et puis le panneau a coulissé dans la porte et la main orange a lancé quelque chose dans la cellule. La chose est passée au-dessus de la tête de Tidji avant de cogner le mur du fond et de retomber sur le matelas du lit, juste à côté de lui. En découvrant le gros rat crevé tout mouillé, Tidji a bondi en poussant des hurlements hystériques et s'est précipité sur les toilettes chimiques pour y vomir ce qu'il venait d'avaler. Depuis, il se tient à carreau, il grelotte dans sa couverture, il attend.

VVF
12 h 45

— J'ai demandé que l'on ne me dérange pas !

Le directeur se ravise en découvrant François. Il n'est pas habitué à le voir dans ses murs à une heure aussi matinale. Le fait qu'il soit accompagné de Mme Berthelet ajoute à sa surprise.

— Alex, je te présente Catherine... Catherine Berthelet.

— Mme Berthelet ! Comment va notre poétesse ?

Alex quitte son siège et vient serrer la main de la vacancière : elle n'a pas l'air dans son assiette et François a tout du type qui s'apprête à vous annoncer le passage d'un nuage radioactif sans savoir comment minimiser son effet.

— Eh bien, Catherine a... Enfin, il semble que...

— Mon fils a disparu. Il est sorti un peu après minuit et personne ne l'a revu depuis.

Le directeur hoche la tête, puis il retourne s'asseoir, retenant un fou rire.

— Je suis désolé... Je... je vous demande pardon, Mme Berthelet... C'est... c'est nerveux ! Il se trouve que j'ai pas mal de soucis en ce moment... Oh ! Des bricoles : la Brigade des Mineurs vient de conduire mon chef au poste pour le « cuisiner » en plein service.

Nouveau fou rire.

— Désolé ! Tout ça pour une histoire d'attouchements sur une gamine de quinze ans quand il faisait son apprentissage comme cuistot dans une colo, il y a belle lurette… Évidemment, ce n'est pas mentionné sur son CV. Cerise sur la toque : un client menace de porter plainte auprès d'une association de défense des consommateurs contre VVF parce que cette nuit, on a cassé la vitre de sa Talbot sur un parking censé être surveillé… François, tu l'avais remarqué, toi, que la caméra du parking près du lac a un foutu angle mort ?

— Je te l'ai signalé le mois dernier.

L'expression d'une profonde lassitude s'inscrit sur le visage du directeur.

— Et votre fils n'est pas rentré cette nuit, soupire-t-il.

François lui résume la situation. En l'absence de preuves pouvant laisser supposer que Romain a été enlevé, dans la mesure où pour l'instant la situation relève d'une disparition non inquiétante, il est probable que les gendarmes n'entament aucune recherche avant un délai de quarante-huit heures.

— D'autant que Romain a déjà fugué, précise-t-il.

— Je ne tiendrai pas vingt-quatre heures, murmure Cat.

Le directeur tripote un stylo-feutre.

— Ne cédons pas à la panique, Mme Berthelet. Poursuivez votre enquête, tous les deux. De mon côté, je vais demander à mes équipes de me rapporter toutes les infos qu'ils auraient concernant Romain.

Il marque une courte pause et d'un air contrit, achève :

Et s'il n'est pas revenu chez vous d'ici ce soir, Mme Berthelet, alors, il faudra prévenir la police.

13 h 00

Pauline sourit au-dessus de son dessert. Elle a compris ce qui se passe. Pourquoi sa maman regarde tout le temps le veilleur de nuit en l'appelant par son prénom. Pourquoi le veilleur de nuit ne lâche pas la main de sa maman. Elle sait bien, Pauline, que son frère a disparu, que ça pourrait être grave, mais que le veilleur de nuit et sa maman, ils vont vite le retrouver. Et aussi parce que son frère, à Pauline, il ne peut absolument rien lui arriver. Il est comme Mac Gyver. Il sait bricoler des tas de trucs avec des bouts de carton et des pétards. Elle sait bien, Pauline, que Romain, c'est le plus fort des grands frères même s'il est un peu collant et lui chipe son doudou Poussinet pour la faire enrager. Aussi, elle n'hésite pas à mettre les pieds dans le plat dès que le veilleur de nuit est reparti.

— C'est lui, ton nouvel amoureux ?

Catherine tourne le visage vers sa fille, le cœur serré. Doucement, elle lui caresse la joue.

— Pour le moment, François fait son possible pour nous aider à retrouver Romain.

— Il t'aide comme pour moi le soir où j'étais malade ?

— Oui, comme pour toi.

— D'accord... Maman, cet après-midi, je peux aller à la plage avec Christine ?

Catherine attire sa fille contre elle.

— Bien sûr, ma chérie. Je vais laisser un double des clés de l'appartement à Christine et vous irez chercher tes affaires de plage… Si Christine est d'accord.

Christine allume une cigarette.

— Il ne manquerait plus que je te laisse tomber dans un moment pareil… Je suis tellement en colère contre Romuald.

Elle soupire. Les deux femmes échangent un regard qui en dit long sur la culpabilité de l'une et la terrible angoisse de l'autre.

13 h 30

François a trouvé l'adolescent sur un transat de la piscine, entouré d'une ribambelle de garçons et filles. Toute la bande est déjà au courant de la disparition de Romain.

— J'veux pas d'emmerdements, moi, m'sieur. J'y suis pour rien. Je sais pas où il est.

En l'absence de ses parents, Yacine n'est pas long à cracher le morceau. Et ce qu'il raconte donne une bien mauvaise image de la jeunesse. Cependant, un détail dérange François.

— Une Talbot… C'est pourri, comme bagnole. Tu me dis que vous vouliez voler des GTI… Pourquoi choisir une voiture pareille ?

Yacine tord sa bouche avant de répondre, alangui sur sa serviette.

— Bah ! C'était pour lui faire une démo, quoi. Lui montrer comment qu'on pique une bagnole.

— Parce que Romain, il n'avait jamais fait ça avant ?

— Ben pas trop, non !

— Et cette idée de rodéo dans les dunes, ça vient d'où ?

— J'peux rien dire.

Yacine renifle un grand coup avant de poursuivre.

— Remarquez, j'peux bien le dire quand même, vu que l'autre abruti, là, y s'est cassé.

— L'autre abruti ?

— Le mec de la boîte. Celui qui nous avait promis qu'on allait tirer des bagnoles... Il s'est bien foutu de nous !

— Quelle boîte ?

— Bah ! La boîte de nuit sur la plage.

Soudain, Yacine se redresse sur le transat en grattant son aisselle gauche.

— Mais pourquoi vous posez autant de questions ? Vous êtes flic ou quoi ?

14 h 00

Elle a rabattu le panneau du comptoir et fermé à clé la serrure du bar. Vêtue d'une jupe noire asymétrique et d'un top à volant en dentelle, elle a chaussé une paire de lunettes de soleil, traversé la terrasse et descendu les escaliers qui mènent aux balançoires. Avant de prendre l'avenue de l'Estacade, elle a sorti de son sac à main clouté un téléphone portable et composé un numéro. La discussion est brève. Véronique n'a pas l'intention de revenir sur sa décision.

— Non ! Tu ne t'en occupes pas ! ... Je sais ce que je fais... Oui, c'est mon problème... Surtout, tu ne touches à rien ! Je suis là dans dix minutes.

Le téléphone retourne dans le sac à main. Véronique s'éloigne en direction du carrefour.

14 h 30

Allongée sur le canapé de Christine, Cat a fermé les yeux. Le hameau du village vacances s'emplit de cris d'enfants et de rumeurs. Parfois, elle croit entendre la voix de Romain.

— Catherine ?

Une main sur son épaule, François tire Cat de sa torpeur. Elle se redresse sur le canapé. Assis à côté d'elle, il lui prend la main :

— Romain était bien avec Yacine, hier soir... Ils sont allés en boîte et ensuite ils ont essayé de voler une voiture sur le parking du VVF... Celle dont a parlé Alex tout à l'heure... Apparemment, ils ont été dérangés par l'arrivée d'un véhicule... Romain a pris peur et il s'est sauvé...

Cat, impassible, fixe des yeux la porte-fenêtre dont les rideaux ont été tirés.

— Mon fils va en boîte et il vole une voiture... Formidable... Ça s'est passé vers quelle heure ?

— Environ 2 heures du matin.

— Alors, personne n'a vu Romain depuis 2 heures du matin... Et tu le crois, ce Yacine ?

— Oui.

Cat repousse les mèches de cheveux qui dégringolent sur sa figure.

— Je ne sais pas si je vais tenir le coup.

François soupire, embrasse le front de Cat.

— On va fouiller le VVF de fond en comble.

Il compte aussi prospecter les environs depuis le golf jusqu'à l'esplanade. Et s'il n'y a toujours aucune trace de Romain, ils iront à la gendarmerie.

— On va le retrouver, Catherine... On va le retrouver.

Depuis la cuisine où elle prépare le goûter à emporter sur la plage, Christine assiste à la scène, le cœur serré. Dehors, autour de la table du jardin, les petites filles jouent au jeu des sept familles avec Romuald en attendant l'heure d'aller faire trempette.

Abbaye de la Maladrie
16 h 00

Derrière son bureau monumental aux formes futuristes, le guide religieux sourit à pleines dents.

— Je suis au regret de vous dire que vous faites fausse piste, capitaine.

La jeune femme le regarde fixement. Elle a croisé les bras, aussitôt imitée par le lieutenant Philibert. Ni l'un ni l'autre ne semblent impressionnés par les dimensions de la pièce : les plafonds hauts d'une dizaine de mètres sont formés d'ogives croisées ornées des statuettes en bois massif. Les dalles qui recouvrent le sol mesurent chacune 50 centimètres de côté et se soulèvent par endroits. Quant à la cheminée taillée dans le mur et à laquelle le guide religieux tourne le dos, elle pourrait parfaitement servir de but pour une partie de football. Le capitaine Turmel fronce les sourcils.

— Vraiment ? Pourtant, les premières disparitions remontent à l'époque où vous êtes venus emménager dans l'abbaye. Vous ne trouvez pas cela troublant ?

L'homme d'une soixantaine d'années a réuni ses maigres cheveux en un chignon ridicule sur la nuque. Petit et trapu, une figure découpée à la serpe et dépourvue de sourcils, il dissimule sous une toge aubergine un tee-shirt Kenzo et un jean. Un médaillon de la secte d'Is représentant une étoile à sept branches traversée par une météorite orne sa poitrine étroite.

— Vous oubliez que notre présence dans la région est antérieure à notre installation dans l'abbaye. Quant à ces disparitions, vous êtes bien placée pour savoir que la fugue d'un adolescent traduit d'abord une volonté de s'extraire d'un carcan qui entrave sa liberté.

— Et les véhicules accidentés retrouvés sur la plage à moins de 2 kilomètres d'ici, vous pensez qu'ils rêvaient de liberté, eux aussi ?

L'homme hausse les épaules.

— Les objets comme les âmes sont parfois animés d'élans singuliers. Simple conjonction des astres.

Le lieutenant Philibert ironise.

— Vous n'allez pas nous dire que la condamnation de trois de vos membres pour agressions sexuelles et corruptions de mineurs relève d'un désordre cosmique.

— Vous faites référence à une affaire jugée depuis plus de dix ans. Ces membres ont été exclus de notre mouvement.

— Nicolas Scataletto ça vous dit quelque chose ?

Le guide spirituel plisse le front, prenant un air innocent.

— Je ne crois pas connaître cette personne.

Le capitaine Turmel corrige son collègue.

— Scatoletta. Nicolas Scatoletta.

— Ça ne me dit rien. De qui s'agit-il ?

— De votre ancien cuisinier. Il a travaillé ici, à l'abbaye.

— Vraiment ?

— Il s'est fait embaucher comme chef au VVF, ajoute le lieutenant Philibert.

— Le VVF ?

— Le village vacances où les ados ont disparu... Vous saviez qu'il avait été condamné dans une affaire d'attouchements sur une personne mineure ?

Le guide croise les jambes et s'enfonce dans son fauteuil.

— Je n'ai pas pour habitude d'exiger de mes employés un extrait de leur casier judiciaire. Ce serait contraire aux idées qui sont les nôtres. Ici, tout le monde est accueilli, vierge de son passé.

— À condition d'avoir de quoi payer sa place, ironise le capitaine Turmel. J'ai cru comprendre que le ticket d'entrée était coton.

L'homme étire sa bouche, ses paupières papillonnent.

— L'argent gratifie la communauté de ses bienfaits : il permet son développement et son harmonie. Notre nouvel atelier de fabrication de bougies et savons parfumés à partir d'essences naturelles est à ce titre...

Le lieutenant Philibert l'interrompt.

— Monsieur Lippen, on n'est pas venu ici pour acheter une bougie à la lavande.

— Si vous nous disiez plutôt ce que vous trafiquez dans votre abbaye ? embraie sa collègue.

Le guide religieux jette un œil à une pendule accrochée au mur en pierre de taille.

— « Trafiquer » ? Nous faisons ici trafic de ce qui se donne sans contrainte et ne s'acquiert qu'avec la sagesse, madame : l'amour et la foi.

— Capitaine. Pas *Madame*.

— Eh bien, Capitaine, à présent, si vous voulez bien m'excuser, nous avons une séance de communion spirituelle et je m'en voudrais de faire attendre mes fidèles.

L'homme pivote sur lui-même, balaie le sol avec sa toge et déplie son bras gauche, paume tournée vers le plafond, l'index pointant une porte monumentale.

— La sortie est par là.

Les officiers se lèvent à leur tour.

— Au nom de l'amour et de la foi, lance le capitaine Turmel, l'homme est capable de bien des crimes, Monsieur Lippen !

Dernier parking avant la plage
17 h 30

Le véhicule a repris sa place habituelle, empruntant l'avenue de l'Estacade avant de tourner à gauche, sur le parking. Aucun vacancier n'a prêté attention au fait que personne ne descend de la Mégane Farway dans les minutes qui suivent son arrêt. Ils sont encore sur la plage, profitant d'une nouvelle journée de chaleur exceptionnelle dans la région vendéenne. D'autres sont à peine arrivés dans la station balnéaire et déchargent leurs bagages sur le parking du VVF. Le long de la piste cyclable qui relie le boulevard des Maraîchins à l'avenue des Pays de Monts, peu de cyclistes ont vu le banc en béton placé un peu à l'écart de la route sous les pins. Aucun n'a remarqué la forme sombre d'un corps sur le banc.

Cellule n° 1
18 h 30

Thomas a terriblement mal au dos. Son poignet droit le fait toujours souffrir. Mais c'est presque fini. Il écrit les dernières heures de son existence d'avant l'emprisonnement. Il raconte vite, sans fioritures, la nuit où avec sa sœur, il s'est rendu à la discothèque pour fêter ses dix-sept ans. Comment il a eu soudain le sentiment d'avoir une bite plus grosse en s'asseyant dans la Mégane avec des sensations fortes dans tout le corps à cause de la coke qu'il a sniffée dans les toilettes de la Maison Bleue. Comment il a vu sa sœur, presque ivre, hésitante, tanguer jusqu'à la voiture. Comment il l'a forcée à monter avec eux. Combien il comprend la folie de son geste, et l'accepte dans ce qu'il a de plus sordide.

Dans l'état où était ma sœur, Tidji n'aurait pas eu de mal à la sauter. J'ai servi de prétexte pour qu'elle monte dans la voiture. Toute seule, elle ne l'aurait pas fait. Je crois que Tidji avait l'intention de se débarrasser de moi plus tard dans les dunes.

Thomas relève la tête, fait craquer les muscles de sa nuque, secoue le stylo dont l'encre vient à manquer puis il écrit en haut de la première page le titre de son récit.

Confessions d'un fils de salaud.

Le cahier se referme lentement. Thomas le place sous son oreiller, puis il s'allonge sur le lit et croise les bras derrière la tête en fermant les yeux. Demain, relecture.

VVF, appartement n° 325
19 h 15

La sonnerie d'un téléphone portable tire Cat et François de leur somnolence. Après avoir parcouru à pied des kilomètres autour du VVF, ils sont allés signaler la disparition de Romain à la gendarmerie. Ils sont montés à l'appartement avec l'espoir d'y trouver le garçon. Mais Romain n'est pas rentré. Épuisés, ils se sont effondrés sur le canapé-lit.

— Il faut que je réponde.

Doucement, Cat se dégage de l'étreinte de François. Elle s'assied au bord du canapé-lit pour prendre l'appel.

— Philippe ?

Elle ne s'attendait pas à son coup de fil. Trop tard pour raccrocher.

— Écoute, je ne peux pas te parler maintenant... Non... Ça ne va pas très bien... Oui... Je peux te rappeler plus tard ?...

François s'est levé pour aller rafraîchir sa figure dans la salle de bains. Il se sent hors phase, comme après un long voyage en avion. Et cet appel achève de le mettre mal à l'aise. Il déteste ce type sans le connaître. Parce qu'il a un coup d'avance sur lui. Et que Cat n'a peut-être pas vraiment rompu... Voulant saisir le savon sur la tablette, il fait basculer plusieurs produits de beauté dans le lavabo.

— Merde !

— Ce n'est rien… Attends.

Cat est là, derrière lui. Elle ramasse les produits, les remet en place. Tous deux se regardent face au miroir, la figure défaite, les pommettes rougies par le soleil.

— Pauline m'attend, soupire Cat.

— Je dois retourner bosser… Tu vas tenir bon ?

Elle hoche la tête. Tenir bon. Elle n'a pas le choix. Les bras de François autour de son ventre lui manquent déjà. Demain, il lui faudra téléphoner à son ex-mari pour lui annoncer la nouvelle.

19 h 30

Le capitaine Turmel s'étire sur le siège avant de la 306 blanche de service. La journée est presque terminée. Reste une dernière visite à rendre à la petite Laclos avant son départ en ambulance pour Paris, lundi matin. Ensuite, elle rentrera à l'hôtel, prendra une douche et se replongera dans les dossiers.

— Qu'est-ce que tu fais ce soir ? demande-t-elle à son collègue.

Tenant le volant d'une main, accoudé à la portière, le lieutenant Philibert mâche un chewing-gum sans sucre.

— Rien de précis. Piquer une tête dans la piscine… Aller manger un morceau… Et toi ?

Pascale oriente le miroir de courtoisie vers son visage et contrôle ce qui reste de maquillage sur ses yeux, négligeant de répondre. Guillaume fabrique une petite boule de chewing-gum avec sa langue et la projette dehors, soufflant fort entre ses lèvres. La route est particulièrement belle, ce soir. Un troublant coucher de soleil mêlant le parme à l'abricot entame son cérémonial à l'horizon. Plus personne n'a envie de travailler à l'intérieur du véhicule. Mais tous les deux ont le bourdon. La gendarmerie vient d'appeler sur le portable du capitaine : un gamin du VVF ne serait pas rentré chez lui depuis hier minuit. À la liste des fameux « disparus/retrouvés de juillet » pourrait donc s'ajouter un certain Romain Berthelet, quatorze ans, domicilié à Paris. Le capitaine refait ses comptes tout en maquillant sa bouche.

— Olivier Fortin : disparu un 23 juillet 2001. Retrouvé quatre semaines plus tard dans la gare de Tours. Phalange sectionnée à la main droite... Rémi Gélaucourt et Nadar Sauvegrain : disparus un an plus tard. Retrouvés en septembre et octobre. L'un sur une aire d'autoroute, l'autre à bord d'un train. Mêmes mutilations aux doigts... Le 8 juillet de cette année : disparition de Thierry Céréol et des enfants Laclos. Réapparition de Linda cinq jours après. Pas de mutilation.

Guillaume Philibert passe une main dans ses cheveux en soupirant.

— Et Romain Berthelet : disparu la nuit du 16 au 17.

— Septième victime potentielle.

— Sept gamins qui disparaissent en plein mois de juillet.

— Sept gamins en vacances au VVF ou dans une résidence proche du village.

Pascale range le rouge à lèvres à l'intérieur de la petite trousse, renferme son nécessaire à maquillage et le fourre au fond de la gibecière en toile qu'elle a posée entre ses pieds.

— Ou la disparition de Romain Berthelet n'a rien à voir avec notre enquête, ou bien le rythme des disparitions s'accélère.

La 306 blanche dépasse un panneau publicitaire vantant les mérites du bon poulet de Challans. Le capitaine croise les bras sous sa poitrine.

— Le fait que Linda ait réapparu si vite et sans mutilation, ça ne te surprend pas ?

Son collègue hoche la tête.

— Ça a sûrement un rapport avec le fait que ce soit la seule fille.

— Je me suis demandé s'il ne s'agissait pas tout simplement d'une erreur.

— Je pige pas.

— Tu sais, quand tu pêches à l'épuisette, tu ne ramasses pas forcément que des crabes... Quelque part, ça corroborerait la thèse de l'enlèvement... Non. Là, je dis sûrement une connerie. Elle a pu simplement suivre les garçons jusqu'à l'endroit où ils se retrouvent, et puis elle aura été exclue du groupe parce que...

— Parce qu'elle aurait échoué à une sorte de test ?

— Hum...

— Mais on ignore pourquoi des gamins disparaissent puis réapparaissent avec un bout de doigt en moins... Si c'est un truc rituel ou alors un fou qui collectionne des doigts.

Le capitaine soupire en regardant ses tennis.

— Qu'est-ce qu'on sait : les gamins sont retrouvés en assez bon état physique, ils n'ont subi aucune agression sexuelle, aucune violence, si on excepte la mutilation. En revanche, ils présentent tous un trauma psychique : ils se replient sur eux-mêmes, refusent toute communication. Certains semblent souffrir d'une espèce d'amnésie, d'autres comme Linda sont suicidaires. On peut en déduire qu'ils ont tous vécu quelque chose qui les a psychiquement... comment dire...

— Dévastés ?

— Plutôt *dévorés*.

— Un ogre des temps modernes ?

— Un pédophile impuissant.

— Un mec qui s'y connaît en somnifères, en tout cas.

Le capitaine relève la tête. Des mèches blondes chatouillent ses lèvres crispées. Guillaume n'a pas besoin de la regarder pour deviner combien, ce soir, elle est à cran.

— Allez ! Pascale, détends-toi. On a déjà bien avancé sur le dossier.

— C'est que dalle, Guillaume... Que dalle ! ... On n'est même pas capable de savoir si les gamins disparaissent de leur plein gré ou pas.

— Peut-être bien, mais on peut être sûrs d'une chose : ils n'avalent pas des somnifères pour triper.

L'horizon se drape d'un voile mauve strié d'or. Le conducteur du véhicule est obligé de rabattre le pare-soleil pour voir la route.

— Guillaume...

— Hum ?

— Demain, tu comptais prendre ton dimanche ?

Le lieutenant tourne la tête vers son capitaine. Elle regarde droit devant elle. Elle est encore plus sexy quand elle est maussade, Pascale Turmel. Six mois que Guillaume est son binôme. Six mois à souffrir les attendrissements de l'amour. Debout. À genoux. Il ne peut rien lui refuser. Il est fou de son nez.

VVF
20 h 30

Depuis la terrasse où la fraîcheur du soir peine à s'installer, Christine fait un récit détaillé de l'après-midi passé sur la plage. Ils ont construit un château de sable, dévoré des beignets et reçu la visite de Michel Moinet. Le photographe a paru bouleversé en apprenant la disparition de Romain. Il s'est aussitôt proposé de les aider en distribuant des tracts sur la plage si Romain n'était pas retrouvé d'ici demain. Cat regrette soudain que Michel n'ait pas pris ces photos des garçons. Au moins, elle aurait un portrait récent de son fils à montrer, pas ce cliché tout tordu qu'elle a toujours dans son portefeuille et qui remonte à l'année dernière. Elle ne prend plus assez de photos de ses enfants depuis qu'elle a investi dans une caméra — une caméra oubliée à Paris, dans la précipitation du départ.

— Tu veux dormir encore avec Wendy ce soir, Pauline ?

La petite fille secoue la tête. Elle n'a pas lâché sa maman depuis qu'elle est venue la chercher. Pauline ne le montre pas, mais elle est moins optimiste que tout à l'heure à propos du retour de son grand frère. Cependant, le calme et le sourire de sa maman la rassurent un peu. Tant que maman sourit, Pauline ne s'inquiète pas. Même si le sourire est rikiki.

Abbaye de la Maladrie
21 h 00

Formant une spirale qui serpente dans la cour du cloître, ils sont assis sur des coussins ronds aubergine. Chacun des adeptes est plongé dans une profonde méditation. Inspiration. Expiration. Paumes tournées vers le sol. Fraterniser avec la Planète. Apaiser les sens en leur donnant nourriture et plaisir.

Des centaines de bâtons d'encens sont plantés dans le sol en terre battue de la cour. Leurs parfums d'arbre à thé, de Ravintsara et de Jasmin s'entrelacent, et des volutes de fumée se dressent vers le ciel obscurci. Des notes longues, harmonieuses, jouées au synthétiseur s'élèvent depuis les coursives du cloître. Parfois, une petite voix d'enfant brise le silence. Car les adeptes méditent en famille, assis les uns à côté des autres, en enfilade, composant une chaîne sans fin.

Avant de s'installer sur de petits coussins, les adeptes se sont embrassés. Ils ont échangé des caresses fraternelles en souriant, paupières closes. Ils sont bien une trentaine de tous âges et conditions sociales à se pencher, les paumes à plat sur le sol, à baiser la terre de leur souffle. On y trouve même un photographe dont la poitrine nue est couverte de colliers que les petites filles trouvent ravissants.

VVF
21 h 30

Dans la douceur du soir, se tenant par la main, Cat et Pauline repartent en direction de leur appartement par le sentier qui mène au bâtiment principal. Avant de prendre l'ascenseur, elles font une halte à l'accueil où François s'active. Les vacanciers retardataires sont nombreux à cette heure, mais le veilleur de nuit trouve le temps d'écouter Pauline qui énumère un à un tous les films Walt Disney qu'elle possède en cassette vidéo. Enfin, Véronique abandonne le bar un court instant et vient souffler quelques mots d'encouragement à Cat.

— Je sais ce que c'est, de vivre un moment pareil. Tu vas te sentir atrocement mal une fois là-haut, toute seule avec ta fille. Alors, si tu veux que je te serve un petit remontant...

— Merci, Véronique. Ça va aller.

La barmaid la fixe d'un regard compatissant.

— Ton Romain, c'est pas un caïd, tu sais, je l'ai souvent observé depuis le bar... Il cherche à se prouver qu'il existe en faisant des conneries... Il est juste un peu paumé, comme pas mal de gosses à son âge... Mais c'est un bon gamin... Crois-moi, il va pas tarder à rentrer.

Elle rajuste son top en dentelle.

— Je ne suis peut-être pas experte en cocktails, ajoute-t-elle, mais j'ai un sixième sens pour ces choses-là !

VVF, local de surveillance
22 h 45

Les quelques objets indispensables sont tirés du sac à dos. La pochette de CD de musiques de film, le magazine bimestriel de mots croisés, la gomme et le crayon de bois. Ils sont disposés sur le petit bureau, d'un geste machinal. François s'étire, bâille longuement. Pas certain qu'il tienne jusqu'à 6 heures sans piquer du nez. Mais il ne se l'autorisera pas. À cela, une bonne raison : il sait que Cat ne fermera pas l'œil de la nuit. Il ignore comment c'est arrivé, et il n'y peut rien. C'est ainsi. Tout est bouleversé. Depuis que cette femme a pris la décision de déchirer un morceau de sa chemise sur la plage, il n'est plus le même. Comme si, par effraction, elle venait d'entrer dans sa vie pour le réhabiliter à ses propres yeux. Transformer la boue du passé en sable mouillé.

François transpire. Une tension inhabituelle change son estomac en pierre. Rien de ce qui vient d'arriver n'était prévisible. La disparition de Romain n'a fait que précipiter les choses. Il n'avait pas passé une journée entière avec une femme depuis la mort d'Inès. À travers Catherine, il entame une sorte de reconquête morale. Et il va en rester là, demeurer tranquillement assis trois étages sous elle. Ne plus la revoir tant que Romain n'aura pas été retrouvé. Sauf si elle en manifeste le désir.

La pochette de CD vient sous sa paume. Besoin d'une partition qui lui parle d'honneur et de courage. De famille et d'amour. Besoin d'un thème fort, évident, joué à la guitare et au clavecin, évocation rassurante du destin. Besoin d'entendre ces violons interpréter avec souplesse la mélodie cachée — tragique comme une mise en garde d'un péril à venir —, subtile astuce d'Ennio Morricone. Le CD de la bande originale du film *Le clan des Siciliens* rejoint le lecteur.

Dompter le sommeil, François à l'habitude. Pendant des années, il écrivait la nuit jusqu'au petit matin, entre chien et loup, une bouteille de vodka sur le bureau. Il dormait trois heures, prenait un bain, puis se rendait au studio pour les enregistrements ; une autre bouteille l'attendait sous la table de mixage. Il dînait vers 21 heures, puis rentrait chez lui un peu après minuit, écrire une nouvelle chanson. Il y avait cette nécessité impérieuse de prouver aux autres sa valeur, de sauter sans recul, de se parer de tous les défis. Être le meilleur de sa profession, sur la plus haute marche. Les femmes et l'alcool occupaient les seconde et troisième places du podium. Depuis les gradins, son couple encaissait les gifles de ses infidélités. L'obstination que mettait François à maltraiter son mariage était de notoriété publique. Mais la femme que François avait épousée était au moins aussi têtue que lui. Le couple tenait bon. Il aurait bien tenu dix années de plus, s'il n'y avait pas eu l'accident.

Le plongeon dans les eaux sombres de l'alcool, comme une malédiction qui vous emporte jusqu'à l'oubli... L'abstinence, ce crépuscule qui jamais ne finit. La solitude, quand les hommes et les femmes sur cette terre vont se coucher... Et soudain, une apparition en nuisette camouflage.

Des souvenirs trop durs. Tant de raisons suffisantes pour crever de trouille à l'idée de nouer une relation avec une institutrice.

La limpide couleur émeraude de ses yeux.

Sa capacité à ne rien céder à l'angoisse du pire.

François se lève et fait quelques pas en grimaçant, la nuque moite. Il passe une main sur son estomac, effectuant un mouvement circulaire dans le sens contraire des aiguilles d'une montre. Il lui manque une bonne douche, une boîte de pastilles Rennie et dix années de psychanalyse.

VVF, appartement n° 325
23 h 00

Après avoir sangloté contre son doudou Poussinet, Pauline s'est endormie dans le canapé-lit, le bras enroulé autour de celui de sa maman. Pour apaiser sa petite fille, Cat lui a raconté que Romain était parti faire quelque chose de très mystérieux et que l'on ne connaîtrait son secret qu'à son retour. Alors Pauline a imaginé une carte aux trésors enterrée sous les dunes qui mènerait à une cachette par un labyrinthe. Une carte que son grand frère, malin comme tout, aurait découverte. Et les paupières de la fillette se sont fermées doucement contre son doudou.

Cat aussi aimerait croire à la fable. À la certitude que Romain va revenir vite, comme l'a dit Véronique. Elle se redresse dans le lit sans déranger sa fille. Elle la regarde s'abandonner au sommeil, la bouche entrouverte et les genoux repliés sous sa chemise de nuit.

Cat ne dormira pas.

Elle attend Romain.

Elle n'a pas tourné la clé dans la serrure de la porte d'entrée. Elle a laissé la lumière dans la pièce ainsi que dans le couloir d'entrée.

Cat attend Romain.

Comme si de la lumière dans un appartement, une porte non verrouillée et une maman éveillée pouvaient favoriser le retour de l'enfant perdu.

Hôtel de la Forêt
01 h 30

Le capitaine Turmel a éteint la lampe de chevet après avoir enduit son visage de crème de nuit. À côté du lit, posés en vrac sur la moquette de la chambre, un ordinateur portable et plusieurs dossiers. À l'intérieur du dossier rouge, on trouve les photographies de Thomas et de Linda ainsi que plusieurs comptes-rendus des divers entretiens que la jeune fille et ses parents ont eus avec le capitaine. Des phrases sont soulignées. Certains commentaires ont été ajoutés sur des feuilles volantes. *Manque de communication avec son père. Souvent en conflit (recherche d'une confrontation ?) Comportement sadique avec les petits animaux (insectes, vers de terre, batraciens), mais affectueux avec les chiens et les chats. Relation complexe avec sa sœur (rejet, manipulation). Tempérament casse-cou. Souvent malade, se plaignant de maux de ventre. Influençable.* Pascale Turmel repousse le drap au pied du lit et soupire. La chambre est climatisée ; son agacement n'a pas de rapport avec les vingt-six degrés qui font la nuit douce et chaude à Saint-Jean-de-Monts. Elle est incapable de dormir. Quelque chose la tracasse. Elle a relevé plusieurs similitudes entre les affaires. Mais il n'existe qu'un seul élément commun à tous les dossiers : ces gamins sont borderline. Petits délinquants mineurs ou en devenir. Rien de bien méchant, mais rien d'innocent.

Tous, sauf Linda.

Au cours du dîner pris à l'hôtel avec Guillaume, elle a refait le point sur les résultats des analyses médicales effectuées sur les adolescents. Des traces de Rohypnol ou de GBH — deux puissants somnifères que l'on obtient sur ordonnance — ont été relevées dans leur sang. Leurs effets secondaires sont intéressants : le Rohypnol, de la classe des Benzodiazépines, est utilisé comme substitut de l'héroïne. Il a un fort pouvoir amnésiant. Quant au GBH, il peut provoquer une sensation d'ivresse de courte durée. En revanche, peu d'éléments exploitables sur les adolescents et leurs vêtements. Pas d'empreintes sur les chaussures ou les ceintures, pas de cheveux ni d'éléments organiques qui ne leur soient propres. Seuls indices : des fibres appartenant à une couverture de couleur identique, relevées sous les ongles de Rémi Gélaucourt et de Linda, et des traces de Sodium Olivate et d'essence de Lavandula Officinalis, identifiées sur la culotte de Linda et qui rentrent dans la composition du savon.

— Faut faire parler le savon, avait lancé Guillaume, finissant son verre de rosé.

Son capitaine avait acquiescé, portant à ses lèvres un morceau de courgette aux escargots.

— Il nous faut aussi la liste des insomniaques de la région qui prennent du Rohypnol ou du GBH… avait-elle ajouté. C'est bon, ta marinade ?

— Pas mauvais.

— Je peux ?

Tandis que son capitaine picorait le contenu de son assiette, le lieutenant Philibert avait sorti son paquet de Chesterfield.

— Tu imagines le nombre de personnes qui bouffent de ces saloperies ? On va y passer des mois !

— On procédera par élimination. D'abord, le staff du VVF. Ensuite, on élargit.

Dans le regard de Pascale, les volutes de fumée qu'exhalait son collègue se confondaient alors avec la pâleur du visage de Linda sur son lit d'hôpital.

Cette gamine lui ressemble.

Pascale Turmel, quarante-neuf kilos pour un mètre soixante-dix. Taille de pantalon 34/36. Mange pour deux, vomit toute seule. Une vilaine habitude qui remonte à l'adolescence. Le stress lui donne faim et avoir le ventre plein lui fait horreur.

Un vent léger soulève le rideau de la porte-fenêtre qui donne sur un minuscule balcon. Pascale fait gonfler son oreiller en le frappant du plat de la main. Allongée sur le dos, elle tire sur sa liquette en coton, allonge les jambes, fait des moulinets avec les chevilles, gratte son front à la racine des cheveux, soupire, inspire, bloque sa respiration avant de vider l'air de ses poumons en comptant jusqu'à quinze.

Elle voudrait bien trouver le sommeil avant le lever du jour. Ne pas avoir à faire le geste habituel. Tendre la main vers le tiroir de la table de chevet pour y prendre une boîte de Lexomil.

VVF, local de surveillance
02 h 00

Après avoir jeté un œil aux écrans de contrôle, François est retourné s'asseoir à son bureau. Adossé au fauteuil, il a fermé les yeux juste un instant. Quelques secondes plus tard, il était profondément endormi.

Le chuintement menaçant de la bouilloire électrique presque vide a fini par le tirer du sommeil. Les lunettes de travers, il s'est levé pour remplir la bouilloire et la remettre à chauffer. Tenir encore quatre heures.

C'est l'apparition d'une silhouette chancelante sur le moniteur de la caméra n° 1 qui a retenu son attention. La bouilloire dans une main et une bouteille de Volvic dans l'autre, François observe l'image que la caméra renvoie du parking situé à 100 mètres du bâtiment principal. La présence de vapeur sur ses verres de lunettes n'arrange rien à la mauvaise qualité de l'image vidéo. Mais la façon dont l'individu se déplace — hésitante et saccadée — laisse supposer qu'il est probablement en état d'ivresse.

Moins d'une minute plus tard, les verres de lunettes ont été nettoyés et François marche en direction du parking, une lampe torche à la main. Il en fait le tour, inspectant l'intérieur de chaque véhicule. Puis, ne voyant rien d'anormal et n'ayant rencontré personne mis à part un couple revenant du Casino bras dessus, bras dessous, fauchés mais contents, il retourne à son bureau, empruntant le chemin qui mène aux balançoires, afin de contrôler le niveau inférieur du bâtiment où se trouvent la salle de fitness, l'espace esthétique ainsi que le local des vélos. C'est derrière la porte entrouverte de ce dernier qu'il découvre Romain. L'adolescent s'est affalé, jambes écartées, bras le long du corps, tête appuyée contre la roue d'un VTT agrémenté d'un joli panier d'osier retenu par un antivol rose fluo.

Dimanche 18 juillet

07 h 30

« *Quand le moi sous toutes ses formes sera vaincu et mort, se disait-il, quand toutes les passions et toutes les tentations qui viennent du cœur se seront tues, alors se produira le grand prodige, le réveil de l'Être intérieur et mystérieux qui vit en moi et qui ne sera plus moi.* »

Le bouquin est revenu. Tout neuf. Il est posé sur le plateau-repas, à côté d'un bol de lait chaud et d'un morceau de pain. Enroulé dans la couverture, le dos appuyé contre le mur et les jambes repliées contre lui, lentement, Tidji relit les mots soulignés. Sa voix rauque, éraflée, ponctuée de gémissements, traduit son état d'affaiblissement. Les paupières frémissent, les molaires claquent ; son visage se contracte sous l'effort. Les ongles de Tidji sont cassés. Il s'écorche dès qu'il se gratte. Il y a du sang séché sur son front et à différents endroits de son corps nu et sale. Parfois, les mots sont illisibles à travers les larmes qui rougissent ses yeux. Le garçon les chasse d'une main tremblante. Il veut lire les mots. Il ne s'arrêtera plus. Il a compris. À présent, il veut savoir. Connaître la suite des aventures de Siddhartha auquel il a emprunté le costume misérable des Samanas. Avec sa barbe, sa maigreur, ses pieds glacés et son sexe rabougri, il est prêt.

Il veut bien que se produise le grand prodige annoncé page 32.

Centre Hospitalier de Challans
11 h 30

Le premier réflexe de François avait été de prendre le pouls de Romain. Constatant qu'il était en vie, il l'avait secoué vigoureusement. Drogué, groggy, le garçon avait fini par vomir sur lui.

— Je sais plus vraiment, en fait... J'avais bu de la bière avec les autres et aussi de la vodka dans la discothèque...

Allongé sur un lit d'hôpital, les yeux cernés et le visage incolore, Romain a la bouche pâteuse et une sacrée gueule de bois qui l'oblige à garder les yeux fermés. Le capitaine Pascale Turmel insiste.

— Essaie de te souvenir de ce que tu as fait quand tu t'es retrouvé seul sur le parking. C'est très important.

De l'autre côté du lit, depuis une chaise inconfortable, Cat ne quitte pas du regard son fils. Elle a posé un bras sur l'oreiller, et sans se soucier de la mauvaise position qu'elle adopte pour accomplir son geste, elle caresse les cheveux de Romain.

— Y avait la voiture sur le parking... murmure-t-il.

— La Talbot ?

— Non… La voiture rouge… La Mégane…

Une paire de lunettes solaires remontée sur leurs fronts, le capitaine Turmel et le lieutenant Philibert sont arrivés vers 10 h 30 pour questionner Romain. Ils se sont d'abord disputé le témoignage de Romain avec le capitaine de gendarmerie, lequel supporte mal ce genre de prérogatives. Ensuite, ils ont fait procéder à des prélèvements sur les vêtements, les cheveux et la peau de Romain et demandé un examen sanguin spécifique.

— La Mégane, tu peux la décrire ?

— C'est une Farway 1,9 l DCI… Elle a des vitres sans tain. Y a un siège bébé derrière.

— Cette voiture, elle était sur le parking du VVF ?

— Non. Sur celui qui est juste avant la plage, près de la base.

Cat se penche sur Romain.

— Tu parles de la voiture que vous avez vue avec Romuald en revenant de la plage, vendredi après-midi ? Celle qui vous plaisait bien ?

Mouvement de tête de Romain. Le lieutenant Philibert échange un regard avec son capitaine.

— Donc, tu es près de cette voiture… Et qu'est-ce que tu fais ?

Romain plisse les paupières, grimace. Les images se noient dans un drôle de brouillard. Il se souvient qu'il tient la barre de fer. Et il y a aussi ce goût acide de la bière dans sa bouche.

— Je regarde autour… Personne. Je fais comme Yacine m'a montré… avec la barre… Après, je sais plus très bien… Je crois que j'entends de la musique.

Le capitaine lève un sourcil intéressé.

— Ah ! Bon. Tu entends de la musique. Elle vient d'où, cette musique ?

— De la voiture.

— Tu te souviens de ce que c'est ? Quel genre ?

— Ouais. Un truc ringard qui passe souvent dans les soirées mini-disco du VVF... *Born to Be Alive.*

Le lieutenant Philibert note le titre dans son carnet, un sourire en coin.

— *Born to Be Alive.* Le super tube de Patrick Hernandez.

Le capitaine Turmel poursuit :

— Alors, quand tu entends cette chanson, tu es à l'intérieur ou à l'extérieur du véhicule ?

— Dedans. Je suis assis dedans.

— Comment tu as fait pour te retrouver dedans ? Tu as forcé la serrure ?

Romain se frotte les yeux, hésite sur la réponse. Cat se penche sur son épaule.

— Romain, tu as forcé la serrure de la portière avec la barre de fer ?

Il soupire.

— Je crois, oui. Mais je voulais pas la voler, je te jure, m'an !

— Et qu'est-ce que tu fais une fois que tu es assis dans la voiture ? relance le lieutenant Philibert.

— Je sais plus.

— Tu essaies de la faire démarrer ?

— ... M'an, j'peux avoir de l'eau ?

Devançant Cat, le capitaine Turmel a saisi sur la table de chevet la cruche et sert un verre à Romain.

— Tu as déjà volé une voiture ? lui demande-t-elle.

— Non.

— Tu sais comment on fait démarrer une voiture sans clés de contact ?

— Bah... Je l'ai vu dans des films. Il faut déboîter le truc sous le volant et bricoler des fils mais moi je sais pas faire ça.

— Alors, tu n'as pas volé le véhicule ?

Romain avale quelques gorgées d'eau et plisse plus fort les paupières.

— Je sais, c'est zarbi mais... la voiture, en fait, elle a démarré toute seule quand j'ai mis la ceinture.

— Qu'est-ce que tu dis ?

Romain rend le verre presque vide au capitaine dont le visage exprime l'incrédulité.

— J'ai bouclé ma ceinture et le moteur s'est mis en marche tout seul.

— Tu as bouclé ta ceinture ?

— Ouais.

— Pourquoi tu as fait ça, Romain ?

Romain gratte son cou nerveusement.

— Y avait un gros voyant rouge qui clignotait et une voix qui disait qu'il fallait mettre la ceinture pour que la voiture démarre.

Cat s'est levée, mal à l'aise. Pourquoi Romain raconte-t-il de pareilles âneries à la police ? Essaie-t-il d'une façon bien maladroite de protéger un complice ? Elle suggère au capitaine et à son lieutenant de revenir plus tard interroger son fils, lequel de toute évidence n'est pas en état de répondre de façon cohérente à leurs questions.

— Je suis pas fou, M'an ! ... C'est pas des conneries ! ... J'sais bien que ça a pas l'air vrai ce que je dis, mais c'est ce qui s'est passé ! ... La voiture a démarré et j'ai même pas eu besoin de tourner le volant pour quitter le parking... Elle... elle avançait toute seule, comme une voiture téléguidée !

Imperturbable, le lieutenant Philibert note sur son carnet que « la voiture avançait toute seule comme une voiture téléguidée ». Le capitaine Turmel fixe du regard la mère et l'adolescent avant de demander à Romain d'évaluer le plus précisément possible le nombre de bières et de verres de Vodka qu'il a bus vendredi soir.

16 h 00

Dès 10 heures, la plupart d'entre eux remplissaient de victuailles un caddie à jeton — l'Intermarché de Saint-Jean-de-Monts est ouvert le dimanche matin. Après avoir assisté au forum de bienvenue dans la grande salle de spectacles et applaudi la prestation de toute l'équipe d'animation sans oublier l'apparition finale de Léonard le renard, les nouveaux vacanciers ont bu le kir de bienvenue sur la terrasse du bar tout en inscrivant leurs enfants aux différents clubs proposés. Un peu avant 13 heures, alors qu'un petit vent rafraîchissait enfin ce début de matinée caniculaire, des odeurs de saucisse et de viande grillée achetées au supermarché ont envahi les terrasses du hameau. Vers 14 h 30, une vingtaine de familles s'est offert pour une somme modique la découverte commentée de Saint-Jean-de-Monts en petit train dont le trajet aller et retour n'excède pas une heure. Enfin, place du Grand Jeu, depuis quelques minutes, un groupe d'hommes aux mollets blancs jouissent de leur premier rendez-vous pétanque apéro en compagnie de joueurs à la peau bronzée.

De retour à l'appartement depuis 13 heures, Cat s'est assoupie sur le canapé-lit tout habillée. Le cliquetis d'une serrure l'éveille dans un sursaut. Ne prêtant pas attention au ciel assombri, elle marche dans la pénombre jusqu'à la porte d'entrée et voit François, à genoux devant la porte, essayant différentes clés dans la serrure. En découvrant Cat, il se lève, la prend dans ses bras et lui annonce avec cette même voix douce que la veille qu'il vient de retrouver Romain. Mais au lieu d'accompagner Cat jusqu'à l'ambulance stationnée en bas de l'immeuble, François sort un petit boîtier de sa poche et appuie sur un gros bouton rouge. À cet instant, un téléviseur monté sur roulettes apparaît derrière lui. Cat réalise soudain que François est ivre et qu'il confond Romain avec un poste de télévision — lequel diffuse un documentaire animalier sur la rage. Elle se réveille alors, le cœur tambourinant.

Après une douche apaisante, Cat téléphone à Christine pour prendre des nouvelles de Pauline. Depuis que la petite fille est arrivée au milieu de la nuit les bras passés autour du cou de François, elle fait des dessins pour son nouveau héros, celui « qui a retrouvé son grand frère dans les vélos ». Enfin, ne pouvant plus attendre pour lui parler, Cat compose le numéro de François.

7 Chemin des Plumets
16 h 05

Le lieutenant Philibert frappe plusieurs fois la porte d'un poing énergique. Celle-ci finit par s'ouvrir sur un homme d'une cinquantaine d'années, la tignasse ébouriffée, tenant un téléphone sans fil. Il est vêtu d'un caleçon à petits carreaux, d'un vieux tee-shirt Levis noir et porte ses lunettes. François grimace.

— Capitaine Turmel ?

— Bonjour, monsieur Seclin. Je vous dérange au milieu de votre sieste ?

— Non. Au milieu de ma nuit. Entrez.

Évidemment, il fallait s'y attendre. En découvrant Romain dans le local des vélos, François devient non seulement un témoin essentiel de l'enquête mais aussi un potentiel suspect. Installés sur la partie ombragée de la terrasse au premier étage de la villa, un verre de jus de fruits à la main, les deux officiers vérifient l'emploi du temps de François dans la nuit de vendredi soir entre minuit et 2 heures. Le lieutenant Philibert s'évente à l'aide de son carnet de notes. Le capitaine Turmel a croisé les jambes sur un siège en teck.

— Le directeur nous a confié que vous aviez pris votre soirée… Vous êtes sorti, vendredi ?

François, qui a pris le temps d'enfiler un pantalon, avale une gorgée de café puis repose sa tasse sur la table carrelée.

— J'ai dîné avec une amie.

— Jusqu'à quelle heure ?

— Minuit... Minuit et demi.

— Quel restaurant ?

Le lieutenant Philibert note la réponse dans son carnet.

— Et après minuit, qu'est-ce que vous avez fait ?

— Je l'ai raccompagnée chez elle.

— Quelle adresse ?

— Elle loge au VVF.

Les deux officiers échangent un regard entendu. Le lieutenant feuillette rapidement son carnet.

— Appartement n° 325. C'est bien ça ?

— Tout le monde semble être au courant.

Le sourire ironique de François n'échappe pas à Pascale Turmel.

— Vous n'êtes pas très discret non plus.

Le veilleur de nuit recule dans son fauteuil. Devant lui, les pins frémissent sous les caresses d'un petit vent iodé. Le voilà parti pour la grande réinsertion. Pas encore amant, déjà coupable. Bon boulot. Du bout des lèvres, le capitaine Turmel égraine questions et remarques insidieuses concernant sa façon de joindre l'utile à l'agréable et l'étonnante concordance de son emploi du temps avec celui de Romain.

— Vous quittez le VVF vers 2 heures et rentrez chez vous à pied... Romain est aperçu pour la dernière fois sur le parking vers 2 h 30... Vous auriez donc pu vous croiser.

François se lève.

— Écoutez, capitaine, si ça vous amuse de perdre du temps avec moi, allez-y : j'ai beaucoup moins à y perdre que vous.

— Est-ce que j'ai l'air de m'amuser, Philibert ?

Le collègue confirme. Elle n'est pas du genre à plaisanter, Pascale Turmel.

— Je fais mon travail, c'est tout, M. Seclin. Et mon travail est de ne négliger aucune piste, à commencer par les plus évidentes.

Elle croise les jambes dans l'autre sens.

— D'après ce que nous a dit Romain Berthelet ce matin, il aurait repris connaissance sur un banc situé au bord de la piste cyclable qui relie le boulevard des Maraîchins à l'avenue des Pays de Monts. Et c'est justement le trajet que vous avez emprunté ce soir-là.

Le lieutenant Philibert a sorti une cigarette de son paquet.

— D'autant que vous avez sûrement picolé au restaurant, ajoute-t-il. Et on ne peut pas dire que l'alcool vous réussisse.

François glisse les mains dans les poches de son jean. Contemplant le ciel bleu strié de nuages effilés, il retient sa respiration, mâchoires serrées.

— Foutez-moi le camp.

Le capitaine Turmel lève un sourcil.

— Vous avez tort de le prendre sur ce…

— Dehors ! Tous les deux !

— Nous n'en avons pas fini avec vous, M. Seclin.

— FOUTEZ-MOI LE CAMP !

Les officiers abandonnent leurs jus de fruits sur la table.

17 h 00

Vitres fermées, la voiture roule à une vitesse constante de 40 km/h. Ses jantes lancent des éclats d'argent et le soleil accentue le vermillon de sa peinture. Après s'être immobilisée au croisement de l'avenue des Pays de Monts et de la rue de la Parée Jésus pour céder le passage à plusieurs véhicules, elle poursuit sa route, empruntant l'avenue de l'Estacade. Juste avant de tourner à gauche sur le parking, la voiture manque de percuter un adolescent à vélo qui descend trop vite la rue des Villages. D'un coup de guidon, il évite de justesse la Mégane Farway. Godillant sur quelques mètres, l'adolescent finit par retrouver l'équilibre et lâche une bordée d'injures. Lorsque la Mégane vient stationner près de l'armoire électrique du parking de l'estacade, Yacine est déjà loin avec son VTT.

Centre Hospitalier de Challans
17 h 15

Romain inspecte le CD du film *Le Seigneur des anneaux* entre ses mains sous toutes les coutures.

— Trop génial ! Avec une carte collector en bonus !

— La musique est d'Howard Shore… C'est pas mal, ce qu'il fait.

— Cool !

L'adolescent est toujours aussi pâle que les draps du lit, mais l'œil est plus vif et la voix claire. François tire un tabouret et prend place près de lui. Tout à l'heure, Cat est passée le prendre pour le conduire à l'hôpital. Elle est arrivée au moment où les deux officiers sortaient de chez lui. Il a essayé tant bien que mal de cacher la tension nerveuse qui montait en lui et s'est empressé de lui proposer quelque chose à boire avant de disparaître dans la cuisine. C'est elle qui l'a enlacé alors qu'il préparait du café. Elle qui s'est blottie contre son dos sans poser de question.

— Romain a quelque chose à te dire, François.

De l'autre côté du lit, Cat passe un bras autour des épaules de son fils. L'adolescent baisse la tête sur son CD dont il tripote la jaquette. Comme les mots ne lui viennent pas facilement, Cat trouve un prétexte quelconque pour s'éclipser.

— Je dois passer au secrétariat médical... Je vous laisse.

La porte a grincé doucement sur ses sandales. François attend une bonne minute avant de souffler à Romain qu'il n'a pas à le remercier pour hier soir.

— J'ai juste appelé le médecin, ça n'a rien d'extraordinaire.

Romain fait bien attention de remettre la jaquette du CD dans sa boîte sans la corner.

— Maman dit que si vous n'aviez pas été là, j'aurais pu m'étouffer avec mon vomi. C'est vrai, ça, qu'on peut s'étouffer dans son vomi ?

— Oui.

François tapote le bras de Romain.

— Il faut un sacré courage pour marcher depuis la piste cyclable jusqu'au VVF dans l'état où tu étais.

Le garçon baisse les yeux. Quelque chose lui froisse le cœur. Un chiffon trop sale pour le montrer. Parce qu'il a honte, Romain. Vraiment honte. Et ça, François l'a compris.

— Tu sais Romain, hier, tu as fait une sacrée connerie. On en fait tous, à un moment ou à un autre de notre vie. L'important, c'est que tu saches pourquoi tu l'as faite et quelles conséquences elle peut avoir non seulement sur toi mais aussi sur ta famille.

Romain soupire.

— Je voulais pas lui faire de peine, à ma mère.

— Bah ! Le pire qui puisse lui arriver, c'est que son fils soit malheureux. Maintenant, que tu prennes une cuite et que tu voles une voiture, ça ne lui fait pas spécialement plaisir, mais c'est ainsi : ça fait partie de sa vie.

L'adolescent lève les yeux sur l'homme qui se tient à côté de lui, les coudes appuyés sur les cuisses, genoux écartés, le visage tourné vers la fenêtre. Le silence s'emplit de leurs respirations.

— Tu sais, murmure François, quand j'avais ton âge, j'ai fait pas mal de conneries. J'ai souvent causé de la peine à ma mère. Et elle n'est pas la seule sur la liste.

— Mon père, il a fait pleurer maman, ce con.

— Des conneries, on en fait même quand on n'a plus l'âge. Tu nages dans le bonheur, et soudain, sans raison, tu fous tout en l'air, un peu comme un gosse qui casserait ses jouets.

— C'est bête de casser ses jouets. Surtout si c'est une PlayStation. Après t'as plus rien pour jouer et tu t'emmerdes.

— Je sais. C'est idiot… À croire que je ne supportais pas le bonheur… ou l'idée que je puisse un jour tout perdre.

— Moi, si je suis heureux, je ne me pose pas de question.

— Le plus difficile, c'est de comprendre ce qui nous pousse à agir. De se regarder en face. De comprendre pourquoi on aime quelqu'un et pourquoi soudain, on fait tout pour le détruire.

Romain se frotte le nez et renifle.

— Moi, c'est les mecs que maman ramène des fois à la maison, qui ne me plaisent pas. Le dernier, Philippe, il en avait pas grand-chose à foutre, de ma sœur et moi. Quand il nous emmenait au cinéma, c'était pour faire plaisir à maman, mais il se faisait grave chier devant Toy Story 2, ça se voyait… Et c'est ma mère qui payait les places. Il était là pour profiter du lecteur DVD, de l'imprimante et pour bouffer gratos à la maison. Maman, elle voyait rien. Elle supporte tellement pas d'être seule… Alors, le premier qui lui fait le grand numéro, elle casse la tirelire.

Se sentant vaguement visé, François hoche la tête.

— Ça ne doit pas être facile pour elle, tu sais. Il lui faut s'occuper de ta petite sœur et de toi, en plus de son travail qui lui prend beaucoup de temps… C'est important qu'elle vive aussi un peu pour elle.

— Ouais, je sais, mais si au moins elle tombait sur des types comme vous… J'veux dire, pas des abrutis, là, des mecs de même pas trente-cinq balais qui prêtent pas leur moto et qu'ont pas une thune.

François a soudain le cœur plus léger.

— C'est sûr, j'ai pas la moto.

Romain hausse les épaules.

— Je l'ai dit à personne, mais c'est moi qui ai retiré de l'argent sur le compte de ma mère avec sa carte bleue. À force de la voir faire le code, je le connais par cœur.

François rajuste la monture de ses lunettes à son nez.

— Pourquoi tu as fait ça ? Tu avais besoin d'argent ?

— J'voulais une Xbox… Elle était pas d'accord… De toute façon, elle l'aurait dépensé, son fric ! Elle aurait payé les pleins d'essence de Philippe et aussi ses billets de train pour passer soi-disant des castings à Londres.

— Mais Catherine, elle croit que c'est… ?

Romain baisse la tête.

— Elle croit que c'est lui qui lui a piqué le pognon.

François croise les bras en soupirant. Il observe l'espace rectangulaire délimité par ses sandales et le bord du lit.

— Puisqu'on est dans les confidences, moi aussi j'ai quelque chose à te confier.

17 h 30

Au volant de la 306, le lieutenant Philibert est en nage. Encore une journée comme celle-ci et il demande sa mutation dans les Ardennes. Enfin, il dit ça, mais au fond, le temps qu'il fait, il s'en fiche. L'important, c'est que le capitaine Turmel soit assise à côté de lui dans la voiture et que l'enquête progresse selon ses désirs. Par exemple, plutôt que de retourner à l'hôtel après avoir rendu visite au veilleur de nuit, elle a voulu refaire à pied le trajet de Romain depuis le banc de la piste cyclable. Ensuite, elle a demandé à Guillaume de rouler jusqu'à l'abbaye et a chronométré le trajet aller et retour. Enfin, elle s'est décidée à vérifier un détail.

— Là... ça doit être celle-là...

La Peugeot tourne lentement à gauche selon les indications de la jeune femme. Les pneus brûlants mordent le revêtement du parking de l'Estacade. Deux portières claquent. Le lieutenant constate que le dos de sa chemise est mouillé par la transpiration. Son capitaine porte le goulot d'une bouteille d'eau minérale à sa bouche. Le geste est sensuel, le rouge à lèvres assorti à celui du véhicule stationné devant elle. Le lieutenant Philibert déglutit. La vision furtive de Pascale Turmel nue, alanguie sur le capot de cette voiture rouge vermillon lui traverse l'esprit. La canicule opère sur lui comme un désinhibiteur.

— On jette un œil.

Le capitaine se rapproche de la Mégane Farway correspondant à la description donnée par Romain le matin même. Tandis que son collègue relève le numéro du véhicule en ânonnant quelques commentaires concernant la particularité de sa motorisation, Pascale Turmel s'accroupit près de la portière du conducteur et relève ses lunettes de soleil sur son front.

— Guillaume, jette un œil par ici.

Juste au-dessus de la serrure, entre la vitre et la portière, on remarque de fines éraflures.

— Tu en penses quoi ?

Guillaume s'est penché contre sa collègue. Son torse frôle sa nuque. Retenant le frisson qui vient de lui parcourir la colonne, il se contente de hocher la tête. À présent, la jeune femme fait le tour du véhicule et fouille du regard l'habitacle à travers les vitres sans tain. Mis à part un siège bébé sur la banquette, elle ne remarquera rien de particulier.

Centre Hospitalier de Challans
17 h 45

Habillée d'une robe à pois lilas sur fond abricot, elle est apparue, au fond du couloir, radieuse, avec les trois enfants, une paume de petite fille dans chaque main. Wendy serre contre elle un bouquet de fleurs et Romuald porte un sachet en plastique bleu. Cat s'est levée de la banquette de la salle d'attente en apercevant Pauline et ses couettes. La fillette se précipite dans les bras de sa maman, tenant fièrement un rouleau de plusieurs feuilles de papier dans sa main.

— C'est pour Romain ! ... Et y en a un aussi pour toi. Tiens ! Celui-là... euh ! ... Non, pas celui-là. Il est pour François, le dauphin. Toi, c'est celui avec la petite fille dessus... Oups !

Les feuilles s'éparpillent sur le sol. Christine s'assied sur la banquette en poussant un soupir de soulagement. Elle a horriblement mal aux pieds avec ses nouvelles sandales (achetées ce matin dans une boutique au bord de la plage ouverte 7 jours sur sept) mais elle ne se voyait pas conduire en tongs.

— Quelle chaleur ! Alors ? Ton gamin ? Ça va ?

— Ça va.

— Il dort ?

En quelques mots, Cat explique à son amie qu'elle a laissé Romain dans les pattes de François. Elle ne parvient toujours pas à communiquer avec son fils.

— Romain a peur que je lui fasse des reproches... Il ne veut rien me dire à propos de ce qui s'est passé.

— Normal. Laisse-lui un peu de temps. Il est encore sous le choc. On peut le voir ?

Une fois les dessins ramassés, Pauline a le droit de frapper à la porte de la chambre et d'entrer avec Christine, Romuald, Wendy et sa maman. François est debout près de la fenêtre, bras croisés, l'air singulièrement las. Tandis que les filles s'intéressent au fonctionnement du lit télécommandé, Romuald sort du sachet plastique sa Game Boy.

— Tu me la rendras quand tu seras sorti.

Romain le remercie d'un check.

Tandis que Christine remplit un vase d'eau fraîche dans la salle de bains pour y mettre le bouquet de fleurs, Cat se rapproche de François.

— Tout va bien ? s'inquiète-t-elle.

François passe une main sur sa figure en soupirant.

— Juste un gros coup de pompe.

— Je te ramène chez toi.

— Ne te dérange pas. Je vais prendre un taxi.

François presse la main de Catherine dans la sienne avec un sourire forcé.

— À plus tard.

Il est parti comme on file à l'anglaise, emportant le dessin de Pauline et laissant Cat perplexe : François a l'air du type qui vient d'apprendre que son pourvoi en cassation est rejeté. Quant à Romain, il s'est redressé dans son lit, le torse droit, et paraît avoir mûri d'un coup.

— Maman ?

Son regard s'accroche à celui de sa mère.

— Tu sais, pour la voiture... François, lui, il me croit. Il est pas comme ces cons de flics.

Christine pousse le fauteuil en skaï juste sous la climatisation et s'y laisser tomber avec un soupir de satisfaction.

— Non mais quelle chaleur ! ... À propos de voiture, j'étais à un feu rouge tout à l'heure, et puis j'ai repensé à cette histoire atroce que nous a racontée le photographe, celle du bébé mort dans la voiture volée. Parce que, tu sais, j'ai pas la clim'... Alors je me suis demandé combien de temps je pouvais rester comme ça, assise au volant, vitres fermées, en plein soleil.

— Alors ?

— Deux minutes.

Cat grimace.

— Faut vraiment pas être fut-fut' pour laisser une voiture en plein soleil avec un gosse dedans.

— C'est horrible, cette histoire. Tu imagines le trauma pour les parents ? ... On vole leur bagnole... Bon, ça déjà, c'est pas drôle, mais en plus, on laisse crever leur gosse ! Et tout ça pendant les vacances.

— Oui, en plein mois de juillet...

Wendy et Pauline s'amusent à actionner en gloussant la manivelle qui fait monter et descendre le volet extérieur de la chambre. Le mécanisme émet un couinement agaçant. Ça fait râler les garçons, penchés sur la Game Boy. Mais les deux femmes n'y prêtent pas attention. Leurs regards ont soudain convergé. La même idée vient de germer dans leur esprit.

18 h 30

Le cahier a disparu. Ils l'ont pris durant son sommeil. Thomas l'avait glissé sous son oreiller parce qu'il ne se sentait pas encore prêt à le leur donner. Après avoir constaté sa disparition, Thomas a eu le sentiment terrible que quelqu'un venait de lui voler sa vie.

C'est avec le plateau-repas de midi que de nouvelles instructions sont arrivées, imprimées sur une feuille blanche, comme toujours. On y trouvait une liste de romans que Thomas devait s'engager à lire au cours des deux prochaines années ainsi que les coordonnées d'une association de défense des droits de l'enfant spécialisée dans les problèmes de maltraitances familiales et d'incestes. Thomas devait apprendre la liste des livres ainsi que l'adresse par cœur, avant de détruire la feuille de papier. Ce qu'il a fait. Au dos de la feuille, il était précisé que dans peu de temps une ultime épreuve lui serait infligée. Celle-ci aurait pour but de sceller un pacte immuable de silence sur ce que Thomas a vécu entre ces murs.

À présent, assis sur sa paillasse, genoux joints, il contemple en frémissant les objets disposés sur le plateau qui vient de lui être remis par la trappe : un sachet rempli de glaçons, un spray désinfectant, de la gaze, de la bande et un couteau de cuisine aiguisé.

En guise de mode d'emploi, accompagnée d'un petit texte explicatif, une feuille reproduit le dessin d'une main dont l'auriculaire est raccourci d'une phalange.

7 chemin des Plumets
18 h 20

Le chat se frotte à ses mollets en miaulant. Immobile devant le réfrigérateur grand ouvert, François se demande ce qu'il lui a pris. Il n'a pas sa place dans la vie de Catherine Berthelet. Elle s'intéresse à lui uniquement par dépit, à cause de cet autre type qui lui a tourné la tête et lui pompe son pognon. De toute évidence, l'institutrice apprécie les hommes jeunes, le genre artiste fauché à moto un peu mytho, de l'intello qui se la joue. Pas un parolier *has been* qui a écrit son premier succès en 1978 pour Carlos avec la chanson *Tonton, t'es yéyé* et qui occupe maintenant les fonctions de veilleur de nuit dans un VVF à Saint-Jean-de-Monts, ayant comme principale occupation de remplir des grilles de mots croisés en buvant des tisanes.

Une bière glacée sans alcool sort du réfrigérateur. La porte claque sur le museau du chat. Imperturbable, Plumet recommence à enrouler sa queue autour des jambes de son maître. François s'appuie sur le plan de travail, coudes fléchis. Devant lui, la bière débarrassée de sa capsule laisse échapper un voile de mousse. Il rafle la bouteille, avale plusieurs gorgées en grimaçant.

Admettons qu'il lui plaise, à Catherine. Parce qu'au fond, elle semble plutôt apprécier sa compagnie et se foutre totalement de tout le reste. Elle trouve même du charme à son regard de myope. Lorsque Cat saura quelle ordure il a été, quand la belle réalisera qu'elle en pince pour un meurtrier, elle n'aura plus aucune envie de lui soigner le moindre bobo.

François essuie sa bouche du dos de la main. Il a bien vu le regard de Romain tout à l'heure, dans la chambre d'hôpital, après qu'il lui eut confessé son crime.

— Merde !

C'est tout ce que le gamin a été capable d'articuler.

— Merde ! Il a répété.

François avale encore quelques gorgées avant de cogner le culot de la bouteille sur le plan de travail. Qu'est-ce qui lui a pris de confier son histoire à Romain ? Il n'en sait foutre rien. Il y a encore une semaine, les choses roulaient pour lui. Rien ne bousculait son processus d'effacement progressif. Il se tenait à l'écart de tout ce qui pouvait réveiller ses démons et lui donner soif.

Repartir en mer.

Le plus loin possible.

... Les Marquises ?

Ou bien se payer un billet pour Londres et mourir d'une overdose dans la suite d'un palace, entouré de putes en strings paillettes.

Ne surtout pas chercher à revoir Catherine.

Oublier les institutrices, la bonne bouille de Romain et les grands yeux de Pauline.

Abandonner une fois pour toutes l'idée d'une possible réinsertion. Ne pas écouter ce désir puissant et douloureux qui s'impose et qui soudain le plie en deux. Poussant un cri de rage, François balaie la table de la main et balance la bouteille sur le sol, éclaboussant le chat qui aussitôt prend la fuite.

Rue de la Parée Jésus
18 h 35

Crépi clair, volets bleus, c'est une villa contemporaine sur deux niveaux, dissimulée derrière une haie touffue, avec double garage séparé. Contre son flanc, une espèce de donjon circulaire pointe le nez à travers les pins parasols dont les branches se déploient jusque sur la terrasse. Un mur d'enceinte clôt la propriété et la protège des regards indiscrets. Devant le portail en bois blanc agrémenté d'un visiophone, les deux officiers jettent un œil à leur montre, l'air contrarié. Voilà bien trois minutes qu'ils ont sonné et qu'une voix masculine leur a répondu. Le visiophone recommence à grésiller.

— Désolé. La commande d'ouverture du portail ne veut pas fonctionner. Je viens vous ouvrir.

Mains dans les poches, le lieutenant a posé un pied sur le trottoir et l'autre dans le caniveau. Son genou sautille nerveusement. Le soleil est encore haut dans le ciel. Pas un poil de vent pour rafraîchir l'air.

— C'est pas un rapide, lui.

D'un pas nonchalant, le propriétaire de la Mégane Farway vient ouvrir le portail. De taille moyenne, la quarantaine, le crâne rasé et le bouc taillé en pointe, l'homme sourit aux officiers. Un tatouage rectangulaire au motif complexe dépasse sous la manche droite de sa chemise.

— Je peux quelque chose pour vous ?

La jeune femme exhibe sa carte.

— Capitaine Turmel et Lieutenant Philibert, Brigade des Mineurs. Nous aurions quelques questions à vous poser.

L'homme semble surpris.

— À moi ? Mais c'est à quel propos ?

— Ça concerne votre voiture.

Il hausse les sourcils.

— Ma voiture ? Quel rapport avec la Brigade des Mineurs ?

— Vous êtes bien William Virieu, le propriétaire d'une Mégane immatriculée 3110 JP 85 ?

L'homme acquiesce.

— C'est la voiture de ma femme. Elle est à la plage, avec notre fils.

Le lieutenant Philibert a sorti son petit carnet à spirale. Il y inscrit les réponses en utilisant des abréviations seulement compréhensibles de lui-même. Le capitaine Turmel rajuste la paire de lunettes à son nez rendu glissant par la transpiration.

— Pourriez-vous me dire où se trouvait le véhicule de votre femme hier soir entre minuit et 3 heures du matin, monsieur Virieu ?

— Hier soir ? Elle était ici, dans le garage. Pourquoi ? Il y a un problème avec la voiture ?

— Simple enquête de routine. Est-ce qu'il nous serait possible de parler avec votre femme ?

— Bien sûr, elle ne devrait pas tarder à rentrer, précise-t-il, regardant le cadran de sa montre.

Une main posée contre le front pour se protéger du soleil, le capitaine demande alors si elle et son collègue peuvent entrer pour l'attendre parce que, avec cette chaleur, ils vont finir par rôtir.

7 chemin des Plumets
19 h 00

Jamais la sonnette à sa porte n'aura autant retenti en une journée. François hésite à quitter le transat où il s'est allongé, à l'ombre sous la tonnelle, derrière la maison. Il avait besoin de calmer ses nerfs avant d'entamer sa nuit de garde. Encore un coup de sonnette. Sûrement les deux flics, revenus pour l'interroger. François traverse le salon en massant sa nuque. Le carrelage est frais sous ses pieds nus. Troisième coup de sonnette, plus insistant. Le bénéfice du transat s'évapore et laisse place à la crispation. François ouvre la porte.

— J'avais peur que tu sois déjà parti…

Elle est là. Avec son pantalon kaki et son débardeur, sa queue-de-cheval et la petite Citroën stationnée devant la maison. Elle est là, avec son regard foudroyant. François bat en retraite. Parce que son désir pour cette femme éclipse tout raisonnement, tout bon sens. Il saisit Cat par les épaules et l'embrasse à l'étourdir.

Il la portera dans ses bras jusqu'à sa chambre pour lui faire l'amour, avec l'énergie d'un homme qui lutte pour rester au bord du précipice.

VVF
21 h 00

Véronique a préparé un cocktail rouge sang coordonné à sa robe sans manches froncée au niveau de la poitrine, avec un élastique à la taille et des petits plis piqués sur les hanches. Après avoir hésité entre Tequila ouistiti et Spirit of the desert, elle a baptisé son invention Pussy des îles, ajoutant au jus de goyave et de citron vert de la crème de cassis et une pointe de sirop d'orgeat. Comme à son habitude, François est venu boire son café au bar avant de prendre son poste. La barmaid en a profité pour le taquiner.

— Dis donc, question notoriété, tu fais concurrence à David Douillet. On ne parle que de toi, ici.

Le veilleur de nuit sourit. Il est particulièrement détendu, ce soir.

— Tu comptes en trouver encore beaucoup, des gamins ? Parce qu'il en manque toujours deux à l'appel.

Il fait glisser la tasse de café jusqu'à lui.

— Regarde sous ton comptoir, on ne sait jamais.

Passant devant l'entrée de la salle de spectacle, un refrain entonné par un groupe de filles anglaises très jolies dont il a oublié le nom ouvre la soirée Star Quizz animée par Jacky. Les nouveaux vacanciers affluent par petits groupes, pressés de nouer quelques relations de villégiature. Douchés, peigné, parfumé pour certains, mains croisées dans le dos ou sur un sac à main, ça se reluque, ça se renifle, avec l'impatience de faire joujou. Sympathiser avec d'autres parents est indispensable pour jouer à la Belote, faire garder les mômes, tripoter d'autres paires de fesses que celles d'une épouse démotivée ou trouver l'extase dans les bras d'un autre. *It's a cruel, (cruel) cruel summer, leavin' me here on my own.* Se faisant la réflexion que les paroles de la chanson du groupe de filles sont bien appropriées au contexte, François rejoint le local de surveillance où deux femmes s'affairent.

— Bon, alors, comment ça marche ce truc-là...

Christine approche son nez de l'écran d'ordinateur. Assise dans le fauteuil de François, Cat tapote le clavier et fait glisser la souris sur le tapis. Les fillettes font un Monopoly sur la terrasse du bar, Romuald est à la soirée du club ados. Romain, lui, ne sortira de l'hôpital que demain. L'institutrice et l'ex-vendeuse Mark & Spencer ont une bonne heure pour mener l'enquête. Cat a chaussé des lunettes dont la monture rectangulaire sied parfaitement à son visage. Elle porte sa robe dos nu d'un noir profond. Les cheveux relevés en chignon mettent en valeur sa nuque et ses clavicules. Tel un papillon attiré par la lumière, François vient embrasser le creux de son cou, caresser du bout des doigts les épaules qu'il serrait contre lui tout à l'heure, dans un ultime soubresaut.

— Alors, où vous en êtes, les filles ?

Cat lâche la souris et vient chercher la main de son amant pour la presser contre sa joue. Christine râle.

— François, tu ne vois pas que tu la déconcentres, là ?

À contrecœur, il dépose un baiser sur les lèvres de Cat.

— Je suis à l'accueil si tu as besoin de moi, murmure-t-il avant de s'éloigner.

Connectée sur le site d'Ouest France, Cat clique sur l'onglet ARCHIVES et déchante : non seulement l'accès est payant, mais les seuls documents disponibles sont postérieurs à janvier 2000.

— On va essayer autrement.

Elle entre dans le moteur de recherche différents mots clés que lui souffle Christine. Après vingt minutes de pêche infructueuse, les deux femmes ferrent quelque chose.

— Bingo !

Un article publié le 6 juillet 1994 dans un hebdomadaire dédié aux faits divers s'affiche sur l'écran. Il relate les conséquences tragiques d'un vol de voiture sur le parking de l'office du tourisme de Saint-Jean-de-Monts en plein jour.

— C'est l'affaire dont nous a parlé Michel Moinet.

Christine fronce les sourcils.

— Tu peux agrandir la photo ?

Cat clique sur l'image. Un couple de trentenaires avec un bébé. Impossible de deviner précisément les traits des visages tant la définition de la photo est médiocre. Christine fait la moue.

— Y a encore des progrès à faire dans l'Internet.

Cat imprime l'article puis souligne plusieurs mots sur la feuille sous le regard circonspect de sa voisine.

— Tu fais quoi, là ?

— Tu te souviens de ce que nous a dit Véronique à propos de son ancien métier ?

— Pourquoi ?

— Elle tenait une boutique de vêtements, je crois.

— Oui, à Grenoble.

— Le couple est de Grenoble. Il est précisé ici qu'il est ingénieur et elle, commerçante.

Christine se mordille les lèvres, concentrée sur la photo. Rien à faire. La définition est trop mauvaise.

— Véro ne doit pas être la seule grenobloise à être venue manger des moules à Saint-Jean-de-Monts, observe-t-elle. De toute façon, c'est pas difficile de savoir si c'est elle dont il est question dans l'article. Suffit de demander son nom de famille à ton veilleur de nuit.

Cat recule le siège et croise les bras.

— On n'y a jamais vraiment prêté attention mais elle est tout de même un peu spéciale.

— Ses cocktails sont aussi criards que ses fringues.

— Je te parle de son discours à propos des jeunes, en général.

— Et le fait que certains parents ne font pas leur boulot ? Bah, elle n'a pas tort.

— Hier, quand elle m'a dit que Romain allait revenir vite, elle paraissait si sûre d'elle…

— Intuition de barmaid.

— Je ne sais pas… Elle m'a dit aussi qu'elle savait ce que je ressentais parce qu'elle était passée par là.

— Elle t'a dit ça ?

Catherine se lève et rajuste son chignon.

— Allez. On va goûter le cocktail du jour.

21 h 30

La barmaid grimace de douleur derrière le bar. Une collègue l'aide à se relever. Véronique vient de se casser la figure.

— C'est ma faute ! J'aurais dû éponger tout de suite...

Le contenu d'un verre de Pussy des îles s'est renversé sur le comptoir du bar avant de dégouliner sur le sol.

— Je ne sais pas ce que j'ai, ce soir, je suis hyper maladroite...

Cat regarde la barmaid s'éloigner vers le hall d'accueil en boitillant, tenant sa collègue par le cou.

— Avec le bruit qu'elle a fait en tombant, commente Christine, c'est un tassement de vertèbres et trente jours de kiné, minimum.

Cat repousse son cocktail et ramasse la feuille posée sur le comptoir. Que la barmaid se casse la figure au moment où Cat glisse sous ses yeux l'article de presse relatant le vol de la voiture est pour le moins étrange. À se demander si elle n'a pas fait exprès de renverser le verre de Christine avant de mettre le talon exactement là où il ne faut pas. Christine lève un œil interrogateur sur son amie.

— Tu en penses quoi, toi, de son histoire comme quoi elle aurait eu un enfant mort-né ? Parce qu'elle était au bord des larmes, la pauvre.

— Je ne sais pas. Elle a l'air sincère.

— On a quand même appris quelque chose.

— Oui. Elle s'appelle Véronique Riment. Pas Virieu.

Cat met une main devant sa bouche et bâille.

— Je suis crevée. Je vais chercher Pauline et on va se coucher.

— Tu ne termines pas ton cocktail ?

Cat embrasse Christine sur la joue et ajoute une paille dans son verre.

— Fais gaffe à ne pas le renverser.

Sa robe ondulant sur ses hanches, l'institutrice rejoint les deux fillettes qui, sirotant des diabolos grenadine, construisent des hôtels et font sauter la banque.

01 h 00

Vers 22 heures, assis à son bureau, une maîtresse sur les genoux, François a pris note de ses interrogations concernant Véronique Riment tout en lui caressant la taille.

— Qu'est-ce qui te fait penser que la Mégane de Romain puisse avoir un rapport avec ce fait divers ?

— La marque et la couleur du véhicule. Les parents du bébé avaient une Mégane rouge.

— Beaucoup de gens roulent en Renault et aiment cette couleur, tu sais.

— Romain a aussi parlé d'un siège bébé à l'arrière.

— Ça aussi, c'est plutôt banal. Mais je vais poursuivre tes recherches sur Internet à propos de cette affaire, si ça peut t'aider à dormir.

— Je connais mieux pour ça.

— Hum ?

— Un genre de massage particulier.

François presse doucement la nuque de Catherine dans sa paume.

— Je connais un bon masseur à Saint-Jean-de-Monts. Il a son cabinet Chemin des Plumets.

— Vraiment ?

À regret, le veilleur de nuit a laissé la maîtresse s'échapper sans suivre sa robe jusqu'aux ascenseurs. Ils ont convenu de s'appeler vers 7 heures, à la fin de son service. Pour l'instant, il ne décroche plus du site de l'INRIA[5] de la région Rhône-Alpes auquel les mots clés VIRIEU et INGÉNIEUR l'ont finalement conduit. Une tasse de café froid contre le clavier, François enregistre des fichiers dont il tire une copie sur papier. Il n'a même pas songé à mettre un CD dans le lecteur et la grille de mots croisés est restée vierge. Ce qu'il découvre sur le site de la vidéothèque de l'institut de recherche pourrait bien intéresser les officiers de la Brigade des Mineurs et recouper le témoignage farfelu de Romain.

01 h 30

Dans le silence d'une nuit chaude et pesante, le moteur de la Mégane Farway se déclenche cinq secondes avant l'allumage des phares. Presque aussitôt, le véhicule quitte le parking au pas. Après avoir remonté la rue de la Parée Jésus à 40 km/h, la voiture ralentit rue du Bois Joli. Sur le bord de la route, dans la faible clarté de la lune, un homme attend que le véhicule s'immobilise à sa hauteur, puis il ouvre la portière et s'installe au vo-

5 Institut National de Recherche en Informatique et en Automatique.

lant. Les haut-parleurs diffusent un vieux succès des années 1980. L'homme coupe le son. Clic de la ceinture. La Mégane prend la route départementale en direction de Notre Dame de Monts jusqu'au Pré aux Roses. Elle pénètre ensuite la zone des marais, ralentit après La Petite Taillée et, les phares éteints, s'enfonce sur un chemin de terre chaotique qui mène à un cul-de-sac.

L'homme rejoindra à pied La Petite Taillée, guettant l'arrivée d'une BMW noire.

Plus haut, au bout du chemin, des tourbillons d'eau boueuse inventent un linceul au plus sophistiqué des pièges élaboré pour attraper des garçons — si l'on excepte la minijupe.

Lundi 19 juillet

Cellule n° 3
05 h 30

La lumière inonde brusquement la cellule. Recroquevillé sous sa couverture, Tidji se frotte les paupières avant d'apercevoir, posés à ses pieds, un savon, deux dosettes de shampoing, une serviette de bain et ses habits nettoyés.

Il ne lui faut pas longtemps pour comprendre : quelque chose d'important est en train de se passer. La fin de son calvaire approche. Peut-être enfin sa libération. Avant de saisir le savon et d'ouvrir le robinet du petit lavabo, Tidji retire le livre qu'il gardait serré contre son aisselle. Lentement, de ses ongles noirs, il tourne les pages jusqu'à celle marquée d'une pliure en haut à droite. Puis, à voix basse, il prononce les mots qu'il a répétés longuement avant que le sommeil ne l'emporte :

« ... *Dans cette minute où le monde qui l'entourait fondait dans le néant, où lui-même était là, perdu comme une étoile dans le ciel, en cet instant où son cœur se glaçait et où son courage tombait, Siddhartha se raidit, se redressa plus fort, plus que jamais en possession de son moi... »*

L'eau coule sur le savon. Tidji décrasse ses doigts, un par un. Puis, les poignets, les bras, les épaules et le visage sont débarrassés de toute la saleté accumulée au fil des jours. Alors qu'il s'applique à nettoyer son torse, le jeune homme entend coulisser le panneau dans la porte. Il se retourne sans chercher à cacher sa nudité. Le gant orange lui tend un plateau sur lequel un gobelet en plastique tremblote. Le jeune homme s'empresse de le saisir. En plus du gobelet, une petite feuille et deux pilules blanches. Sur la feuille, en lettres capitales, quelques mots attendent d'être lus.

SI TU PARLES, TU ES MORT.

06 h 00

C'est en revenant de sa ronde que François l'a découvert. Il n'avait pas remarqué la présence du sac à main tout mou à franges. Le sac attendait au pied du porte-manteau du comptoir d'accueil, oublié dans la précipitation par sa propriétaire. Véronique s'était assise là après sa chute derrière le bar pendant que le veilleur de nuit cherchait un médicament antidouleur dans l'armoire à pharmacie.

La tendresse et la sollicitude dont la barmaid a toujours fait preuve à son égard lui imposent de fouiller son sac avec respect. Le veilleur de nuit tire du portefeuille la carte d'identité, en quête d'une adresse. Il se fige en découvrant le nom d'épouse à côté du patronyme sous lequel Véronique officie au VVF. Il s'empresse de replacer la carte dans le portefeuille, fourre le truc à franges dans son sac à dos et laisse un message sur la boîte vocale du portable de Catherine, juste avant l'arrivée de son collègue qui cocotte le Drakkar Noir.

— Alors, comment qu'on sait si une blonde a utilisé un ordinateur ?

Patrick Sumion. Toujours ponctuel. Toujours spirituel.

— … Il y a du fromage à côté de la souris !

Immuable connard. François sourit à son collègue avant de lui balancer une grosse baffe.

— De la part de la blonde.

Patrick Sumion atterrit sous l'étagère.

— Qu'est-ce qui te prend ? T'es taré, ou quoi ?

Ce moment, il lui semble qu'il s'y prépare depuis longtemps. Il ne lui est jamais venu à l'esprit qu'il puisse requérir autre chose que du courage. Un frisson parcourt son dos lorsqu'il franchit les portes du hall d'accueil. Le ciel est couvert de nuages gris. La perspective de marcher bientôt sous une pluie rafraîchissante lui paraît bonne. Il rajuste la lanière du sac à son épaule et descend l'avenue de l'Estacade en direction de la rue de la Parée Jésus, jusqu'au numéro figurant sur la carte d'identité de Véronique Triment-Virieu.

Parvenu à hauteur d'un portail ajouré en bois blanc, François rentre la tête dans les épaules afin d'observer discrètement la villa. À 20 mètres sur sa gauche, devant la porte d'un double garage, il aperçoit une BMW noire : le coffre est grand ouvert, des valises attendent d'y être chargées. Les fenêtres du rez-de-chaussée de la villa sont éclairées. La silhouette de Véronique dont rien ne laisse supposer qu'elle souffre d'un quelconque traumatisme du dos, passe de l'une à l'autre, visiblement agitée. François reste là un bon moment sans bouger. De toutes ces nuits veillées à contempler l'invisible piège, de tous ces tête-à-tête servis au comptoir par des mensonges, de cet aveuglement persistant qui est le sien face au malheur des autres, de son incapacité à deviner ce qu'une femme cache de sa douleur, il fait le compte. Une aigreur monte de son estomac. Ignorant ce qu'il a précisément l'intention de faire, il se décide à sonner au portail.

07 h 00

Le réveil est insolent. Cat aimerait bien mettre une claque au temps qui passe et dormir encore. Mais l'idée d'entendre la voix de François alors qu'il se prépare au sommeil la motive assez pour se redresser dans le canapé-lit et allumer son portable. Le message que François a laissé sur sa boîte vocale la réveille tout à fait.

« *Tu avais raison pour Véronique. C'est bien d'elle dont il est question dans l'article... J'ai aussi découvert ce que son mari faisait comme boulot, à l'époque du drame. Il y a peut-être un lien avec ce que ton fils a raconté à propos de la voiture qu'il a volée. Je t'en dis plus tout à l'heure... Je t'embrasse...* »

Une sensation aussi excitante qu'effrayante hérisse le duvet blond de ses bras. Cat compose aussitôt son numéro de poste. Un type lui répond d'un ton glacial que son collègue est déjà parti. Elle appelle alors sur son fixe. Entendant sa voix sur le répondeur, elle comprend qu'il n'est pas encore rentré chez lui. Appuyant sur ses paupières, elle se recouche, résolue à appeler toutes les cinq minutes jusqu'à ce qu'il décroche.

07 h 15

On lui a retiré ses chaussures. François est allongé sur le ventre, une joue contre un sol en terre battue qui exhale une odeur de moisissure. Sa tête lui fait mal. Son corps est pesant comme lesté de plomb. Il ne sent presque pas ses jambes. Péniblement, il se retourne sur le dos et palpe son crâne. Tous ses gestes, au ralenti. Une bosse a fait son nid sous les cheveux. Difficile de distinguer les traits d'un visage dans le flou pâteux où il est plongé sans ses lunettes. Il devine seulement une silhouette sombre, penchée au-dessus de lui. Il se souvient que le mari l'a frappé par-derrière, au moment où il terminait de boire le café amer que Véronique lui a servi. Un type au crâne rasé, avec un bouc et un tatouage au motif complexe sur le bras droit. Difficile de faire le rapprochement entre cet individu et l'ingénieur de l'INRIA Rhône-Alpes, chevelu et imberbe, photographié à côté de son véhicule expérimental. Mais François est plutôt physionomiste — ça l'a beaucoup aidé dans son métier quand il ne dessaoulait plus. Contrairement à son arrangeur, il n'a jamais confondu Éric Charden et Michel Delpech, même avec de la Vodka en intraveineuse. Aussi, lorsque William Virieu a ouvert le portail pour le laisser entrer, François a compris qu'il ne s'était pas trompé : Véronique est bien la mère du bébé mort dans la voiture volée sur le parking de l'office du tourisme, et ce type aux pupilles dilatées est son mari, l'expert du projet SOSSO, spécialisé dans la commande d'organes isolés ou de groupes d'organes, et l'informatique en temps réel embarquée à bord des véhicules. Cette nuit, François a eu largement le temps de consulter le site de l'INRIA. Depuis dix ans, plusieurs projets ont été mis en place dans le cadre d'une coopération avec Renault : projet META 2, PAMPA, PROMATH, SIGMA 2. Les travaux sur le CYCAB dans le cadre de la route automatique ont retenu son attention, et plus particulièrement la commande de véhicules fondée sur la planification globale de la trajectoire à réaliser et la détection d'obstacles par des capteurs ultrasons. Le veilleur de nuit est entré d'un pas trop tranquille au domicile des époux Virieu, brandissant le sac à main de Véronique tel un sésame. Lorsque la barmaid l'a accueilli debout sur le perron avec un sourire forcé, son assurance a laissé place à un désagréable sentiment : celui de tendre les poings pour être ligoté.

— Tu n'aurais pas dû venir.

Penchée sur lui, elle déboutonne son pantalon. Incapable de lutter contre les effets du somnifère mélangé à son café, François bredouille sa question d'une voix pâteuse.

— Ce que tu m'as fait boire... C'est quoi...

— Rohypnol. Petit cocktail maison.

— Tes cocktails sont… mortels.

— Tu n'es pas censé être capable de parler, tu sais ça ?

François lutte pour garder les yeux ouverts.

— Véronique… Aide-moi à sortir de là…

— Je ne peux pas. Je ne peux plus rien pour toi.

Le pantalon descend en bas des pieds.

— La voiture, c'est l'appât… pour attirer les gamins…

La barmaid soupire.

— Je ne pensais pas que quelqu'un allait croire l'histoire de Romain après tout ce que je lui ai fait boire.

— Les flics… Ils vont finir par… comprendre, eux aussi…

Elle grimace. Ses cheveux bouclés retombent de chaque côté du visage.

— William avait raison : on n'aurait pas dû le relâcher tout de suite. Il fallait le garder ici, avec les autres. Mais je n'ai pas eu le courage… C'était pas prévu que Romain vole la voiture… William avait pourtant briefé l'autre abruti !

— Yacine…

— Quand j'ai vu la bouille de Romain sur l'écran dans la salle de contrôle, j'ai pensé à Cat : je ne voulais pas qu'elle endure ce que j'avais souffert…

— La salle de… contrôle ? …

Véronique retire le pantalon d'un geste vif et le glisse dans un sac-poubelle.

— Dans la tourelle, à l'arrière de la maison. On y accède par la chambre à coucher. De là, on manipule les différentes commandes de la voiture. William a installé l'antenne sur le toit.

François contracte les muscles de ses cuisses. Comme la sensation insolite d'être allongé dans de la boue.

— Une voiture téléguidée... Le projet sur lequel... travaillait ton mari...

Véronique déplie un autre pantalon noir. Rapidement, elle rhabille François.

— Je ne sais pas comment on en est arrivé là. On voulait juste leur faire comprendre qu'ils étaient mal partis dans la vie... Les rééduquer... Faire le boulot que personne n'assume : ni la famille, ni l'école, ni la police, ni la justice.

— Les gamins... Où sont les gamins ?

— Tu sais, on ne leur fait pas de mal. Et surtout, on prend soin de leur avenir. On les aide à surmonter leurs peurs, à comprendre leurs erreurs. Le cerveau humain fonctionne comme un programme informatique. On peut corriger les bugs, le reformater...

François tente de se redresser mais il n'en a pas la force.

— Vous êtes cinglés !

— William les surveille le jour, et moi, la nuit. Quand ils sont prêts, on les relâche.

— Pourquoi... vous faites ça ?

Véronique approche son visage tout près du sien.

— Il y a sept ans, quand les flics ont retrouvé notre voiture en plein soleil sur la plage des Salins, il faisait plus de quarante-cinq degrés à l'intérieur... Notre fils était encore attaché sur son siège. Son agonie a duré plusieurs heures. Sa langue était devenue toute blanche. Ses fesses étaient brûlées par les selles. On ne voyait plus ses yeux tellement ses paupières étaient gonflées... Alors, oui, peut-être bien que ça nous a rendus un peu cinglés.

Tout en remontant l'élastique du pantalon noir sur les hanches de François, elle lui raconte le jour où William a garé la voiture en double file sur le parking de l'office du tourisme. Il n'en avait pas pour plus d'une minute.

— Juste le temps d'aller chercher une brochure à l'office. J'étais déjà à la plage. William devait me rejoindre avec Léo... Quelqu'un a vu deux jeunes monter dans la voiture et démarrer en trombe. Mais personne ne les a arrêtés. Deux jeunes cons... On ne les a jamais retrouvés.

Véronique soulève sans ménagement le buste de François et fait glisser par-dessus ses épaules une blouse de la même étoffe que le pantalon.

— Les flics ont fait la relation avec les rodéos qui se pratiquaient couramment dans la région à l'époque, mais l'enquête s'est arrêtée-là.

La barmaid boutonne la blouse avant d'enfiler une cagoule à son prisonnier.

— William a démissionné. On a vendu tout ce qu'on possédait à Grenoble — l'appartement, la boutique — pour venir s'installer ici. On a cherché un job qui nous permette d'être au contact de jeunes prêts à faire leur plus grosse connerie de l'année et on a construit le labo.

— Le labo...

— C'est vrai que tu ne vois rien sans tes lunettes, toi... Attends.

Véronique ramasse quelque chose sur le sol et vient fixer les branches des lunettes de François par-dessus la cagoule. S'il avait deviné qu'il se trouvait dans une cave, ce qu'il distingue soudain autour de lui évoque plutôt un environnement carcéral. À sa droite, quatre écrans vidéo sont incrustés dans un pupitre. Un ordinateur et une imprimante complètent l'équipement. À sa gauche, un coin cuisine a été aménagé. Devant lui, un large couloir fermé par une grille. Son acuité visuelle altérée par le somnifère ne lui permet pas de voir au-delà de la grille. Véronique sourit.

— C'est notre petit Bunker... Fabriqué maison... Il y a quatre cellules d'observation réparties sous la maison. Chacune à l'extrémité d'un couloir. Parfaitement isolées.

D'un geste, Véronique retire les lunettes de François et les jette par-dessus l'épaule.

— Tu n'en auras plus besoin maintenant.

Elle agrippe François sous les bras et l'adosse contre le mur qui fait face aux écrans de surveillance. Elle doit se tenir debout à moins d'un mètre de lui, à présent.

— On dirait un flic du GIGN ! s'amuse-t-elle.

— Qu'est-ce que tu... vas faire de moi ?

— Pas grand-chose... Te faire passer pour un complice, grosso modo. On voulait libérer les gamins dans la forêt domaniale ce matin, mais c'est devenu trop risqué. Quand les pompiers rappliqueront, ajoute-t-elle un ton plus bas, on sera déjà loin.

François devine qu'elle se déplace dans la pièce. Il l'entend remplir un verre d'eau au robinet d'un évier puis revenir vers lui.

— Mais d'abord, tu vas faire un gros dodo, toi.

« Plop » caractéristique d'un flacon que l'on débouche.

VVF, appartement n° 325
07 h 30

Comme un bruit de tambour martelé. Cat se réveille brusquement, le téléphone contre son ventre. Elle s'est assoupie et roupillerait encore si la pluie n'avait commencé à tonner contre la table en plastique, sur la terrasse. Cat enfonce la touche de rappel automatique de son portable. Toujours le répondeur. Elle repousse le drap au pied du lit. Vêtue d'un tee-shirt blanc assez large pour contenir deux personnes, Cat va jusqu'au téléphone mural et compose le numéro du standard. La voix un poil nasillarde et toujours aussi peu aimable de Patrick Sumion lui répète que François a bien quitté son poste à 6 heures ce matin et au revoir madame. Depuis la salle de bains, la brosse à dents en main, Cat fronce les sourcils. C'est une étrange sensation depuis la plante des pieds jusqu'à la nuque. Une tension musculaire anormale qui contracte son dos. François devrait être déjà rentré depuis une bonne demi-heure. Mais il est encore tôt pour s'inquiéter. Il a très bien pu faire un détour par la boulangerie. Et il n'a plus l'âge de faire des fugues, *a priori*. Cat se rince la bouche. Dans le miroir, son visage fatigué ne reflète pas les quinze jours de détente totale sous les pins garantis par la brochure VVF. Dans la chambre des enfants, sur le lit du bas, Pauline dort profondément contre son doudou Poussinet, la bouche ouverte, la chemise de nuit remontée jusqu'à la taille et les fesses à l'air. Sa maman vient recouvrir le petit derrière avec le drap, embrasser le front et la joue avant de passer à la cuisine mettre de l'eau à chauffer. Elle saisit le paquet de café moulu sur l'étagère mais le repose sur le bord de l'évier sans l'ouvrir. Quelque chose s'impose à elle. Cat va s'asseoir à la petite table du salon et de son écriture appliquée d'institutrice, rédige quelques lignes sur une feuille de papier arrachée au cahier de vacances de Pauline.

Hôtel de la Forêt
07 h 45

Pascale Turmel étire doucement sa nuque. Sa tête s'incline sur le côté droit, puis le gauche. Jambes écartées, genoux pliés, elle passe au mouvement suivant : bras tendus au-dessus de sa tête, elle souffle longuement en ramenant les coudes devant elle. Enfin, elle s'assied et achève sa gymnastique d'éveil par un étirement de la colonne, le dos arrondi et la tête posée contre les genoux.

Une fois douchée, elle vide la bouteille d'eau minérale du mini-bar et s'assied au bureau minuscule placé sous la fenêtre de la chambre. La serviette blanche à l'effigie de l'hôtel nouée au-dessus de la poitrine, une paire de lunettes ajustée à son nez, elle met en marche l'ordinateur portable afin de consulter sa messagerie. Le signal sonore lui confirme la présence d'un nouveau message. Jambes croisées sur la chaise recouverte de velours, le capitaine prend connaissance des informations contenues dans les fichiers joints au message tout en se grattant le mollet gauche. Régulièrement, ses sourcils se soulèvent, la bouche s'entrouvre. Lorsqu'elle achève de consulter les documents, Pascale Turmel appelle la chambre dix-huit et tire le lieutenant Philibert d'un rêve torride. Jet de la serviette-éponge sur le lit. Pas le temps de se faire un brushing. Il lui faut moins de cinq minutes pour s'habiller, se maquiller et s'équiper de son arme de service. Elle sort dans le couloir de l'hôtel et frappe contre la porte de la chambre dix-huit. Mais il faut un peu plus de cinq minutes au lieutenant Philibert pour sortir de son lit, aller pisser et trouver un slip propre.

08 h 00

Alexandre Moreau a toujours aimé la pluie. Ça lui rappelle son enfance à Roubaix et certains dimanches après-midi où il montait chez les voisins de ses parents regarder *Rintintin* et *Zorro* qui passaient sur leur téléviseur noir et blanc. Et ce matin, cette pluie pourtant redoutée par les nouveaux vacanciers lui paraît infiniment douce. Il rejoint son bureau à pied avec un peu plus d'entrain que la veille. Aucun des quotidiens régionaux n'évoque encore la fugue de Romain et un nouveau chef se présente tout à l'heure pour reprendre en main les cuisines du VVF. Aussi, découvrant sur son bureau un message rédigé à son intention par Catherine Berthelet, le directeur pousse-t-il un soupir imprégné de lassitude avant de décrocher le téléphone et de contacter la gendarmerie.

08 h 15

Claquement de portières. Couinement de semelles sur le trottoir mouillé. Les deux officiers se rapprochent du portail et jettent un coup d'œil entre les barreaux. À la place de la Mégane, une BMW est stationnée devant le double garage. Les jantes sont couvertes de boue et la lunette arrière obstruée par de nombreux bagages. Le capitaine Turmel n'enfonce pas la touche de l'interphone. Avec son collègue, elle passe par-dessus le portail. Guillaume Philibert a sorti son arme.

— Guillaume…

— Hum ?

— On est juste là pour poser des questions…

— Ouais.

— On y va doucement, OK ?

Guillaume opine de la tête, la mâchoire contractée, arme au poing. Les officiers avancent prudemment jusqu'à la voiture puis se séparent : tandis que Guillaume se charge de contourner la villa, Pascale se dirige vers le garage dont la porte latérale d'accès est entrouverte.

L'endroit est peu éclairé et empeste l'essence. Elle fait quelques pas dans la pénombre jusqu'à ce qu'elle marche sur autre chose que du béton. Elle s'accroupit et passe sa main sur le sol : une trappe. Un courant d'air chatouille sa paume. Lentement, elle soulève le panneau de bois. Alors qu'elle aperçoit les premières marches d'un escalier, un glouglou sinistre se fait entendre à quelques mètres à sa gauche. Pascale Turmel rabat doucement la trappe. Revenant sur ses pas, elle aperçoit devant elle une femme qui marche à reculons, occupée à vider un bidon d'essence sur le sol.

La porte-fenêtre donnant sur la terrasse n'est pas verrouillée. Guillaume pénètre dans la villa dont chaque pièce semble avoir été aspergée d'essence. Tenant son arme devant lui, le cœur battant, le lieutenant Philibert s'engage dans l'escalier qui mène à l'étage supérieur.

— Ne bougez plus, Mme Virieu.

Tout se passe très vite. Pascale Turmel qui tient en joue la suspecte reçoit le bidon à moitié vide en pleine figure. Elle tombe à la renverse et le coup part. Aussitôt, un embrasement terrifiant auquel se mêle le cri épouvanté de Véronique fait écho à la détonation.

Le bruit du coup de feu suivi de hurlements surprend William alors qu'il vide son dernier bidon d'essence à l'intérieur de la salle de contrôle, dans la tourelle. Il craque une allumette et redescend l'escalier en colimaçon qui communique avec la chambre à coucher. Il tombe alors nez à nez avec l'un des officiers de police venus l'interroger la veille. Il n'est pas très compliqué pour William de lancer un coup de pied à la figure de Guillaume Philibert. Mais il a plus de difficultés à le désarmer. Tous les deux roulent en bas des escaliers en se cognant un peu partout.

Véronique s'est enflammée comme une torche au milieu du garage. Elle a trouvé la force de se précipiter dehors avant de s'effondrer face contre terre sur le gazon. Pascale Turmel jette sa veste sur le corps en feu, une expression d'horreur sur la figure.

L'odeur âcre de fumée tire François de sa torpeur. Adossé contre le mur faisant face au pupitre de surveillance, il parvient à ouvrir les yeux, le cœur à l'envers. Tout à l'heure, après que Véronique l'a forcé à avaler le cachet de somnifère, il a fait semblant de perdre connaissance. Après avoir attendu qu'elle sorte, il a retiré sa cagoule, et glissé deux doigts au fond de sa gorge pour se faire vomir avant que le cachet ne fasse effet. Depuis, ses forces reviennent peu à peu. Son crâne lui fait toujours aussi mal et la fumée qui descend dans la cave irrite sa gorge et ses yeux. Après s'être traîné au sol, François parvient à se mettre debout. Privé de ses lunettes, il se dirige dans un flou relatif vers l'escalier d'où provient la fumée mais renonce assez vite à poursuivre dans cette direction. Revenant sur ses pas, prenant appui contre le mur, il titube jusqu'au couloir dont la grille n'est pas verrouillée et s'y engouffre. Celui-ci débouche sur une salle vide pourvue de quatre portes blindées. François s'approche de l'une d'elles, ouvre le panneau coulissant et risque un œil à l'intérieur. Ce qu'il découvre ressemble à une cellule de prison vide. Il se hâte vers la seconde porte et fait aussitôt jouer le verrou. Allongé sur un lit en fer solidaire du mur, un adolescent se tient recroquevillé, les mains serrées entre ses cuisses. François s'approche de lui et reconnaît son visage : c'est Thomas Laclos. Assommé par les somnifères, il dort profondément.

Guillaume frappe au visage. Mais William rend les coups avec rage, visant l'estomac. Bientôt, le lieutenant n'est plus capable de riposter et il tombe à la renverse sur le tapis de la chambre à coucher en se tenant le ventre, K.O. William a ramassé l'arme de Guillaume, a filé par l'escalier et s'est précipité dehors avant de se figer devant un spectacle insoutenable : à quelques mètres du garage en proie aux flammes, ce qu'il devine être le corps brûlé de sa femme gît au milieu du gazon. Penchée sur elle, le capitaine Turmel tient un téléphone portable contre son oreille et fait des gestes désespérés dans sa direction.

François s'est fabriqué un foulard improvisé avec un morceau de drap du lit de Thomas. Il a fait de même pour l'adolescent dont il a recouvert le visage d'un tissu mouillé avant de le charger sur son dos. La fumée épaisse oblige François à progresser lentement dans l'étroit couloir qui part de la cellule du garçon. Prenant la direction opposée, il parvient jusqu'à un escalier en pierre, lequel est barré par un casier à bouteilles. Après plusieurs coups d'épaule, François réussit à le faire basculer dans un fracas de verre brisé. Il traverse la cave à vin, monte une volée de marches et débouche dans une cuisine. Aussitôt, une odeur d'essence et le grondement du feu dans la pièce voisine viennent réveiller en lui le plus effroyable souvenir. Impossible de passer par la fenêtre trop petite. Pris de panique, il appelle au secours.

Le bruit du brasier est tellement infernal qu'il couvre la voix de François. À genoux dans l'herbe mouillée, le téléphone collé contre l'oreille, Pascale Turmel s'est figée. Elle fixe l'arme de service de son collègue que William Virieu brandit, à moins d'un mètre de son visage.

— Si Véronique meurt, tu crèves aussi !

Pascale Turmel se retient de lui dire que la femme qui gît devant elle est déjà morte. Elle se demande si elle reverra le visage de sa mère, si la pluie cessera de tomber avant que la balle fasse un petit trou dans son front, si la jolie serveuse de l'hôtel-restaurant lui souriait ou si elle souriait à Guillaume...

La fumée s'engouffre dans la chambre de la tourelle, précédant les flammes nourries de mobilier en bois et de moquette imbibée d'essence. Le lieutenant Philibert reprend peu à peu connaissance dans un enfer. La lèvre coupée et la pommette fendue, suffoquant, il parvient à se remettre debout, lorsque la chambre à coucher s'embrase subitement.

C'est un torrent de flammes qui descend l'escalier du premier étage et se propage dans le salon. François n'a plus le choix. Il doit sortir de la cuisine. Mais pour cela, il lui faut traverser le salon en portant Thomas.

Allongé sur son lit, les membres engourdis et le cerveau tout ramolli, Tidji se réveille avec la désagréable sensation d'étouffer. Il règne dans sa cellule une odeur âcre de feu qui brûle sa gorge et ses yeux. Les pieds entravés par les chaînes, il se traîne en toussant jusqu'au lavabo et rafraîchit sa figure. Victime d'une quinte de toux, il marche difficilement jusqu'à la porte presque brûlante. Tidji a de plus en plus de mal à respirer. Il finit par s'écrouler sur le sol de sa cellule : dans sa tête, l'image dantesque d'une porte s'ouvrant sur un océan de feu comme dans le film *La tour infernale* qu'il a vu six fois.

Un cri rauque provenant de la villa. La porte d'entrée s'ouvre sur la silhouette d'un homme. Chancelant, il porte quelqu'un sur son dos et son bras droit a pris feu. Cette diversion suffit au capitaine Turmel pour dévier l'arme braquée sur sa tempe et bondir sur William Virieu au moment où celui-ci tourne la tête. Au loin sur la route, clignotent les lumières de deux véhicules de pompiers.

09 h 00

La pluie tombe sans discontinuer sur le pare-brise de la voiture. Cat a reçu un appel de l'hôpital qui l'informe que son fils est rétabli et qu'il peut rentrer chez lui. Romain est pressé de sortir. Assise à l'arrière avec son doudou Pauline papote, raconte à sa maman ce que Wendy fait avec ses poupées Barbie, pourquoi elles ont toutes une tête qui se déboîte. Cat écoute d'une oreille distraite, un peu nerveuse. Elle s'est arrêtée en chemin au domicile de François. Toujours absent. À hauteur d'un panneau publicitaire vantant les mérites du bon poulet de Challans, une ambulance suivie de deux véhicules du SAMU la dépassent, faisant entendre leurs sirènes stridentes.

Centre Hospitalier de Challans
10 h 30

Romain et Pauline se disputent la Game Boy depuis le lit où tous deux sont assis, leurs jambes battant le vide. Il faut attendre la visite du médecin-chef et son autorisation pour une sortie définitive de l'hôpital. Cette sensation douloureuse dans le dos, ce petit frémissement des épaules, comme les prémices annoncées d'un mauvais rhume ou d'un drame, ne quittent pas leur maman depuis son réveil. Aussi, lorsque son téléphone portable vibre, s'empresse-t-elle de répondre.

— Catherine Berthelet ?

Elle est sortie dans le couloir, un bras glissé sous l'aisselle, le regard fixé sur le balatum rose craie. Le directeur du VVF s'exprime en termes simples, détachant chaque mot. Il est question du message qu'elle a laissé ce matin au vigile, message transmis au directeur dès son arrivée. La gendarmerie a aussitôt été contactée.

— Vous aviez raison : Véronique Riment est bien liée à la disparition de votre fils et à l'enlèvement des autres adolescents.

Cat retient son souffle. Le directeur vient de prononcer le prénom de François.

— Il s'est rendu au domicile des époux Virieu sans doute pour les questionner, suite à vos recherches... Apparemment, ils avaient l'intention de lui régler son compte...

La tension dans le dos augmente d'intensité.

— Il y a eu un incendie...

François, pris en charge par le SAMU.

Cat est obligée de s'appuyer contre le mur pour tenir debout.

C'est elle qui l'a envoyé là-bas.

— Mme Berthelet ?

Au pas de charge, une équipe médicale d'urgence traverse soudain devant elle, poussant un brancard sur roulettes.

— Allô... Mme Berthelet ?

Dans leur sillage, une femme au visage défait porte sur ses épaules une couverture. Une odeur d'essence émane de ses vêtements.

11 h 00

À travers la vitre de la chambre aseptisée, Romain voudrait bien contempler autre chose que des blouses blanches qui s'affairent autour de François. Il a vu le masque posé sur la figure noire de suie mais ce qui l'intrigue, c'est ce bras brûlé au deuxième degré dont a parlé sa mère. Il n'a jamais vu un bras brûlé, en vrai. À côté de lui, Pauline risque un œil empreint d'appréhension et de curiosité avant de coller sa joue contre le ventre de sa maman. Cat tient toujours le gobelet de café que le capitaine Turmel lui a offert tout à l'heure dans la salle d'attente. Les yeux fixés sur l'homme qui reçoit de la Morphine en injection, elle essaie d'imaginer ce qu'a été son calvaire en se remémorant le récit du capitaine.

— À l'intérieur, c'était une vraie fournaise... Quand il est sorti de la villa, il tenait à peine debout... Je croyais qu'il hurlait de douleur à cause de son bras quand j'ai compris qu'il parlait d'un autre garçon, pris au piège dans la cave… J'ai dû le menacer avec mon arme jusqu'à l'arrivée des secours pour l'empêcher d'y retourner…

Derrière Cat, le directeur du VVF soupire. Il a posé une main sur son épaule.

— Si vous voulez rester, je peux reconduire les enfants… Les animateurs du club prendront soin d'eux.

Cat secoue doucement la tête. Puis, prenant ses enfants par la main, elle s'en va.

23 h 00

Le capitaine Turmel s'est assoupi un bref instant dans le fauteuil près du lit de François. Un sommeil de courte durée. Une vision cauchemardesque l'a réveillée en sursaut : celle du corps brûlé de Véronique Virieu à laquelle se superposait le visage de son collègue Guillaume Philibert, retrouvé calciné au premier étage de la villa.

Cet après-midi, William Virieu a fait des aveux circonstanciés dont la presse ne tardera pas à se faire l'écho. La machination fonctionnait à merveille : une fois montés à bord de la Mégane, les adolescents se retrouvaient pris au piège. Pilotée automatiquement depuis le poste de contrôle dans la tourelle, la voiture les conduisait directement à la case prison tandis qu'un gaz soporifique se dégageait dans l'habitacle. Séquestrés, dépourvus de tout repère, les adolescents finissaient par abdiquer toute forme de personnalité. Brisés, ils rédigeaient une confession destinée à forger en eux un sentiment de culpabilité inaliénable et scellaient le pacte de leur silence en acceptant le rituel symbolique de la phalange coupée. Les familles retrouvaient alors de parfaits petits zombies.

Le capitaine Turmel quitte son siège et s'étire. Elle espérait pouvoir entendre François, et aussi le remercier. S'il n'avait pas été là, deux cadavres se seraient ajoutés à la liste : le sien et celui de Thomas Laclos.

Mais l'affaire ne dépend plus de son service, désormais. Elle pose un dernier regard sur le veilleur de nuit puis sort de la chambre.

Le plus difficile reste à faire.

Accepter d'avoir conduit le lieutenant Guillaume Philibert vers la mort.

23 h 01

Dans le lit, François frissonne. Ses paupières frémissent et se contractent.

Elle est là. Elle est toujours là.

Le feu a pris à l'avant lorsque le véhicule a percuté l'arbre, éjectant François à travers le pare-brise. Inès avait sa ceinture. Pas lui.

Il se relève, retombe.

Elle tend vers lui ses bras, prisonnière à l'arrière de la voiture. Les flammes pénètrent dans l'habitacle. Elle appelle son papa en pleurant.

Franchir la distance qui le sépare de la voiture. Il titube, fait quelques pas, tenant son crâne couvert de sang.

Le feu a pris dans l'habitacle.

Elle tend vers lui ses bras en hurlant.

Épilogue

Cat a pris place à côté du lit. Elle raconte à François sa journée avec les enfants, leurs promenades, les parties de jeu dans la piscine sous un soleil éclatant et les concours de tarot sur la terrasse du bar auxquels Christine a pris goût. Elle lui donne aussi des nouvelles de son chat : le couple de retraités qui habite la maison voisine de la sienne s'occupe de Plumet en attendant que son maître se rétablisse. Chaque matin, l'institutrice propose à François une petite revue de presse — les médias n'ont pas manqué de faire du veilleur de nuit le héros de l'été. Parfois, il reçoit la visite de journalistes auxquels il demande poliment d'aller se faire foutre. Cela n'empêche pas les plus opiniâtres de revisiter sa fabuleuse carrière de parolier en occultant les problèmes d'alcool et les succès faciles, transformant l'échec de sa traversée du Pacifique en une épopée digne d'un Gérard D'Aboville. Les parents de Thomas lui ont également adressé une longue lettre de remerciement qu'il n'a pas encore ouverte.

Aujourd'hui, Cat porte un débardeur kaki sur une petite jupe noire. Sa peau est bronzée, son regard infiniment doux et ses cheveux lâchés sur les épaules. Elle soupire.

— On prend la route tout à l'heure avec les enfants.

Fin des vacances. Retour à Paris. Cette perspective ne rend pas François plus bavard. Il se contente de tourner la tête vers la fenêtre, mâchoire crispée.

— Tu as toujours aussi mal ?

La question est idiote, mais Cat ne peut s'empêcher de la lui poser, avec à chaque fois ce sentiment d'impuissance.

— Les enfants sont dans le couloir. Ils ont quelque chose pour toi.

— Écoute, je ne sais pas…

— S'il te plaît, François, laisse-les te dire au revoir. Ils ne resteront pas longtemps.

François baisse les yeux et fixe le bandage autour de son bras.

— Catherine, il faut que tu saches quelque chose…

Il s'accroche à la poignée au-dessus du lit et se redresse. Ce mouvement déclenche une douleur diffuse. Comme si un courant électrique traversait son bras.

— Ça remonte à l'époque où je buvais, soupire-t-il. Un soir, je suis passé chercher ma fille à son cours de danse. Normalement, ma femme devait s'en charger, mais ce soir-là, elle m'a appelé parce qu'elle avait un empêchement de dernière minute… J'étais en pleine séance d'écriture. Un texte que je devais absolument terminer. On s'est disputés, j'avais pas mal picolé l'après-midi et je suis arrivé en retard pour chercher Inès. Elle m'attendait sous la pluie… Elle est montée dans la voiture et j'ai démarré comme un fou. Je ne pensais qu'à une chose : retourner au studio finir mon boulot… On a pris le périphérique, direction Versailles où nous habitions. La nuit tombait. Des trombes d'eau sur le pare-brise... J'aurais dû ralentir...

Cat quitte son siège pour se rapprocher de François.

— Vous avez eu un accident, je sais. Romain m'a raconté.

— En sortant de l'autoroute, sur la nationale, j'ai perdu le contrôle...

Il retient difficilement ses larmes.

— Cat... J'ai... J'ai tué ma fille.

Une main vient prendre la sienne, serrer ses doigts.

— François, il y a des lieux où il ne faut pas revenir. Des lieux à garder au creux de ta mémoire. Car plus tu les cherches, plus tu t'éloignes des vivants et de ce qui pourrait éclairer ta vie.

Délicatement, elle dépose un baiser sur ses lèvres et murmure :

— Je vais chercher les enfants.

11 h 30

Pauline a offert une boîte de sparadraps Dauphin au veilleur de nuit pour qu'il guérisse plus vite. Dans un magasin de gadgets de l'esplanade, son frère lui a dégotté une trousse à l'effigie d'une cassette audio des années 1980. François a eu l'air d'apprécier ces présents. Dans la Citroën, la petite famille est prête à rejoindre la nationale. Bouclant sa ceinture, Romain se tourne vers sa mère.

— On va le revoir, François ?

Cat retient son souffle derrière ses lunettes de soleil. Cette question la dévaste tant sa réponse est incertaine.

— Il faut d'abord qu'il guérisse… Pourquoi ?

— Pour rien.

L'adolescent hausse les épaules.

— Il est cool.

— Il est su-per-gen-til ! renchérit Pauline, sanglée au siège-enfant à l'arrière du véhicule.

— Et on dirait pas qu'il est vieux.

Catherine sourit.

— Ah ! Et puis y a un truc que je voulais te dire, m'an…

Romain frotte ses paumes contre ses cuisses avant de confesser à sa mère être l'auteur du retrait des mille euros cash.

— C'était pour acheter une Xbox.

Cat encaisse le coup.

— Elle est où, cette fichue console de jeu ?

— Sous mon lit. Je vais la mettre en vente pour te rembourser.

Elle hoche le menton.

— Ne recommence jamais une chose pareille, compris ?

— Promis, m'an.

Cat met le contact.

— Tu le détestais autant que ça, Philippe ?

La voiture quitte le parking de l'hôpital sous un soleil de plomb, trois vélos fixés sur le hayon.

12 h 00

L'infirmier s'appelle Olivier. Il est barbu et costaud. Surtout du bide. 130 centimètres de tour de taille. Il prend un malin plaisir à taquiner son patient sur la qualité des textes qu'il a écrits pour Michèle Torr.

— Remarquez, Annie Cordy, vous lui en avez écrit aussi, de sacrées âneries. Ça rapporte combien, un truc dans le genre de *Tata Yo-Yo* ?

— Un max.

Olivier dépose le plateau-repas sur la tablette à roulettes, puis aide François à se redresser dans le lit, ajoutant un coussin derrière son dos. L'odeur de transpiration qui émane de ses aisselles ne s'accorde guère à celle du blanc de poulet servi avec des haricots verts à l'ail.

— À table.

— Je n'ai pas faim.

— Veux pas le savoir. On met sa serviette. Allez, allez ! ... On n'est pas très dégourdi de la main gauche, m'sieur Seclin. Va pourtant falloir vous y mettre.

L'infirmier aide François à saisir la fourchette, rompt son pain en deux. Avisant un paquet cadeau sur la table de nuit, il sourit, intrigué.

— C'est votre anniversaire ?

— Non.

— C'est la jolie dame qui vient tous les jours qui vous l'a apporté ?

François plante sa fourchette dans une salade de carottes râpées dégoulinante de vinaigrette qu'il porte à ses lèvres sans entrain.

— Peut-être bien.

— Bah ! Faut l'ouvrir, ce cadeau.

Joignant le geste à la parole, l'infirmier saisit la boîte entourée de papier rose.

— Permettez que… ?

— Si ça vous amuse.

— Vous préférez que je vous chante du François Valéry ?

— Ouvrez-le.

— Petit joueur.

Il ôte délicatement le papier, ouvre la boîte. François a reposé sa fourchette et l'interroge du regard. Du bout des doigts, l'infirmier sort de l'emballage un morceau de tissu rouge grossièrement déchiré.

— Ne me dites pas que c'est un morceau de la culotte à Madonna.

François reconnaît l'étoffe du cache-cœur que portait Catherine le soir de leur dîner en tête-à-tête.

— Donnez.

Toucher ce bout de tissu ramène le souvenir d'un moment d'exquise perdition. Il l'approche de son visage pour en respirer le parfum. Un gloussement lui parvient alors.

— C'est un truc érotique entre vous et la petite dame ?

François enroule le tissu autour de son bras bandé. Un morceau d'étoffe, comme une promesse.

— Vous pourriez m'aider ? Il faut faire un nœud, pour que ça tienne.

L'infirmier s'exécute avec un sourire malicieux.

— Je ne vous imaginais pas fétichiste, m'sieur Seclin... Ah, les gens du show-biz... Je vous laisse déjeuner tranquille avec votre *cadeau*.

L'infirmier repart en sifflotant un vieux tube de François Valéry puis marque un arrêt devant la porte avant de se tourner vers le parolier.

— « *Aimons-nous vivants... N'attendons pas que la mort nous trouve du talent*[6] »... On dirait bien que ça a été écrit pour vous, m'sieur Seclin.

Désignant le téléphone posé sur la table de nuit, il ajoute :

— Pour sortir, faites le zéro.

---

6 Paroles tirées d'une chanson de François Valéry (Paroliers : Jacqueline Misrahi / Jean-Louis Mougeot / Pierre Delanoé).

La playlist des musiques de films de François :

K-Pax - Edward Shearmur
The End of Violence - Ry Cooder
Ice Storm - Michael Danna
The Bone Collector - Craig Armstrong
Body Heat - John Barry
Infidèle - A.P. Kaczmarek
Random Hearts - Dave Grusin
L'été de Kikujiro - Joe Hisaishi
Un monde presque paisible - Giovanni Bottesini
The Straight Story - Angelo Badalamenti
You Only Live Twice - John Barry
Le clan des Siciliens - Ennio Morricone

Postface

Voilà vingt ans, entre deux averses printanières, ma fille et moi nous promenions à vélo dans Saint-Jean-de-Monts lorsqu'un panneau attira mon attention. On pouvait y lire comme une mise en garde faite au touriste qui aurait l'intention de garer sa voiture au plus près de sa serviette :

DERNIER PARKING AVANT LA PLAGE

« Tiens », j'ai dit, « ça ferait un joli titre de roman ». « Bah, t'as qu'à l'écrire ! » m'encouragea ma fille. La pluie redoublant de vigueur les jours suivants, n'ayant emporté que shorts, dos-nus et bikinis kaki, je m'y suis mise. J'avais tout sous la main : un stylo Bic, un bloc de papier, le panorama à mon balcon, l'imagination de l'ennui et le célibat qui démange.

Mon premier polar, sans glissières, en roue libre.

Quelques mois plus tard, je me voyais confier une émission quotidienne durant l'été sur France Inter. On m'a demandé un titre. J'ai dit : « Pourquoi pas dernier parking avant la plage ? » Ce fut le début d'une série d'émissions déclinées au fil des saisons pour finir en « Parking de nuit ».

Dix ans de stationnement sur les ondes radiophoniques.

Et une formidable rencontre avec l'éditrice Hélène Oswald qui publierait le roman aux Belles Lettres en juin 2003 dans sa collection Le Grand Cabinet Noir Policier/Suspense.

Il faut toujours écouter ses enfants.

Merci à Marc-Olivier Rinchart de m'avoir permis de revenir sur les lieux du crime à la faveur de cette réédition, et de me replonger dans le décor tellement exotique, fantasmatique et chaleureux de Saint-Jean-de-Monts.

J'en ai profité pour ripoliner le texte, ajouter un chouïa d'huile dans le moteur et changer les essuie-glaces.

Dans la même collection

Claustrations, Salvatore Minni, 2019 (Prix Mot Passant 2018 * Prix Coup de Coeur du Jury du Prix du Balai d'Or 2019)

La Catabase, Jack Jakoli, 2019 (Prix Découverte de l'Iris Noir Bruxelles 2020 * Prix Coup de Coeur du Jury Noir Charbon 2020)

Les parapluies noirs, Chris Loseus, 2019

La parole du chacal, Clarence Pitz, 2020

Ma vie sera pire que la tienne, Williams Exbrayat, 2020

L'Ange du mal, Gilles Caillot, 2021

Réminiscence, Gilles Caillot, 2021

Immondanités, Gilles Caillot, 2021

Les ailes arrachées des anges, Gilles Caillot, 2021

Le crépuscule des éléphants, Guillaume Ramezi, 2021

Ineffaçables, Clarence Pitz, 2021 (Prix Mordus de Thrillers 2020 * Prix Sang pour Sang Thriller de Longperrier 2020)

L'affaire Rose Keller, Ludovic Miserole, 2021 (Prix Découverte des Géants du Polar 2019)

Les filles du Panier, Ludovic Miserole, 2021

Le crépuscule d'un libertin, Ludovic Miserole, 2021

Héloïse, Ophélie Cohen, 2021 (Prix Coup de Coeur du Jury Noir Charbon 2021)

Meurs, mon ange, Clarence Pitz, 2021

C'est dans la boîte, Frédéric Ernotte, 2021 (Prix du Balai de la Découverte 2013)

Retrouvez l'ensemble de notre catalogue sur le site
www.editions-ifs.com

Anamnèse, Salvatore Minni, 2022

Derniers jours à Alep, Guillaume Ramezi, 2022 (Prix du Balai de la Découverte 2018 * Grand prix du salon de Nemours - Le Coquelicot Noir 2019 * Prix Polar du salon de la Saussaye 2019)

L'important n'est pas la chute, Guillaume Ramezi, 2022

La Belle de Caux, Ludovic Miserole, 2022

Kilimandjaro, Guillaume Ramezi, 2022

Rosalie Lamorlière, dernière servante de Marie-Antoinette, Ludovic Miserole, 2022

Zamor, le nègre républicain (Prix de la Députée 2016), Ludovic Miserole, 2022

Draugen, Sébastien Bouchery, 2022

Dernier parking avant la plage, Sophie Loubière, 2023

Ne regarde pas l'ombre, Laurent Philipparie, 2023

Suspicion(s), Ophélie Cohen, 2023